Goldmann SCIENCE FICTION

Band 0205

Frederik Pohl · Jenseits der Sonne

Der vorliegende Band ist bereits in der Reihe Goldmann Science Fiction-Romane der Chef-Auswahl erschienen.

Von Frederik Pohl
sind außerdem im Wilhelm Goldmann Verlag erschienen:

Die Macht der Tausend. 089
Mondschein auf dem Mars. 0148
Welt auf neuen Bahnen. 0136

FREDERIK POHL

Jenseits der Sonne

THE GOLD AT THE STARBOW'S END

Science Fiction-Erzählungen

WILHELM GOLDMANN VERLAG
MÜNCHEN

Made in Germany · I · 1112
 Umschlag: F. Jürgen Rogner. Satz und Druck: Presse-Druck Augsburg. SF 0205 · ze/hu
ISBN 3-442-23205-8

Inhalt

Jenseits der Sonne

Constitution 1

Logbuch von Oberstleutnant Sheffield Jackman, United States Air Force, Kommandant des US-Sternschiffs ›Constitution‹. Tag 40.

Alles wohlauf, Freunde. Dank an Mission Control für die privaten Mitteilungen. Das Konzert, das ihr uns übermittelt habt, hat uns gefallen, wir haben sogar das meiste aufgezeichnet, damit wir es auch dann abspielen können, wenn es mit dem Funkkontakt zu hapern anfängt.

Wir nähern uns jetzt dem Ende der ersten sechs Wochen unserer Expedition nach Alpha Centauri, Planet Aleph, und nachdem wir die bisher größte bemannte zurückgelegte Entfernung von der Erde überschritten haben, macht sich wirklich das Gefühl bei uns breit, daß wir unterwegs sind. Unsere letzte Navigationsprüfung bestätigt die Kursplanung von Mission Control, und wir nehmen an, daß wir die Umlaufbahn von Pluto etwa um 16.31 Uhr Schiffszeit, Tag 40, also heute, kreuzen werden. Letski hat laufend auf den Zeitdehnungseffekt geachtet, der jetzt, seit wir mit etwa sechs Prozent Lichtgeschwindigkeit fliegen, ins Gewicht zu fallen beginnt, und meint, daß das gegen 1.45 Uhr morgens eurer Zeit sein müßte, Mission Control. Wir haben darüber abgestimmt, es als ›Küstengewässer‹-Marke zu betrachten. Von da an werden wir das Sonnensystem hinter uns gelassen haben und damit die ersten Menschen sein, die in die Tiefen des interstellaren Raums eindringen. Wir wollen eine kleine Feier abhalten. Letski und Ann Becklund haben eine amerikanische Flagge angefertigt, die an dieser Stelle über Bord geworfen werden soll – zusammen mit der vorbereiteten rostfreien Stahlplatte, auf der die Abschiedsrede des Präsidenten eingraviert ist, und zwar durch die Beobachtungsluke 3. Außerdem tut jeder irgendeinen privaten Gegenstand dazu, ich meinen Lehrgangsring aus der Luftwaffenakademie.

Wenig Veränderungen seit den letzten Berichten. Wir fügen uns gut in die tägliche Routine ein. Mit unseren Startschlußarbeiten sind wir vor Wochen fertig geworden, und wie Dr. Knefhausen vorausgesagt hat, begann uns die Zeit lang zu werden. Von jetzt bis zur Ankunft auf dem Planeten Alpha-Aleph wird uns nichts, was für den Betrieb des Raumschiffs wirklich wesentlich wäre, in Atem halten. Wir haben uns deshalb an Kneffies empfohlenes Freizeitprogramm gehalten und die von der Abteilung für Flugtraining und Personalführung der NASA vorbereiteten Arbeitsblätter verwendet. Zuerst fanden sie kühle Aufnahme – die Jungs in Indianapolis sind ja wohl erwachsen genug, sich das anzuhören! Die einstimmige Meinung war, daß dieser Einfall, Zahlentheorie und Infinitesimalaussage zu lernen, was man uns gleich zur Eröffnung vorgeschlagen hat, hirnverbrannt ist. Wir sagten uns, daß wir dafür noch nicht verzweifelt genug wären, und gaben uns mit anderen Dingen ab. Ann und Will Becklund spielten viel Schach. Dot Letski begann mit einer Verfassung von ›Krieg und Frieden‹. Wir anderen experimentierten mit den Apparaturen, machten astronomische Beobachtungen und quatschten. Aber von dem ganzen Zeug hatten wir bald genug, genau, wie Kneffie es bei der Ausbildung vorausgesagt hat. Wir unterhielten uns über seine Idee, daß man sich die Zeit in einem Raumschiff am besten vertreiben könne, wenn man lerne, sich für mathematische Probleme zu interessieren – keine zu transportierende Masse, kein konkurrierendes Element, das zu Temperamentsausbrüchen führen könnte, und so weiter. Es begann sinnvoll zu erscheinen. Letski ist jetzt schon den zehnten Tag dabei, nach einer Formel für Primzahlen zu suchen, und meine liebe Flo bemüht sich, mit der Kongruenztheorie Goldbachs These zu beweisen. Und das ist ein Mädchen, das vor zwei Monaten noch keine Wäschereirechnung addieren konnte! Die Zeit vergeht jedenfalls dabei.

Medizinisch sind wir alle gesund. Ich füge die genauen Daten über Blutdruck, Pulszahl etc. ebenso bei wie die Ergebnisse der Raketen- und Navigationssystemablesung. Ich melde mich wieder zum vereinbarten Zeitpunkt. Paßt für uns gut auf die Erde auf – wir freuen uns darauf, sie in ein paar Jahren wiederzusehen!

Washington 1

In dieser Woche flaute der Stadtguerillakrieg in Washington ein wenig ab. Der Hubschrauber konnte direkt auf den Rasen an der Südseite des Weißen Hauses einschweben – kein Heckenschützenfeuer, keine Selbstlenkraketen, nicht einmal Steine flogen. Dr. Dieter von Knefhausen starrte argwöhnisch auf die Gruppe müde aussehender Demonstranten in ihrem für sie freigehaltenen Fünfzigmeterbereich entlang der Absperrung. Sie sahen nicht militant aus, wahrscheinlich Homo-Lib oder weiß der Himmel was, vielleicht natürliche Ernährung oder Solosteuer; auf jeden Fall warfen sie nicht mit Steinen, sondern buhten nur ein bißchen, als der Hubschrauber aufsetzte. Knefhausen verbeugte sich spöttisch vor Herrn Omnes, sprang gelenkig aus dem Hubschrauber und machte Platz, als die Maschine wieder abhob, was sie sofort tat. Er machte sich nicht die Mühe, zum Weißen Haus zu laufen. Er schlenderte. Er fürchtete diese schlichten Leutchen nicht, auch wenn es der Hubschrauberpilot tat. Außerdem drängte es ihn gar nicht, seine Verabredung mit dem Präsidenten einzuhalten.

Der Adjutant, der ihn abtastete, lächelte nicht. Die Ordonnanz, die ihn zur Westterrasse führte, salutierte nicht. Niemand nahm ihm die Aktentasche mit seinen Dias und Papieren ab, obwohl sie schwer war. Man wußte sofort Bescheid, wenn man in Ungnade gefallen war, dachte er, als er sich duckte, weil der Hubschrauberpilot einen kleinen Wirbelsturm erzeugte, als er das Weiße Haus umkreiste, um an Höhe zu gewinnen, bevor er sich über die Stadt hinauswagte.

Früher war es ganz anders gewesen, dachte er wehmütig. Er konnte sich an jede Minute von damals erinnern. Genau hier, vor diesem Säulengang, hatte er vor der Weltpresse und den Fotografen gestanden und über das Alpha-Aleph-Projekt berichtet. Er hatte sein Konterfei auf der ersten Seite jedes Blattes neben dem des Präsidenten gesehen, sich in den Fernsehmagazinen betrachtet, wo er von der Neuen Erde gesprochen hatte, die Amerika einen ganzen kolonisierbaren Planeten in vier Lichtjahren Entfernung verschaffen würde. Er erinnerte sich an den Start auf Kap Kennedy mit eineinhalb Millionen geladenen Gästen aus der ganzen

Welt. Die ausländischen Staatsmänner und Wissenschaftler hatte der Neid zerfressen, die amerikanischen Führer hatten die Jovialität des Stolzes zeigen können. Damals hatten die Ordonnanzen salutiert. Seine Vortragshonorare waren in schwindelerregende Höhen gestiegen. Man sprach sogar davon, ihn bei der nächsten Wahl zum Vizepräsidentkandidaten zu machen – und dazu wäre es auch gekommen, wenn die Wahlen gleich gewesen und er nicht in einem anderen Land geboren worden wäre.

Jetzt war alles anders. Er wurde mit dem Lastenaufzug hinaufgebracht. Es lag nicht so sehr daran, daß Knefhausen sich um seiner selbst willen etwas daraus machte, sagte er sich, aber wie verbreitete sich die Nachricht, daß es Ärger gab? Waren es nur die Zeitungsberichte? Hatte man etwas durchsickern lassen?

Die Marineordonnanz klopfte einmal an die große Tür des Kabinettsaals, dann wurde sie von innen geöffnet.

Knefhausen trat ein.

Kein ›Kommen Sie 'rein, Dieter, nehmen Sie Platz‹. Kein Vizepräsident, der aufsprang, um seinen Arm zu ergreifen und ihm auf die Schulter zu klopfen. Dreißig stumme Gesichter wandten sich ihm zu, einige reserviert, andere offen feindselig. Das ganze Kabinett war versammelt, zusammen mit einem halben Dutzend hochgestellter Beamten und dem persönlichen Stab des Präsidenten, und das feindseligste Gesicht an dem großen ovalen Tisch war das des Präsidenten.

Knefhausen machte eine Verbeugung. Eine atavistische Sehnsucht nach Kadettenschulspäßen ließ ihn daran denken, die Hacken zusammenzuschlagen und am Monokel zu drehen, aber er hatte kein Monokel und gab solchen Impulsen auch nicht nach. Er nahm lediglich am Tischende stehend seinen Platz ein und sagte auf ein Nicken des Präsidenten hin: »Guten Morgen, meine Damen und Herren. Ich nehme an, Sie wollen mich wegen der albernen Lügen sprechen, die von den Russen über das Alpha-Aleph-Programm verbreitet werden.«

Rhabarberrhabarber, murmelte man einander zu. Der Präsident sagte mit seiner scharfen Tenorstimme: »Sie meinen also, daß das nichts als Lügen sind?«

»Lügen oder Irrtümer, Mr. President, wo ist da der Unterschied? Wir haben recht und sie unrecht, das ist alles.«

Rhabarberrhabarber. Der Außenminister sah den Präsidenten fragend an, erntete ein Nicken und sagte: »Doktor Knefhausen, Sie wissen, daß ich lange Zeit zu Ihrer Mannschaft gehört habe, und ich möchte keiner Erklärung widersprechen, die Sie abgeben, aber sind Sie Ihrer Sache da so sicher? Von den Russen sind recht überzeugende Zahlen zu erhalten.«

»Sie sind falsch, Mr. Secretary.«

»Äh, hm, Doktor Knefhausen. Ich neige dazu, Ihnen aufs Wort zu glauben, aber es gibt vielleicht andere, die dazu nicht bereit sind. Nicht Sonderlinge oder Miesmacher, Doktor Knefhausen, sondern vernünftige, anständige Leute. Haben Sie für diese Menschen irgendwelche Beweise?«

»Mit Ihrer Erlaubnis, Mr. President?« Der Präsident nickte wieder, und Knefhausen sperrte seinen Aktenkoffer auf und zog ein paar Diapositive heraus. Er gab sie einem Major der Marineinfanterie, der vom Präsidenten mit einem Blick Billigung erheischte und dann tat, was Knefhausen ihm auftrug. Die Beleuchtung erlosch, und nachdem die Bildschärfe eingestellt war, wurde das erste Dia über Knefhausens Kopf an die Wand geworfen. Es zeigte eine riesige Anlage von Y-förmigen Metallmasten, die sich in einer nackten, pulvrig aussehenden Landschaft gigantisch in die Ferne erstreckten.

»Das ist unser Radioteleskop auf der Rückseite des Mondes«, sagte er. »Von der Erde ist es niemals sichtbar, weil dieser Teil der Mondoberfläche uns stets abgewandt ist. Aus diesem Grund haben wir die Anlage dort errichtet. Es gibt keinerlei elektrische Überlagerung. Das Instrument besteht aus dreiunddreißig Millionen einzelnen Dipolelementen, mit einer Genauigkeit von eins zu mehreren Millionen ausgerichtet. Die wirkliche Größe ist ein angenäherter Kreis von achtzehn Meilen Durchmesser, aber durch die genaue Anordnung entspricht die Leistung einem Teleskop mit einem Durchmesser von über sechsundzwanzig Meilen. Das nächste Bild, bitte.«

Klick. Das Bild der riesigen RT-Anlage verschwand und wurde ersetzt durch eine ähnliche, aber deutlich kleinere und einfachere Konstruktion.

»Das ist das russische Gerät, meine Herren. Und Damen. Es hat einen Durchmesser, der nur ein Viertel des unseren erreicht. Es besitzt weniger als ein Zehntel der Elemente, und unsere Berichte – sie sind geheim, aber soviel ich weiß, sind alle Anwesenden hier Geheimnisträger der höchsten Stufe? Ja –, unsere Berichte lassen den Schluß zu, daß die Ausrichtung wenig präzise ist. Man könnte sogar sagen, ausgesprochen ungenau. Der Unterschied in der Leistungsfähigkeit der beiden Geräte beträgt, grob gesprochen, hundert zu eins zu unseren Gunsten. Licht, bitte.

Das bedeutet«, fuhr er ohne Pause fort und lächelte die Anwesenden der Reihe nach an, »wenn die Russen ›nein‹ und wir ›ja‹ sagen, können Sie Ihre Wetten auf ›ja‹ abgeben. Auf unser Radioteleskop kann man sich verlassen. Auf das der Russen nicht.«

Die Anwesenden bewegten sich unsicher auf ihren Stühlen. Sie legten ebenso großen Wert darauf, ihm zu glauben, wie er, sie zu überzeugen, aber sie waren ihrer Sache nicht sicher.

Der Kongreßabgeordnete Belden, Vorsitzender des Haushaltausschusses, sprach für alle.

»Niemand bezweifelt die Qualität Ihrer Anlage, zumal wir ja immer noch daran zahlen. Die Russen haben klar und deutlich etwas festgestellt. Sie sagen, Alpha Centauri könne keinen Planeten besitzen, der einen Durchmesser von mehr als tausend Meilen hat oder der dem Stern näher ist als eine halbe Milliarde Meilen. Ich habe den Text der TASS-Meldung hier. Man räumt ein, daß unsere Geräte wesentlich besser sind, aber nach einer von zweiundzwanzig Mitgliedern der Akademie der Wissenschaften unterzeichneten Erklärung könne ihre Anlage kein Objekt übersehen, das größer oder näher sei, als ich eben erklärt habe, noch sonst irgendwo Himmelskörper von einem Umfang, der als Landeplatz für unsere Astronauten dienen könnte. Ist Ihnen diese Erklärung bekannt?«

»Gewiß, ich habe sie gelesen –«

»Dann wissen Sie, daß man kategorisch behauptet, den Planeten, den Sie ›Alpha-Aleph‹ nennen, gebe es nicht.«

»Ja, das weiß ich.«

»Außerdem liegen Äußerungen aus dem Pariser Observatorium, dem Astrophysikalischen Institut der UNESCO in Triest und der Königlichen Astronomischen Gesellschaft in England vor, wonach die Zahlen der Russen überprüft und für korrekt befunden worden sind.«

Knefhausen nickte.

»Das ist richtig, Sir. Sie bestätigen, daß die in der sowjetischen Anlage in Nowyj Breschnewgrad auf der Rückseite des Mondes gezogenen Schlußfolgerungen sich zwangsläufig ergeben, wenn die Beobachtungen den Tatsachen entsprechen. Die Arithmetik zweifle ich nicht an. Ich sage nur, daß die Beobachtungen mit unzureichenden Geräten erfolgt sind und die sowjetischen Astronomen dadurch zu einer falschen Schlußfolgerung gelangen mußten. Ich möchte Ihre Geduld aber nicht mit einer unbewiesenen Behauptung belasten«, fügte er hastig hinzu, als der Abgeordnete sich wieder zu Wort melden wollte, »und teile deshalb alles mit, was es zu sagen gibt. Was die Russen sagen, ist Theorie. Was ich zu erwidern habe, ist nicht bloß eine bessere Theorie, sondern auch objektive Tatsache. Ich weiß, daß es Alpha-Aleph gibt, weil ich ihn gesehen habe! Bitte wieder abdunkeln, Major. Und das nächste Dia.«

Die Projektionswand wurde hell und zeigte grelles Weiß, durchsetzt von schwarzen Punkten wie Staubkörnchen. Genau im Mittelpunkt der Bildwand erschien ein großer Punkt, umgeben von einem Dutzend kleinerer. Knefhausen griff nach einem Lichtzeiger und richtete den kleinen Lichtpfeil auf den Punkt in der Mitte.

»Das ist ein Photonegativ«, sagte er, »also erscheint schwarz, was in Wirklichkeit weiß ist, und umgekehrt. Diese Punkte sind Himmelskörper. Die Aufnahme wurde vor vierzehn Monaten von unserem Satelliten Briareus zwölf in der Nähe der Jupiterumlaufbahn, auf seinem Weg zum Neptun, gemacht. Der zentrale Körper ist der Stern Alpha Centauri. Er wurde mit einem Spezialgerät aufgenommen, das fast das ganze Licht des Sterns wegfiltert, vergleichbar dem Koronoskop, mit dem man Protuberanzen unserer eigenen Sonne photographiert. Wir hofften, mit dieser Methode den Planeten Alpha-Aleph selbst aufnehmen zu können. Wie Sie sehen können, hatten wir Erfolg.« Der Lichtzeiger legte seinen kleinen Pfeil neben den nächstgelegenen kleinen Punkt am Zentralgestirn. »Das, meine Damen und Herren, ist Alpha-Aleph. Der Planet befindet sich genau dort, wo wir ihn nach Radioteleskopmessungen erwartet haben.«

Am Tisch erhob sich wieder Gemurmel. In der Dunkelheit war es lauter als vorher. Der Außenminister rief: »Mr. President! Können wir diese Aufnahme nicht freigeben?«

»Wir geben Sie sofort nach der Sitzung an die Öffentlichkeit«, sagte der Präsident.

Rhabarberrhabarber. Dann der Ausschußvorsitzende: »Mr. President, wenn Sie sagen, das ist der Planet, den wir haben wollen, dann ist er es sicher auch. Aber in anderen Ländern mag man Zweifel haben, denn diese Punkte sehen einander alle sehr ähnlich. Ich frage mich, ob Knefhausen die Neugierde eines Laien befriedigen könnte. Woher wissen wir, daß das Alpha-Aleph ist?«

»Dia Nummer vier, bitte – und lassen Sie Nummer drei im Magazin.« Das gleiche Bild, mit feinen Unterschieden. »Beachten Sie, meine Herren, daß sich hier ein Körper in einer anderen Position befindet. Er hat sich bewegt. Sie wissen natürlich, daß die Sterne keine Bewegung erkennen lassen. Er hat sich bewegt, weil diese Aufnahme acht Monate später gemacht wurde, als Briareus Zwölf von dem Neptunausflug zurückkam und der Planet Alpha-Aleph sich in seiner Umlaufbahn gedreht hatte. Das ist keine Theorie, sondern Tatsache, und ich füge hinzu, daß die Originale dieser Aufnahmen in Goldstone liegen, so daß Irrtümer ausgeschlossen sind.« *Rhabarberrhabarber,* aber höher und aufgeregter. Knefhausen setzte zufrieden nach. »So, Major, wenn Sie jetzt zu Dia drei zurückkehren würden, ja ... Und wenn Sie zwischen drei und vier abwechseln, so schnell es geht ... Danke.« Der winzige schwarze Punkt mit dem Namen Alpha-Aleph tanzte hin und her wie ein Tennisball, während alle anderen Sternpunkte an ihren Plätzen blieben. »Das nennt man die Blinkvergleichmethode, wissen Sie. Ich betone: Wenn das, was Sie da sehen, kein Planet ist, dann handelt es sich um einen, verzeihen Sie, Mr. President, verdammt merkwürdigen Stern. Außerdem befindet er sich genau in der Entfernung und genau in der Orbitalperiode, die wir, gestützt auf die RT-Daten, festgelegt haben. Gibt es dazu noch Fragen?«

»Nein, Sir!« – »Großartig, Kneffie!« – »Sonnenklare Sache.« – »Damit ist der Fall wohl erledigt.« – »Da werden sich die Kommunisten aber umsehen.«

Die Stimme des Präsidenten übertönte das Durcheinander.

»Ich glaube, wir können jetzt wieder hell machen, Major Merton«, sagte er. »Doktor Knefhausen, ich danke Ihnen. Ich würde es begrüßen, wenn Sie noch ein paar Minuten bleiben würden, damit Sie mit Murray und mir im Arbeitszimmer den Text unserer Verlautbarung durchgehen können, bevor wir die Aufnahmen freigeben.« Er nickte seinem wissenschaftlichen Chefberater zu. Die glücklichen Gesichter seiner Kabinettsmitglieder erinnerten ihn daran, daß er vergnügt zu lächeln hatte.

Constitution 2

Sheffield Jackmans Logbuch. Sternschiff ›Constitution‹. Tag 95.

Nach Letski fliegen wir jetzt mit genau fünfzehn Prozent Lichtgeschwindigkeit, das sind fast 30 000 Meilen in der Sekunde. Der Fusionsantrieb funktioniert reibungslos. Treibstoff-, Energie- und Lebenserhaltungssystemkurven verlaufen optimal. Kein Ärger irgendeiner Art mit dem Schiff oder mit anderen Dingen.

Wie vorausgesagt, zeigen sich relativistische Wirkungen. Jim Barstows Spektraluntersuchungen zeigen bei den Sternen vor uns eine Blauverschiebung, während die Sonne und die anderen Sterne hinter uns eine Rotverschiebung erkennen lassen. Ohne das Spektroskop kann man aber nicht viel sehen. Beta Circini wirkt vielleicht ein bißchen merkwürdig. Was die Sonne angeht, so ist sie immer noch sehr hell – Jim hat sie vor ein paar Stunden in die Größenordnung minus 6 eingestuft –, und da ich sie so noch nie gesehen habe, kann ich nicht beurteilen, ob die Farbe den Erwartungen entspricht. Auf jeden Fall ist es nicht das Goldgelb, das ich mit dem Typ GO in Verbindung bringe, aber das hat auch Alpha Centauri vor uns nicht, und ich sehe eigentlich keinen Unterschied zwischen ihnen. Der Grund ist wohl einfach der: Sie sind so hell, daß die Farbeindrücke gegenüber den Helligkeitseindrücken sekundär sind, wenngleich das Spektroskop, wie gesagt, die Unterschiede aufzeigt. Wir haben abwechselnd zurückgeblickt. Das ist wohl ganz natürlich. Wir können die Erde und sogar den Mond im Teleskop noch erkennen, aber es ist riskant. Letski hätte beinahe bei voller Lichtstärke die Sonne ins Auge bekommen, weil die Sehentfernung nur noch etwa zwölf Bogensekunden ausmacht. In ein paar Tagen werden sie so nah zusammengerückt sein, daß man sie nicht mehr trennen kann.

Mal sehen, was gab es noch?

Wir haben uns mit dem Mathematikfreizeitprogramm gut eingerichtet. Ann hat eine Vorliebe für die Dyadik. Sie gibt sich offenbar mit statistischen Experimenten ab – wir lassen einander ziemlich in Ruhe, bis jeder von selber erzählt – und kam ausgerechnet auf die Idee, wir sollten Münzen hochwerfen. Natürlich hatte keiner von uns Geld mit! Da stellte sich auf einmal heraus, daß zwei von uns doch etwas haben. Letski einen russischen Silberrubel, den ihm sein Onkel als Talisman geschenkt hatte, und ich eine alte Metallmarke der Verkehrsbetriebe Philadelphia, die ich zufällig in meiner Tasche entdeckte. Ann lehnte meine Marke ab, weil sie zu leicht sei, um verläßlich zu sein, aber sie verbringt jetzt glückliche Stunden damit, den Rubel hochzuwerfen, Kopf oder Wappen und die Ergebnisse als eine Reihe sechsstelliger Binärzahlen aufzuschreiben, 1 für Kopf und 0 für Wappen. Nach einer Woche wurde meine Neugierde so groß, daß ich herauszubekommen versuchte, was sie trieb. Wenn ich sie frage, sagt sie Dinge wie: ›Durch das Einfache und Leichte erkennen wir die Gesetze der ganzen Welt.‹ Wenn ich sage, das sei fein, aber was wolle sie damit erkennen, daß sie die Münze wirft, erwidert sie: ›Wenn die Gesetze der ganzen Welt erkannt werden, ergibt sich Vollkommenheit.‹ Wie gesagt, wir drängen einander nicht, und ich belasse es dabei. Aber die Zeit vergeht damit.

Kneffie wäre stolz auf sich, wenn er sehen könnte, wie wir uns beschäftigen. Bis jetzt hat noch keiner von uns de Fermats letzten Lehrsatz oder etwas Ähnliches beweisen können, aber das ist ja schließlich der Sinn. Wenn wir die Probleme lösen könnten, hätten wir sie verbraucht, und was würden wir dann mit unserer Zeit anfangen? Die Methode leistet genau das, was sie leisten sollte. Sie hält uns während dieser langen und im Grunde langweiligen Schiffsreise geistig wach.

Die persönlichen Beziehungen? Ganz prima, Leute, ganz prima. Viel besser, als wir alle zu hoffen gewagt haben, damals bei den Instruktionsstunden. Die Mädchen nehmen bis drei Tage vor ihrer Periode täglich die gestreiften Pillen, dann vier Tage lang die grünen, dann vier Tage keine und schließlich wieder die gestreiften.

Anfangs wurden verlegene Witze gemacht, aber jetzt hat sich das eingespielt, und es ist wie Zähneputzen. Wir Männer nehmen jeden Tag unsere roten Pillen (Letski hat sie ›Stopplichter‹ getauft), bis unsere Mädchen uns sagen, daß wir aufhören sollen – ihr wißt schon, was ich meine, jede sagt es zu ihrem Mann; dann nehmen wir den Blauen Teufel – so nennen wir das Gegenmittel – und leben ganz toll, bis die Mädchen wieder mit den gestreiften Pillen anfangen. Es geht aber ausgezeichnet. Ich denke nicht einmal an Sex, bis Flo mich aufs Ohr küßt und mir sagt, daß sie, entschuldigt den Ausdruck, in Wallung gerät, und dann – hui! So ist es bei allen. Die hintere Kammer mit den extra breiten Kojen nennen wir ›Flitterwochenhotel‹. Sie gehört dem, der sie gerade haben will, und noch nicht ein einziges Mal sind alle beiden Kojen gleichzeitig benutzt worden. In der übrigen Zeit schlafen wir, wo es gerade geht, und niemand regt sich auf.

Entschuldigt, daß ich persönlich werde, aber ihr habt verlangt, daß ihr alles erfahrt, und sonst gibt es nicht viel zu berichten. Alle Systeme sind optimal. Wir überprüfen sie von Zeit zu Zeit, aber es hat keinerlei Probleme gegeben oder auch nur so ausgesehen, als könnten irgendwann Schwierigkeiten auftreten. Und draußen gibt es wirklich nichts Lohnendes zu sehen als Sterne. Wir haben sie inzwischen ziemlich satt. Die Plasmadüse dröhnt schön brav bei 0.75 G. Wir hören sie nicht einmal mehr.

Wir haben uns sogar an das Rezirkulationssystem gewöhnt. Keiner von uns glaubte wirklich, daß wir mit der Saugtoilette zurechtkommen würden, ganz zu schweigen von dem, was mit dem Inhalt geschieht, aber es war nur in den ersten Tagen ein bißchen unangenehm. Jetzt stört es nicht mehr. Das verarbeitete Produkt gelangt in die Algentanks, der Bodenschlamm aus den Tanks kommt in die Wasserkulturanlagen, aber inzwischen ist das ja schon grünlichbraune Pflanzenmaterie, wie mein Vater sie aus seinem Düngerbeet holte. Das läuft sowieso alles halbautomatisch, und wir kommen mit dem System eigentlich erst in der Küche in Berührung. Die Nahrung, die wir essen, hat die Form von schönen, roten Tomaten und nahrhaftem Reispilaw und dergleichen. Das tierische Eiweiß fehlt uns ein bißchen; die Tiefkühlvorräte müssen lange vorhalten, so daß jede Bulette ein besonderes Festmahl wird. Es gibt sie auch nur einmal die Woche. Das Wasser, das wir trinken, stammt direkt aus der Luft; es wird durch Entfeuchtungsanlagen kondensiert. Es ist schön frisch und gekühlt und schmeckt ausgezeichnet. In die Luft gelangt es zunächst natürlich einmal dadurch, daß wir es durch die Poren ausschwitzen oder daß die Pflanzen es abgeben – sie werden unmittelbar durch das behandelte Produkt der Rückgewinnungstanks bewässert –, und wenn wir nachdenken, wissen wir alle, daß jedes einzelne Molekül davon inzwischen schon vierzigmal durch unsere Nieren gegangen ist. Aber eben nicht direkt. Das ist der springende Punkt. Was wir trinken, ist frisches, klares Wasser. Und wenn es einmal etwas anderes gewesen ist, kann man das nicht auch vom Eriesee sagen?

Na ja. Ich glaube, ich habe lange genug gefaselt. Inzwischen ist euch sicher klargeworden, daß wir gern unseren Dienst tun und uns alle bei euch für diesen Ausflug bedanken!

Washington 2

Dr. Knefhausen las, während er darauf wartete, beim Präsidenten vorgelassen zu werden, noch einmal die Nachrichten aus dem Raumschiff und lachte zufrieden in sich hinein. ›Gern unseren Dienst tun.‹ – ›Und dann – hui!‹ – ›Kneffie wäre stolz auf sich‹ – Kneffie war es auch. Und stolz auf sie, diese Wunderkinder. So tapfer. So stark.

Er war so stolz auf sie, als seien sie seine eigenen Söhne und Töchter, alle acht. Jedermann wußte, daß das Alpha-Aleph-Projekt Knefhausens ureigenste Leistung war, aber vor der Welt versuchte er zu verbergen, daß er seine Vaterschaft auch auf die Besatzung ausdehnte. Sie war das Beste, was man auf der Welt hatte finden können, und es war er gewesen, der sie ausgesucht hatte. Er hob den Kopf und lauschte dem fernen Geschrei an der Absperrung, wo die heutige widerliche Vorführung von Pöbelgewalt ihr Bestes tat, um die Leute zu stören, die dafür sorgten, daß die Welt funktionierte. Was für Gestalten waren das, mit ihren langen Haaren und ihrer schmutzigen Moral! Der Himmel gehörte nur den Engeln, und es war Dieter von Knefhausen gewesen, der die Engel ausgewählt, der die Auswahlmethoden entwickelt hatte – und was war schon, wenn er Dinge getan hatte, von denen man besser nicht sprach, nur um dafür zu sorgen, daß diese Methoden auch wirksam wurden? Er war es, der das überaus wichtige Freizeitprogramm erfunden und geformt hatte, und vor allem er, der das ganze Projekt entwickelt und den Präsidenten dazu bewogen hatte, es durchzusetzen. Das Material bedeutete nichts, nur Geld. Die grundlegenden wissenschaftlichen Konzeptionen waren bekannt, die meisten Bestandteile greifbar, es bedurfte nur des Willens, sie zusammenzusetzen. Den Willen hätte es nicht gegeben, wäre Knefhausen nicht gewesen, der die Entdeckung von Alpha-Aleph aus seinem Radio-Observatorium auf der Mondrückseite bekanntgegeben, dem Planeten seinen Namen verliehen und den Kampf um das Projekt mit allen Mitteln fortgesetzt hatte, bis der Präsident damit einverstanden gewesen war.

Es war ein harter, bitterer Kampf gewesen. Er rief sich mutig in Erinnerung, daß das Schlimmste noch bevorstand. Egal. Wie hoch der Preis auch sein mochte, es war getan, und es lohnte sich. Die Berichte von der ›Constitution‹ bewiesen es. Alles lief genau wie geplant, und –

»Entschuldigen Sie, Doktor Knefhausen.«

Er sah auf, aus einer Entfernung von fast einem halben Lichtjahr zurückgerissen.

»Ich sagte, der Präsident empfängt Sie jetzt, Doktor Knefhausen«, wiederholte der Protokollchef.

»Ah«, sagte Knefhausen. »Oh, ja, sicher. Ich war in Gedanken.«

»Ja, Sir. Hierher, Sir.«

Sie kamen an einem Fenster vorbei, und man sah für einen Augenblick das Getümmel am Tor, Schilder, wie Streitäxte geschwungen, eine dünne, blaue Wolke Tränengas, Gebrüll.

»König Mob ist heute wieder aktiv«, sagte Knefhausen abwesend.

»Es besteht keine Gefahr, Sir. Hier durch, bitte.«

Der Präsident war in seinem privaten Arbeitszimmer, aber zu Knefhausens Überraschung nicht allein. Da war Murray Amos, sein Sekretär, was man noch verstehen konnte; aber außerdem hielten sich noch drei Männer in dem Raum auf. Knefhausen erkannte den Außenminister, den Sprecher des Kongresses und, ausgerechnet, den Vizepräsidenten. Wie seltsam, dachte Knefhausen, für das, was eine vertrauliche Besprechung mit dem Präsidenten allein hätte sein sollen! Aber er faßte sich schnell.

»Verzeihen Sie, Mr. President«, sagte er. »Ich muß das falsch verstanden haben. Ich dachte, Sie hätten jetzt Zeit für unser kleines Gespräch.«

»Die habe ich, Knefhausen«, sagte der Präsident. Die Sorgen der Jahre im Weißen Haus lasteten heute schwer auf ihm, dachte Knefhausen kritisch. Er wirkte sehr alt und sehr müde. »Sie werden diesen Herren mitteilen, was Sie mir sagen wollten.«

»Ah, ja, ich verstehe«, sagte Knefhausen und versuchte zu verheimlichen, daß er gar nichts verstand. Der Präsident meinte das, was er sagte, sicherlich nicht ernst; also kam es darauf an, festzustellen, was er in Wirklichkeit dachte. »Ja, gewiß. Hier ist gleich etwas, Mr. President. Ein neuer Bericht von der ›Constitution‹! Er wurde vor erst einer Stunde durch Stoßübertragung vom Mondorbiter in Goldstone aufgefangen und ist eben aus dem Dekodierraum gekommen. Unsere mutigen Astronauten sind in ausgezeichneter Verfassung, genau wie geplant. Sie sagen –«

»Lesen Sie uns das jetzt nicht vor«, sagte der Präsident mit rauher Stimme. »Wir hören es uns an, aber zuerst gibt es etwas anderes. Ich möchte, daß Sie den Herren hier die ganze Geschichte des Projekts Alpha-Aleph erzählen.«

»Die ganze Geschichte, Mr. President?« Knefhausen nahm sich zusammen. »Verstehe. Sie möchten, daß ich ganz von vorne anfange, von dem Augenblick, als wir im Observatorium erkannten, daß wir einen Planeten entdeckt hatten –«

»Nein, Knefhausen. Nicht die Tarnung. Die Wahrheit.«

»Mr. President!« rief Knefhausen entsetzt. »Ich muß Ihnen mitteilen, daß ich dagegen protestiere, vorzeitig entscheidende –«

»Die Wahrheit, Knefhausen!« schrie der Präsident. Es war das erstemal, daß Knefhausen ihn seine Stimme erheben hörte. »Sie gelangt nicht aus diesem Raum hinaus, aber Sie müssen ihnen alles sagen. Erklären Sie, weshalb die Russen recht und wir gelogen haben! Sagen Sie ihnen, weshalb wir die Astronauten auf ein Selbstmordunternehmen geschickt und ihnen befohlen haben, auf einem Planeten zu landen, von dem wir immer gewußt haben, daß es ihn nicht gibt!«

Constitution 3

Shef Jackmans Tagebuch. Tag 130.

Es war eine lange Zeit, nicht? Tut mir leid, daß ich ein so schlechter Briefschreiber bin. Ich war mitten in einer Schachserie von dreizehn Spielen mit Eve Barstow – sie spielte die Bobby-Fisher-Spiele, ich spielte im Stil von Reschewskij –, und Eve sagte etwas, was mich an den alten Kneffie denken ließ, und das erinnerte mich natürlich daran, daß ich eine Mitteilung schuldig bin. Hier ist sie.

Zu meiner eigenen Verteidigung muß ich sagen: Es lag nicht nur daran, daß wir mit anderen Dingen beschäftigt gewesen sind. Diese kleinen Plauderbriefe kosten sehr viel Energie. Ein paar von uns sind nicht so sicher, daß sie sich lohnen. Je weiter wir kommen, desto mehr Energie brauchen wir für eine Sendung. Im Augenblick ist es noch nicht so schlimm, aber – na ja, es ist besser, wenn ich die Wahrheit sage, nicht? Kneffie hat uns das Versprechen abgenommen. Sagt immer die Wahrheit, meinte er, weil ihr ein Teil des Experiments seid und wir wissen müssen, was ihr tut, und zwar alles. Nun, die Wahrheit ist in diesem Fall die, daß wir eine Weile nicht genug verfügbare Energie hatten, weil Jim Barstow eine ganze Menge für Forschungszwecke brauchte. Ihr werdet euch wahrscheinlich fragen, was das für Forschungen sind, aber wir haben uns zur Regel gemacht, nicht zu kritisieren, ja, nicht einmal zu sprechen, was ein anderer tut, bis er fertig ist, und das ist er nicht. Ich übernehme die Verantwortung für das Ganze, nicht nur für den Energieabfluß, sondern auch für den Schaden am Schiff. Ich habe Jim die Genehmigung gegeben.

Wir sind jetzt ziemlich schnell, und für das bloße Auge sind die Sterne vor und hinter uns durch die Blau- und Rotverschiebung fast unsichtbar geworden. Es ist merkwürdig, aber wir haben Alpha-Aleph noch nicht ausmachen können, nicht einmal mit der Scheibe, die den Stern verdeckt. Durch die Blauverschiebung werden wir den Planeten wohl überhaupt nicht mehr zu sehen bekommen, bis wir die Geschwindigkeit herabsetzen. Die Sonne können wir immer noch erkennen, aber was wir sehen, ist wohl ultraviolett. Die relativistischen Frequenzverschiebungen bedeuten natürlich, daß wir für unsere Sendungen zusätzliche Energie brauchen, auch ein Grund dafür, weshalb ich künftig nicht, wie ich sollte, jeden Sonntag zwischen Frühstück und Fernsehen nach Hause schreiben kann!

Aber das Unternehmen läuft sehr gut. Die ›persönlichen Beziehungen‹ sind weiterhin ideal. Wir haben auch hier Forschungsexperimente angestellt, die nicht vorgesehen waren, aber das geht in Ordnung. Keine Probleme. Hat großartig geklappt. Ich glaube, ich lasse Einzelheiten lieber weg, aber wir haben ein paar tolle Methoden gefunden. Ach was, einen Hinweis kann ich ja geben: Dort Leski meint, ich soll euch sagen, die Jungs von Mission Control möchten zwei von den gestreiften Pillen öffnen, dazu eine von den Blauen Teufeln, den Inhalt mit einem Viertel Teelöffel schwarzem Pfeffer und ungefähr zwei Kubikzentimeter von der Flüssigkeit aus dem Rezirkulationssystem vermischen, mit Orangeneis servieren, und – Mensch, Mann! Nach dem erstenmal machte Flo einen Witz über die Potenz, den ich für einen privaten Spaß hielt, aber wir lachten uns alle schief. Dot hat sich das schon vor Wochen ausgerechnet. Wir fragten uns, wie sie mit ›Krieg und Frieden‹ so schnell so weit gekommen war, bis sie uns das Geheimnis verriet. Dann kamen wir dahinter, was das einem gefühlsmäßig wie intellektuell bedeuten kann: das Schöpferische über dem Erregenden, sozusagen.

Ann und Jerry Letski haben ihre eigenen Freizeitprogramme ziemlich schnell verbraucht – sehr schnell sogar, sie sollten eigentlich die ganze Reise dauern! –, also tauschten sie die Mikrofilme aus, weil sie sich sagten, daß jeder einzelne an einem Aspekt der Kausalität interessiert war, und weil sie sehen wollten, was die andere Seite zu bieten hatte. Ann befaßt sich jetzt gründlich mit Leuten wie Kant und Carnap, und Letski ist sauer, weil es im Wasserkulturgarten keine Achillea millefolium gibt. Er braucht die Stengel für seine Forschungen, sagt er. Er behilft sich damit, seinen Rubel zu werfen, um Hexagramme zu erzeugen; wir borgen ihn uns übrigens alle gelegentlich aus, aber das ist nicht die richtige Methode. Ehrlich, Mission Control, er hat recht. Man hätte auch an unsere anderen Bedürfnisse denken sollen, abgesehen von Sex und Zahlentheorie. Wir können nicht einmal Kotelettknochen vom Küchenabfall verwenden, weil es keinen Küchenabfall gibt. Ich weiß, ihr habt nicht an alles denken können, aber trotzdem – wir improvisieren jedenfalls, so gut es geht, und meistens reicht das auch.

Mal sehen, was noch? Habe ich euch Jim Barstows Beweis von Goldbachs These geschickt? Der war ziemlich einfach, nachdem Jim auf die Idee mit der Paritätsanalyse gekommen war. Wir geben uns aber mit solchen Sachen kaum noch ab. Die Zahlentheorie haben wir satt, seit wir alles Interessante gelöst haben, und wenn es etwas gibt, woran wir – abgesehen von unseren privaten Interessen – alle arbeiten, dann ist es wahrscheinlich die Infinitesimalaussage. Wir gehen nicht systematisch vor, sondern nur in der Zeit, die uns von anderen Beschäftigungen übrigbleibt, aber wir sind alle sehr überzeugt, daß eine universelle Grammatik möglich ist, und es läßt sich leicht erkennen, wozu sie führt. Flo hat mehr getan als wir alle. Sie hat mich gebeten, zu erwähnen, daß Boole, Venn und alle diese Alten auf der falschen Fährte waren, aber sie glaubt, daß etwas an Leibniz' ›Integral der Vernunft‹ sein könnte. Von J. W. Swanson gibt es einen Hinweis für die Mehrfachkoordination von Sprachen, der ihr gefällt. Davon ist auch Jim ausgegangen, als er seine Paritätsanalyse entwickelte. Der Grundgedanke dabei ist der, daß man eine Doppelvokabularsprache entwickelt. Eine Gruppe von Bedeutungen wird von, sagen wir, Phonemen ausgedrückt – das heißt, von den Wortformen selbst. Eine andere wird durch die Stimmlage vermittelt. Es ist so, als singe man eine Mitteilung, wobei die eine Hälfte durch die Wörter, die andere durch die Melodie übermittelt wird. Wie Rockmusik. Man nimmt beide Gruppen von Bedeutungen gleichzeitig auf. Flo arbeitet jetzt an den Dimensionen 3, 4 und n, um viele Bedeutungen auf einmal vermitteln zu können, aber bis jetzt trägt das noch keine richtigen Früchte – wenn man davon absieht, daß der Sexualverkehr als eines der Kommunikationsmittel eingesetzt wird. Die meisten Sinne, die verfügbar sind, vermögen wegen ihrer Begrenztheit nicht viel mitzuteilen. Übrigens haben wir alle vorhandenen ›künstlichen‹ Sprachen überprüft, so gut wir konnten – zum Beispiel versetzten wir Will Becklund unter hypnotische Regression, damit wir das Esperanto, das er als Junge gelernt hatte, zutage fördern konnten. Das sind aber alles Sackgassen. Sie haben nicht einmal soviel übermitteln können wie normales Englisch oder Französisch.

Die medizinischen Meßergebnisse folgen. Wir sind alle gesund.

Eve Barstow hat uns zur Sicherheit untersucht. Ann und Letski hatten an ein paar Backenzähnen leichte Defekte. Eve plombierte sie, mehr zur Übung. Ich meine nicht Übung im Plombieren; sie wollte statt Prokain Akupunktur versuchen. Hat gut geklappt.

Wir haben alle dieses ›Briefe-an-Mami-und-Papi-aus-dem-Sommerlager‹-Gefühl und möchten euch ein paar Proben unserer Basteleien schicken. Der Haken dabei ist, daß es so viel davon gibt. Jeder hat etwas, worüber er sich besonders freut, wie Barstows Beweis für die meisten klassischen Probleme der Mathematik und meine Multimediafassung von ›Sur le pont d'Avignon‹. Schwer zu entscheiden, was man euch mit der begrenzten Energie schicken soll, und für dummes Zeug wollen wir sie nicht vergeuden. Wir haben deshalb abgestimmt und entschieden, das Beste sei Anns Versfassung von ›Krieg und Frieden‹. Sie ist ziemlich lang. Ich hoffe, die Energie reicht aus. Ich sende, soviel ich kann . . .

Washington 3

Der Frühling in Washington war ziemlich fortgeschritten. Am Potomac begannen die Kirschbäume zu blühen, und der Rock Creek Park zeigte sich im Blaßgrün frischen Laubs. Selbst durch das Knattern des Hubschraubers konnte Knefhausen bei Georgetown gelegentlich Gewehrfeuer hören, und die Molotowcocktails und Tränengasgranaten am großen Watergatekomplex befleckten den Himmel mit Rauch und Dämpfen. Sie hören nie auf, dachte Knefhausen gereizt. Was hat es für einen Sinn, solche Menschen retten zu wollen?

Es lenkte ihn ab. Er entdeckte, daß seine Aufmerksamkeit dreigeteilt war – und zwar richtete sie sich auf die narbenreiche, grünende Landschaft unter ihm; auf Begleitkampfhubschrauber, die um seinen eigenen Vogel herumflogen, und auf die Papiere in seinem Schoß. Alles ärgerte ihn. Er konnte sich auf nichts konzentrieren. Was ihm am wenigsten gefiel, war der Bericht von der ›Constitution‹. Er hatte fachmännische Hilfe gebraucht, um sich übersetzen zu lassen, worum es eigentlich ging, und das paßte ihm nicht, aber noch weniger war er mit den Ergebnissen einverstanden. Was war schiefgegangen? Sie waren seine jungen Leute, einzeln ausgesucht. Es hatte zum Beispiel keinerlei Hinweise auf Hippieneigungen bei irgendeinem von ihnen gegeben, jedenfalls nicht nach dem zwanzigsten Lebensjahr. Wie waren sie auf diesen ›I Ching‹-Unfug und diese Dummheiten mit der Achillea millefolium, besser bekannt als gemeine Schafgarbe, gekommen? Was für ›Experimente‹ machten sie? Wer hatte mit der widerlichen, unwissenschaftlichen Akupunktur begonnen? Wie konnten sie es wagen, von ihrem programmierten Energiebudget abzuweichen, und was für Forschungszwecke waren das? Und vor allem – welcher Schaden war dem Raumschiff zugefügt worden?

Er kritzelte auf eine Block: ›Laßt den Unsinn, und zwar augenblicklich. Ich habe den Eindruck, daß ihr euch alle wie unverantwortliche Kinder benehmt. Ihr laßt die Ideale eures Unternehmens im Stich. Knefhausen‹

Nachdem er die kurze Strecke vom Hubschrauberlandeplatz zum bewachten Eingang des Weißen Hauses gerannt war, gab er den Zettel an einen Boten vom Nachrichtenzentrum weiter, damit der Text sofort verschlüsselt und über Goldstone, Lunarorbiter und Mondbasis zur ›Constitution‹ gesandt werden konnte. Alles, was sie brauchen, ist eine Ermahnung, redete er sich ein, dann kommen sie wieder zu sich. Aber er machte sich noch immer Sorgen, als er in einen Spiegel guckte, seine Haare glättete, mit einem Finger über den Schnurrbart fuhr und sich dem Chefsekretär des Präsidenten präsentierte.

Diesmal fuhren sie hinunter, nicht hinauf. Knefhausen begab sich in den Kellerraum, der der Reihe nach Franklin Roosevelts Schwimmbad, der Aufenthaltsraum für die Presse, ein Fernsehatelier für köstliche kleine Aufnahmen vom Präsidenten mit Kongreßabgeordneten und Senatoren gewesen war und jetzt als stark gepanzerter Bunker diente, in dem sich jeder, der bei einem erfolgreichen Angriff der Stadt im Weißen Haus festsaß, ein paar Wochen verschanzen konnte, und in dieser Zeit würde die 4. Panzerdivision doch wohl in der Lage sein, das Gelände von ihrem Stützpunkt in Maryland aus zu entsetzen. Es war kein gemütlicher Raum, aber er bot Sicherheit. Abgesehen von der Panzerung war er so schalldicht, spionagesicher und undurchlässig wie nur irgendein Keller in der ganzen Welt, nicht ausgenommen der Tief-Kreml oder der NOROM-Stützpunkt in Colorado.

Knefhausen wurde eingelassen und setzte sich, während sich der Präsident und zwei Männer in einer Ecke unterhielten und sich mehrere Dutzend anderer Leute die Hälse verrenkten, um Knefhausen anzustarren.

Der Präsident hob schließlich den Kopf.

»Also«, sagte er. Er trank Wasser aus einem Kristallglas und sah eingeschrumpft und erschöpft aus, enttäuscht davon, was aus einem Jugendtraum geworden war; die Präsidentschaft war nicht das, was er sich in Muncie, Indiana, davon versprochen hatte. »Wir wissen alle, weshalb wir hier sind. Die Regierung der Vereinigten Staaten hat Informationen verbreitet, die nicht zutrafen. Sie hat es bewußt und absichtlich getan, und wir sind dabei erwischt worden. Wir möchten Ihnen jetzt die Hintergründe klarmachen, und Doktor Knefhausen wird deshalb das Alpha-Aleph-Projekt erläutern. Bitte, Knefhausen.«

Knefhausen stand auf und ging mit gemessenen Schritten zu dem kleinen, neben dem Präsidenten aufgebauten Pult. Er legte sich seine Unterlagen zurecht, betrachtete sie einen Augenblick mit gespitzten Lippen, dann begann er: »Wie der Präsident schon sagte, ist das Projekt Alpha-Aleph Tarnung. Ein paar von Ihnen haben das vor einigen Monaten erfahren, und damals belegten Sie es mit anderen Ausdrücken. ›Schwindel‹, ›Betrug‹. Worte dieser Art. Wenn ich es auf Französisch sagen darf, denn alle diese Ausdrücke sind unberechtigt, es war vielmehr eine legitime *ruse de guerre*. Nicht der *guerre* gegen unsere politischen Gegner oder auch nur gegen die schwachköpfigen jungen Leute in den Straßen mit ihren Molotowcocktails und Ziegelsteinen. Ich meine nicht diese Kriege, ich meine den Krieg gegen die Unwissenheit. Es gab einfach gewisse Dinge, die wir der Wissenschaft und des Fortschritts wegen wissen mußten. Alpha-Aleph wurde entwickelt, damit wir sie herausfinden.

Das Schlimmste will ich vorweg bekanntgeben«, sagte er. »Nummer eins: Es gibt keinen Planeten Alpha-Aleph. Die Russen hatten recht. Nummer zwei: Wir wußten das von Anfang an. Selbst die Aufnahmen, die wir präsentiert haben, sind Fälschungen, und auf lange Sicht wird die Welt das erfahren und unsere *ruse de guerre* erkennen. Ich kann nur hoffen, daß sie es nicht zu bald erfährt, denn wenn wir Glück haben und das Geheimnis eine Weile bewahren können, hoffe ich, daß wir Ergebnisse liefern können, die so gut sind, daß sie rechtfertigen, was wir getan haben. Nummer drei: Wenn die ›Constitution‹ Alpha Centauri erreicht, wird es keinen Landeplatz für das Raumschiff geben, keine Möglichkeit für die Besatzung, es zu verlassen, keine Rohstoffquellen, mit denen sie Treibstoff für die Heimreise herstellen könnte, nichts als den Stern und den leeren Weltraum. Das ergibt bestimmte Folgen. Die ›Constitution‹ ist so konstruiert worden, daß sie genug Wasserstofftreibmittel für den Hinflug sowie für Manövrierreserven hat. Die Menge reicht nicht aus, um einen Rückflug zu ermöglichen, und die Quelle, die man anzapfen wollte, nämlich den Planeten Alpha-Aleph, gibt es nicht, so daß die Besatzung nicht zurückkehren wird. Die Folge ist, daß sie dort sterben muß. Das sind die schlimmen Dinge, die ich einräumen muß.«

Unter den Zuhörern erhob sich seufzendes Gemurmel. Der Präsident sah mit gerunzelter Stirn zerstreut vor sich hin. Knefhausen wartete geduldig, bis die Medizin geschluckt war, dann fuhr er fort.

»Sie fragen also: Weshalb haben wir das getan? Weshalb haben wir acht junge Menschen dem Tod überantwortet? Die Antwort ist einfach: Wissen. Um es anders auszudrücken: Wir brauchen die grundlegenden wissenschaftlichen Erkenntnisse, derer wir bedürfen, um die freie Welt zu schützen. Sie sind, glaube ich, alle mit der Tatsache vertraut, daß in den vergangenen zehn oder fünfzehn Jahren wissenschaftliche Fortschritte grundlegender Art sehr selten gewesen sind. Sehr viel Forschung und Entwicklung. Viel Technologie. Viele neue Anwendungsbereiche. Aber in den Jahren seit Einstein, oder besser seit Weizsäcker, ganz wenig Grundlagen.

Aber ohne neues Grundlagenwissen hört die Entwicklung der neuen Technologie bald auf. Sie verliert sozusagen ihren Schwung.

Ich muß Ihnen jetzt eine Geschichte erzählen. Es ist eine wahre wissenschaftliche Geschichte, kein Witz; ich weiß, Sie wollen jetzt keine Witze von mir hören. Es gab einen Mann namens de Bono, einen Malteser, der den Prozeß des schöpferischen Denkens erforschen wollte. Man weiß darüber nicht viel, aber er hatte eine Idee, wie er etwas herausfinden konnte. Er richtete also für ein Experiment einen Raum her, in dem es kein einziges Möbelstück gab, mit zwei Türen, einander genau gegenüber. Man tritt durch die eine

Tür ein, geht durch das Zimmer, verläßt es durch die andere Tür. An die Eingangstür legte er Material – zwei flache Bretter und Stricke. Als Versuchspersonen holte er sich kleine Kinder. Er sagte zu ihnen: ›Paßt auf, wir machen jetzt ein Spiel. Ihr müßt durch dieses Zimmer gehen und zur anderen Tür hinaus, das ist alles. Wenn ihr das macht, habt ihr gewonnen. Es gibt aber eine Regel. Ihr dürft den Boden nicht mit euren Füßen oder Knien oder irgendeinem anderen Körperteil oder mit der Kleidung berühren. Wir hatten einen Jungen hier‹, sagte er, ›der sehr sportlich war und auf den Händen hinüberging, aber er schied aus. Das dürft ihr nicht tun. Los jetzt, und wer es am schnellsten kann, bekommt Schokolade.‹

Er führte alle Kinder weg bis auf eines, und sie versuchten es der Reihe nach. Es waren zehn oder fünfzehn Kinder, und alle taten dasselbe. Manche brauchten länger dazu, andere kamen sofort darauf, aber es war immer derselbe Trick: Sie setzten sich auf den Boden, nahmen die Bretter und die Stricke, banden an jeden Fuß ein Brett und gingen wie auf Skiern durch das Zimmer. Der Schnellste kam sofort auf diesen Einfall und war in einigen Sekunden drüben. Der Langsamste brauchte viele Minuten. Es war aber bei allen derselbe Trick, und das war der erste Teil des Experiments.

De Bono, der Malteser, begann nun mit dem zweiten Teil des Experiments. Dieser entsprach dem ersten, mit nur einem Unterschied. De Bono gab ihnen nicht zwei Bretter, sondern nur eines.

Und im zweiten Teil kam wieder jedes Kind auf dieselbe Idee, aber es war natürlich eine andere. Sie banden den Strick an einem Ende des Bretts fest, stellten sich darauf, sprangen hoch, zerrten am Strick, um das Brett vorwärtszubewegen, springend und zerrend, wodurch sie immer ein kleines Stückchen vorwärtskamen, und alle schafften es. Beim ersten Experiment betrug die Durchschnittszeit für die Durchquerung noch etwa fünfundvierzig Sekunden. Beim zweiten Experiment waren es ungefähr zwanzig Sekunden. Mit einem Brett schafften sie es schneller als mit zwei Brettern.

Vielleicht begreifen schon einige von Ihnen, worauf ich hinauswill. Weshalb hat kein Kind der ersten Gruppe gleich an diese schnellere Methode, das Zimmer zu durchqueren, gedacht? Ganz einfach. Sie sahen sich an, was sie an Material bekommen hatten, und sie waren wie wir alle, sie wollten alles verwenden. Sie brauchten aber nicht alles. Sie konnten mit weniger mehr erreichen, auf andere Art.«

Knefhausen machte eine Pause, schaute sich um und genoß diesen Augenblick. Er hatte sie jetzt in der Tasche, das wußte er. Es war genauso, wie es beim Präsidenten selbst gewesen war, drei Jahre vorher. Sie begannen die Notwendigkeit des Geschehenen zu begreifen, und die ihm zugewandten blassen Gesichter waren nicht mehr so feindselig, nur verwirrt und ein wenig ängstlich.

»Darum geht es also beim Projekt Alpha-Aleph, meine Damen und Herren«, fuhr er fort. »Wir haben acht der intelligentesten Menschen ausgewählt, die wir finden konnten – gesund, jung, abenteuerlustig. Sehr schöpferisch. Wir haben ihnen einen gemeinen Streich gespielt, das ist richtig. Wir haben ihnen aber auch eine Gelegenheit verschafft, wie sie noch nie jemand gehabt hat. Die Gelegenheit, zu denken. Zehn Jahre lang nachzudenken. Über Grundfragen nachzudenken. Draußen im Weltraum fehlt ihnen das zweite Brett, das sie ablenken könnte. Wenn sie etwas wissen wollen, können sie nicht in die Bibliothek laufen und nachschlagen, um festzustellen, daß jemand gesagt hat, was sie denken, könne nicht funktionieren. Sie müssen sich selbst damit befassen.

Und um das möglich zu machen, haben wir sie getäuscht, und das kostet sie das Leben. Nun gut, es ist tragisch, ja. Aber wenn wir ihnen das Leben nehmen, haben wir ihnen dafür Unsterblichkeit verschafft.

Wie machen wir das? Wieder handelt es sich um eine Täuschung, meine Damen und Herren. Ich sage zu ihnen nicht: ›Hört zu, ihr müßt neue Wege in der Wissenschaft finden und sie uns verraten.‹ Ich tarne den Zweck, damit sie nicht einmal davon abgelenkt werden. Wir haben ihnen erklärt, das Ganze sei eine Freizeitbeschäftigung, damit sie sich die Zeit vertreiben können. Auch das ist eine *ruse de guerre*. Die ›Freizeitbeschäftigung‹ soll ihnen nicht helfen, die Reise zu überstehen, sie ist der ganze Zweck der Reise.

Also statten wir sie mit den grundlegenden Werkzeugen der Wissenschaft aus. Mit Zahlen, das heißt, mit Größen und Quantitätsbestimmungen, mit allem, worum es bei wissenschaftlichen Beobachtungen geht. Mit Grammatik. Das ist nicht das, was Sie mit dreizehn Jahren gelernt haben, sondern ein technischer Ausdruck;

er meint die Algebra der Logik und die Grundregeln der Kommunikation. Damit können sie lernen, klar zu denken, indem sie sich ganz ohne Verschwommenheit, ohne Mehrdeutigkeit mitteilen. Wir geben ihnen sonst sehr wenig, nur die Gelegenheit, diese beiden Grundbestandteile zu mischen und mit neuen Formen des Wissens aufzuwarten.

Was wird daraus werden? Das ist eine vernünftige Frage. Leider gibt es keine Antwort darauf. Bis jetzt noch nicht. Wenn wir die Antwort im voraus wüßten, bräuchten wir das Experiment nicht durchzuführen. Wir wissen also nicht, wie das Endergebnis aussehen wird, aber schon haben sie viel geleistet. Sie konnten alte Fragen, die jahrhundertelang die klügsten Wissenschaftler beschäftigt haben, lösen. Ich will Ihnen ein Beispiel nennen. Sie werden sagen: ›Ja, aber was bedeutet es?‹ Ich werde antworten: ›Ich weiß es nicht‹; ich weiß nur, die Frage ist so schwer, daß noch niemand sie hat beantworten können. Es ist der Beweis für einen Satz, den man Goldbachs These nennt. Nur eine These. Man könnte auch von einer Mutmaßung sprechen. Die Mutmaßung eines hervorragenden Mathematikers, der vor vielen Jahren gelebt hat, wonach jede gerade Zahl als die Summe von zwei Primzahlen ausgedrückt werden kann. Das ist eines der simplen mathematischen Probleme, die jeder verstehen und niemand lösen kann. Man kann sagen: ›Gewiß, sechzehn ist die Summe von elf und fünf, die beide Primzahlen sind, und dreißig ist die Summe von dreiundzwanzig und sieben, ebenfalls Primzahlen, und ich kann Ihnen solche Zahlen für jede gerade Zahl nennen.‹ Ja, das kann man, aber kann man auch beweisen, daß das für jede denkbare gerade Zahl immer möglich sein wird? Nein, man kann es nicht. Niemand ist dazu in der Lage gewesen, aber unsere Freunde in der ›Constitution‹ haben es geschafft, und das schon in den ersten Monaten. Sie haben noch fast zehn Jahre vor sich. Ich kann nicht sagen, was sie in diesem Zeitraum leisten werden, aber es wäre unsinnig, sich einzubilden, daß es weniger als ungeheuer viel sein wird. Eine neue Relativitätstheorie, eine neue universelle Gravitationstheorie – ich weiß es nicht, ich gebe nur Worte von mir. Aber es wird viel sein.«

Wieder verstummte er. Niemand gab einen Laut von sich. Selbst der Präsident starrte nicht mehr ausdruckslos vor sich hin, sondern sah ihn an.

»Es ist noch nicht zu spät, das Experiment zu vereiteln, und aus diesem Grund müssen wir es noch einige Zeit geheimhalten. Aber so sieht es aus, meine Damen und Herren. Das ist die Wahrheit über Alpha-Aleph.« Er scheute vor dem zurück, was nun kommen mußte, schob es um Sekunden hinaus, indem er in seinen Unterlagen blätterte, zuckte die Achseln, sah sie an und sagte: »Hat jemand Fragen?«

Ja, man hatte Fragen. Herr Omnes war ein wenig betäubt und brauchte eine Weile, um sich dem Bann der schlichten und herrlichen Wahrheiten zu entziehen, die er gehört hatte, aber dann meldete sich zuerst einer, dann ein anderer, und schließlich schrien zwei oder drei durcheinander. Es gab Fragen, gewiß. Fragen, die niemand beantworten konnte. Fragen, die sich anzuhören Knefhausen keine Zeit hatte, geschweige denn, sie zu beantworten, bevor die nächste Frage gestellt wurde. Fragen, auf die er die Antworten nicht wußte. Fragen vor allem, auf welche die Antworten wie Pfeffer in die Augen war, zornerregend, jede Vernunft betäubend. Aber er mußte sich ihnen stellen, und er versuchte sie zu beantworten. Selbst als alle so schrien, daß die Marineinfanteristen vor der massiven Doppeltür einander betroffen ansahen und sich fragten, woher das dumpfe Grollen rührte, das aus dem schalldichten Raum drang.

»Ich möchte wissen, wer Sie dazu angestiftet hat?« – »Herr Vorsitzender, niemand; es ist, wie ich gesagt habe.« – »Aber hören Sie doch, Knefhausen, wollen Sie uns erzählen, daß Sie diese braven Leute umbringen, nur um der Theorie irgendeines Goldbach willen?« – »Nein, Senator, nicht um Goldbachs These willen, sondern für gewaltige Fortschritte in der Wissenschaft, für den Kampf, die freie Welt frei zu erhalten.« – »Sie geben zu, daß Sie die Vereinigten Staaten zu einem handgreiflichen Betrug veranlaßt haben?« – »Eine legitime Kriegslist, Herr Minister, weil es keinen anderen Weg gab.« – »Die Aufnahmen, Knefhausen?« – »Gefälscht, General, wie gesagt. Ich übernehme die volle Verantwortung.« Und weiter und immer weiter, während die Ausdrücke ›Mord‹ und ›Betrug‹ und sogar ›Verrat‹ immer häufiger fielen.

Bis endlich der Präsident sich erhob und die Hand ausstreckte. Es dauerte lange, bis Ruhe eintrat, aber schließlich wurde es still.

»Ob es uns gefällt oder nicht, wir stecken in der Sache«, sagte er schlicht. »Sonst kann man nichts sagen. Viele von Ihnen sind mit Gerüchten zu mir gekommen und haben die Wahrheit gefordert. Jetzt kennen Sie die Wahrheit. Sie ist als ›Streng geheim‹ eingestuft und darf nicht weitergegeben werden. Sie alle wissen, was das bedeutet. Ich möchte nur hinzufügen, daß ich persönlich vorschlage, dafür zu sorgen, daß jeder Verstoß gegen diese Geheimhaltungsvorschrift mit allen Mitteln, die der Regierung zur Verfügung stehen, untersucht und mit der ganzen Strenge des Gesetzes bestraft wird. Ich erkläre in diesem Zusammenhang den nationalen Notstand und erinnere Sie daran, daß zum Strafrahmen auch die Todesstrafe zählt, wo angemessen – und ich sage, daß sie in diesem Fall angemessen ist.« Er wirkte viel älter, als er war, und er bewegte die Lippen, als habe er einen schlechten Geschmack im Mund. Er ließ keine weitere Diskussion zu und schloß die Sitzung.

Eine halbe Stunde später saßen in seinem privaten Arbeitszimmer nur der Präsident und Knefhausen zusammen.

»Na schön«, sagte der Präsident, »der Knalleffekt ist da. Das nächste ist: Die Welt wird es erfahren. Ich kann das ein paar Monate hinausschieben. Verhindern läßt es sich nicht.«

»Ich bin Ihnen dankbar, Mr. President, daß –«

»Seien Sie ruhig, Knefhausen. Ich will keine Reden hören. Von Ihnen möchte ich nur eines, nämlich eine Erklärung. Was soll das mit Narkotika und freier Liebe und dergleichen?«

»Ah«, sagte Knefhausen, »Sie beziehen sich auf den jüngsten Bericht von der ›Constitution‹. Ja. Ich habe bereits einen scharf formulierten Befehl abgesandt, Mr. President. Wegen der Kommunikationsverzögerung wird die Mitteilung erst in einigen Monaten empfangen werden, aber ich versichere Ihnen, daß die Angelegenheit in Ordnung kommt.«

»Ich will auch keine Versicherungen hören«, sagte der Präsident bitter. »Sehen Sie fern? Ich meine nicht ›Meine Frau Lucy‹ und Sportübertragungen, ich meine Nachrichten. Wissen Sie, in welcher Verfassung dieses Land ist? Die Bonus-Märsche neunzehnhundertzweiunddreißig, die Rassenunruhen neunzehnhundertsiebenundsechzig – das war gar nichts. Früher konnten wir die National Guard einsetzen, um Unruhen zu unterdrücken. Vorige Woche mußte ich Militär gegen drei Kompanien National Guard einsetzen. Noch ein Skandal, und wir sind erledigt, Knefhausen, und das ist ein großer.«

»Die eindeutige Lauterkeit der Absichten –«

»Die Ihren mögen es sein. Die meinen auch – jedenfalls versuche ich mir einzureden, daß ich zum Wohl der Wissenschaft gehandelt habe, und nicht, um als Präsident in die Geschichte einzugehen, der zu einem großen Durchbruch beigetragen hat. Aber welche Absichten haben Ihre Freunde an Bord der ›Constitution‹? Ich war mit acht Märtyrern einverstanden, Knefhausen. Ich habe nicht zugestimmt, daß vierzig Milliarden Dollar aus den Taschen der Nation Ihren acht jungen Freunden zehn Jahre Gruppensex und Rauschgiftorgien verschaffen.«

»Mr. President, ich kann Ihnen versichern, daß das nur eine vorübergehende Phase ist. Ich habe sie angewiesen, sich am Riemen zu reißen.«

»Und was wollen Sie machen, wenn sie es nicht tun?« Der Präsident, der niemals rauchte, nahm eine Zigarre aus der Cellophanhülle, biß das Ende ab und zündete sie an. Er sagte: »Es ist zu spät für mich, zu erklären, ich hätte mich von Ihnen nicht dazu überreden lassen sollen. Ich will also nur sagen, daß Sie Resultate aus diesem Debakel retten müssen, sonst werde ich nicht länger Präsident sein, und ich bezweifle, ob Sie dann noch leben.«

Constitution 4

Hier ist wieder Shef, und wir haben, na, ungefähr Tag 250. 300? Nein, das glaube ich nicht. Tut mir leid, das mit dem Datum, aber ich denke, ganz ehrlich gesagt, kaum noch in diesen Begriffen. Ich habe mich mit anderen Dingen beschäftigt. Außerdem bin ich ein bißchen durcheinander. Als ich den Rubel warf, war das Hexagramm K'an, die Gefahr, über Li, der Sonne. Das ist eine schlechte Stimmung, um mit euch in Verbindung zu treten. Wir sind nicht rachsüchtig, aber ein paar von uns waren doch recht erbost, als wir dahinterkamen, was ihr gemacht habt. Ich glaube nicht, daß ihr euch Sorgen machen müßt, aber ich hätte schon lieber ein besseres Hexagramm gehabt.

Zuerst mal das Angenehme. Unsere Beschleunigung beträgt jetzt

0.40 c. Die Aussicht fängt an, interessant zu werden. Seit einigen Wochen sind die Sterne vorn und achtern langsam unsichtbar geworden; die vor uns geraten ins Ultraviolett, die achtern ins Infrarot. Man möchte meinen, daß durch die Verschiebung des Spektrums die anderen EMK-Frequenzen sichtbar werden. Das tun sie wohl auch, aber die Sterne erreichen das Lichtmaximum in bestimmten Frequenzen, die meisten scheinen es in den sichtbaren zu tun, also ist die Wirkung die, daß sie verschwinden. Als erstes tauchte ein runder, schwarzer Fleck vor uns auf, und wir konnten überhaupt nichts sehen, nicht Alpha Centauri, nicht Beta Centauri, nicht einmal die hellen Circini-Sterne. Dann verschwand die Sonne hinter uns, und etwas später sahen wir, wie sich die Schwärze zu einem wachsenden Kreis von Sternen dort weitete. Dann wurden die Kreise größer.

Wir wissen natürlich, daß die Sterne noch da sind. Wir können sie mit Phasenverschiebungsgeräten orten, wie wir auch eure Nachrichten empfangen und selbst welche senden können, indem wir die Frequenzen verschieben. Aber sehen können wir sie nicht mehr. Diejenigen, die unmittelbar in der Flugbahn liegen, wo wir eine Vektorgeschwindigkeit von 0.34 oder 0.37 c haben – je nachdem, ob sie vor oder hinter uns sind –, strahlen einfach nicht mehr im sichtbaren Bereich. Die weiter draußen, neben uns, sind wegen der relativen Wirkungen unserer Geschwindigkeit verschoben. Es sieht jedenfalls so aus, als fegten wir wie der Teufel aus dem Nichts in das Nichts, und das erschreckt einen doch ein bißchen.

Selbst die seitlich gelegenen Sterne zeigen relative Farbverschiebungen. Es ist fast wie ein Regenbogen, einer von diesen Vollkreisregenbogen, die man manchmal vom Flugzeug aus unter sich auf den Wolken sieht. Nur sind wir von diesem Kreis ganz umgeben. In nächster Nähe des schwarzen Lochs vor uns haben die Sterne eine Frequenzverschiebung zu mattem Rot durchgemacht. Sie werden in der Nähe des schwarzen Lochs hinter uns zuerst orangerot, dann gelb und grün. Jim Barstow hat sie mit seiner Fernsicht unter die Lupe genommen und kann sie mit der Sternkarte in Relation setzen. Ich aber nicht. Er sieht auch etwas in dem schwarzen Loch vor uns, was ich nicht erkennen kann. Er sagt, es sei eine helle Radioquelle, wahrscheinlich Centaurus A, und er behauptet, sie strahle stark im ganzen sichtbaren Bereich. Stark für ihn, meint er, bei seinen Augen. Ich bin nicht sicher, ob ich überhaupt etwas sehe. Es mag da eine Art ganz schwacher, diffuser Schimmer sein, wie der Gegenschein, aber sicher bin ich nicht. Den anderen geht es genauso.

Der Sternbogen selbst ist wunderbar. Die Reise lohnt sich allein schon deshalb. Flo hat Ölmalerei gelernt, damit sie ein Bild davon machen und Kneffie schicken kann, aber als sie dahinterkam, was er getan hatte, war sie so wütend, daß sie daran dachte, eine Fusionsbombe oder etwas Ähnliches einzubauen. Ich glaube aber, daß sie schon darüber hinweg ist.

Wir sind also nicht mehr zornig auf euch, obwohl es eine Zeit gegeben hat, wo ich ein paar böse Dinge gesagt hätte, wenn wir gerade in Verbindung gewesen wären.

... Ich habe das eben ablaufen lassen, und es klingt ziemlich wirr und durcheinander. Das tut mir leid. Mir fällt es schwer. Ich meine nicht vom Intellekt her schwer – so wie Schachprobleme und Tensoranalyse einmal schwer gewesen sind –, sondern so schwer, wie wenn man mit einem Teelöffel Sand schaufelt. Ich bin es einfach nicht mehr gewöhnt, meine Gedanken in einer Zwangsjacke festzuhalten. Ich habe versucht, diesmal einen von den anderen dazu zu bringen, daß er sendet, aber keiner wollte mittun. Ich habe eine Menge Ratschläge bekommen. Dot meinte, ich sollte meine Zeit nicht damit vergeuden, dich daran zu erinnern, wie wir früher gesprochen haben. Sie wollte für euch einen eidetischen Bericht in vereinfachter Wiedergabe schreiben, von dem sie annahm, daß ihr ihn, wenn ihr alles daransetzt, relativ bald, in zehn, zwanzig Jahren, übersetzen könnt, und in dem wirklich alles gestanden hätte. Ich wandte ein, daß das praktische Schwierigkeiten mit sich bringe. Nicht bei der Zusammenstellung des Berichts, wohlgemerkt. Das können wir inzwischen längst. Ich vergesse nichts, außer unwichtigen Dingen wie den Normaltag, an den ich sowieso lieber nicht erinnert sein will, und bei den anderen ist es genauso. Die Sendedauer wäre aber zu lang. Dot hat gesagt, wir könnten den Bericht gödelisieren. Ich meinte, ihr seid sicher zu unbedarft, um ihn zu entgödelisieren. Sie behauptete, das sei eine feine Übung für euch.

Na, da hat sie recht, und es wird Zeit, daß ihr lernt, wie man sich vernünftig miteinander unterhält. Wenn die Energie reicht, füge ich Dots eidetischen Bericht am Schluß noch an. In gödelisierter Form. Viel Glück damit. Es würde mich ehrlich nicht wundern, wenn euch eine Ziffer entgeht, und das Ganze zu ›Pippi Langstrumpf‹ oder einem verlorenen Buch der Apokryphen oder, was wahrscheinlicher ist, zu lauter Gefasel wird. Letski meint, es wird euch sowieso nichts nützen, weil Henle recht gehabt hat. Das gebe ich ohne Kommentar weiter.

Sex. Ihr wollt immer etwas über Sex hören. Einfach großartig. Seitdem wir uns nicht mehr mit den Pillen abgeben müssen, haben wir ganz tolle Stunden verlebt. Flo und Jim Barstow begannen damit, als Teil eines Vielfachkommunikationssystems, das man sehen muß, wenn man daran glauben will. Manchmal, wenn sie es tun wollen, hören wir alle auf und schauen ihnen zu, machen Späße, singen und helfen bei den Hilfsberechnungen. Als wir neulich die kleinen chirurgischen Eingriffe über uns ergehen ließen – die Knochen liegen jetzt in der Würze –, entschlossen Ann und Letski sich dazu, statt der Narkose Liebe zu machen, und sie meinten hinterher, es sei besser gewesen als Akupunktur. Die Empfindung wurde nicht ausgeschaltet. Sie spürten, wie ihre kleinen Zehen abgetrennt wurden, aber sie empfanden es nicht als Schmerz. Als Jim an der Reihe war, versuchte er die Amputation ohne alles durchzustehen, in der Erwartung, daß Flo und er etwas später ins Bett gehen würden, und auch das hat geklappt. Er war ganz aufgekratzt deswegen und behauptete, das beweise eine umgekehrte Kausalität, die seine Theorien vorausgesagt haben, ohne daß man sie bis dahin hätte belegen können. Er sagte, er sei über den Tick hinweg, daß die Ursache der Wirkung vorausgehen müsse. Das ist wie bei der Weißen und der Roten Königin aus ›Alice im Wunderland‹ und ziemlich verwirrend, bis man sich auskennt. Ich bin nicht sicher, ob ich schon alles verstehe. Angenommen, er hätte nicht mit Flo geschlafen? Hätte seine Zehe dann nachträglich wehgetan? Ich bin da ein bißchen durcheinander, meint Dot, weil ich die Phänomenologie im allgemeinen nicht begreife, und ich werde wohl Anns Rat folgen und Carnap ganz durcharbeiten müssen, auch wenn das Linguistische so dürftig ist, daß es einem schwerfällt. Übrigens brauche ich es auch gar nicht zu tun, fällt mir ein. Das steht ja alles in der gödelisierten eidetischen Aussage. Die schicke ich euch also, und während ich das mache, läuft das Ganze als Zusammenfassung vor mir ab, und ich finde mich mit der Kausalität vielleicht zurecht.

Paßt auf, ihr bekommt einen Tip von mir. Die Aussage enthält auch Letskis Trick, Plasma bis zu 500 K Millisekunden zu stabilisieren, und wenn ihr dahinterkommt, wißt ihr, wie ihr die Fusionsreaktoren bauen müßt, von denen Kneffie gesprochen hat, als wir abflogen. Das ist das Zuckerbrot vor eurer Nase, also macht euch 'ran ans Entgödelisieren. Der Plasmatrick funktioniert prima, und was passiert ist, als wir den Antrieb umgestellt haben, tut uns natürlich leid. Die Explosion hat Will Becklund sofort getötet, und es sah für uns alle haarig aus.

Na ja. Ich muß es kurz machen, weil die Energie abfällt und ich nicht riskieren will, daß die Mitteilung unverständlich wird. Sie folgt jetzt:

$1973^{354} + 331^{852} + 17^{2008} + 5^{47} + 3^{9606} + 2^{88}$ weniger 78.

Recht viel Spaß damit, Leute!

Washington 4

Knefhausen sah von dem Durcheinander von Papieren auf seinem Schreibtisch auf. Er rieb sich die Augen und seufzte. Er hatte das Rauchen zusammen mit dem Präsidenten aufgegeben, aber wie der Präsident erwog er, wieder damit anzufangen. Es konnte einen zugrunde richten, sicher, aber es milderte die Anspannung, und das brauchte er. Und was machte es schon aus, wenn man sterben mußte? Es gab Schlimmeres, dachte er bedrückt.

Wie man es auch ansah, dachte er objektiv, die vergangenen zwei oder drei Jahre hatten ihn mitgenommen. Sie hatten so gut angefangen und sich so zum Schlechten entwickelt. Nicht so schlecht wie die fernen Kindheitserinnerungen, als alle so arm gewesen waren, man in Berlin so hatte frieren müssen und die warmen Sachen, die man bekam, von der Winterhilfe stammten. Durchaus nicht so schlimm wie das Kriegsende. Lange nicht so arg wie die ersten Jahre in Südamerika und dann im Nahen Osten, als selbst die vom Glück Begünstigten, die Berühmten, wie von Braun und Ehricke, nur mühsam bekamen, was ihnen zustand, und ein Fohlen wie Knefhausen Kartoffeln schälen und den Liftführer spielen mußte, um essen zu können. Aber schlimmer und ärger, als ein Mann auf dem Gipfel seiner Karriere zu erwarten Anlaß hatte.

Das Projekt Alpha-Aleph war im Prinzip gut! Er biß die Zähne zusammen. Es würde Erfolg haben – nein, bei Gott, es *hatte* Erfolg, und es würde die Welt verändern. Die zukünftigen Generationen würden es erleben.

Aber die zukünftigen Generationen gab es noch nicht, und in der Gegenwart standen die Dinge schlecht.

Er erinnerte sich, nahm den Hörer ab und sprach mit seiner Sekretärin.

»Haben Sie den Präsidenten schon erreicht?« fragte er scharf.

»Es tut mir leid, Doktor Knefhausen. Ich habe es alle zehn Minuten versucht, wie Sie es wünschten.«

»Ah«, brummte er. »Nein, warten Sie. Moment mal. Was für Anrufe sind da?«

Ein Rascheln.

»Die Nachrichtenagenturen erkundigen sich natürlich wieder nach den Gerüchten. Jack Andersons Büro. Der Mann von der CBS.«

»Nein, nein. Ich spreche nicht mit der Presse. Sonst irgend jemand?«

»Senator Copley hat sich erkundigt, wann Sie die Fragen beantworten wollen, die sein Ausschuß geschickt hat.«

»Ich gebe ihm eine Antwort, und zwar die von Götz von Berlichingen an den Bischof von Bamberg.«

»Entschuldigen Sie, Doktor Knefhausen, ich habe nicht ganz –«

»Schon gut. Sonst noch etwas?«

»Nur ein Ferngespräch, von einem Mr. Hauptmann. Ich habe seine Nummer.«

»Hauptmann?« Der Name war ihm auf seltsame Weise vertraut. Nach kurzer Überlegung brachte Knefhausen ihn unter. Gewiß, der Phototechniker, der bei den gefälschten Aufnahmen von Briareus 12 mitgewirkt hatte. Nun, er hatte Anweisung, sich nicht blikken zu lassen und den Mund zu halten. »Nein, das ist nicht wichtig. Alles ist unwichtig, und ich will von solchem Unsinn nicht gestört werden. Machen Sie so weiter, Mrs. Ambrose. Wenn Sie den Präsidenten erreicht haben, will ich sofort verbunden werden, aber sonst keine Anrufe.«

Er legte auf und kehrte an den Schreibtisch zurück.

Er blickte traurig und liebevoll auf die Papiere. Er hatte sie alle herausgeholt: die Berichte von der ›Constitution‹, seine eigenen Auslegungskonzepte und Kommentare und über hundert Anmerkungen, zusammengestellt von seinem Personal, um die Bedeutungen und Konsequenzen dieser ach so rätselhaften Berichte aus dem Weltraum entwirren zu helfen:

Henle. Bezieht sich offenbar auf Paul Henle, siehe Beiblatt. Das Zitat, auf das angespielt wird, ist vermutlich seine Behauptung: ›Es gibt gewisse Symbole, mit denen gewisse Dinge nicht ausgedrückt werden können.‹ Mutmaßung, daß die englische Sprache eines von diesen Symbolen ist.

Orangeneis. Mit dem Material im Dokument Nr. CON 130, Abs. 4, wurde experimentiert. Die chemische Analyse und eingehende Versuche haben ergeben, daß die empfohlene Mischung von Medikamenten und anderen Zutaten eine halluzinogenverwandte Substanz von beträchtlicher Wirkung und nicht völlig bekannten Eigenschaften ergibt. 100 Versuchspersonen nahmen den Stoff oder ein Placebo im doppelt überwachten Blindtest zu sich. Personen, die das Mittel einnahmen, berichten von Reaktionen in erheblichem Unterschied zu denen des Placebos. Zu den mitgeteilten Wirkungen gehören Empfindungen enormer Befähigung und vertieften Begreifens. Die Daten sind jedoch rein subjektiv. Versuche, die Behauptungen durch übliche IQ-, Manipulations- und andere Tests zu verifizieren, wurden durchgeführt, aber die Versuchspersonen wirkten nicht auf wünschenswerte Art mit, und mehrere von ihnen haben sich inzwischen ohne Erlaubnis aus dem Institut entfernt.

Gödelisierte Sprache. Ein System, jede beliebige Mitteilung als eine einzelne, sehr große Zahl zu verschlüsseln. Die Mitteilung wird zunächst in Klarsprache aufgeschrieben und dann in Grund- und Hochzahlen verschlüsselt. Jeder Buchstabe der Mitteilung wird der Reihe nach durch die natürliche Folge der Primzahlen ausgedrückt – das heißt, der erste Buchstabe durch die Grundzahl 2, der zweite durch die Grundzahl 3, der dritte durch die Grundzahl 5, dann durch 7, 11, 13, 17 und so weiter. Die Identität des Buchstabens, der diese Stelle in der Mitteilung einnimmt, ist durch den Exponenten gegeben. Einfach ausgedrückt, der Exponent 1 bedeutet, daß der Buchstabe in dieser Position ein A ist, der Exponent 2, daß es sich um ein B handelt, bei 3 um ein C und so weiter. Die Mitteilung als Ganzes wird dann als Produkt aller Grund- und Hochzahlen dargestellt. Das Wort ›cab‹ kann so dargestellt werden durch $2^3 \times 3^1 \times 5^2$ oder $600 = 8 \times 3 \times 25$. Der Name ›Abe‹ wäre dargestellt durch die Zahl 56 250 oder $2^1 \times 3^2 + 5^5 = 2 \times 9 \times 3125$. Ein Satz wie ›John lives.‹ würde durch das Produkt der folgenden Größen dargestellt werden: $2^{10} \times 3^{15} \times 5^8 \times 7^{14} \times 11^0 \times 13^{12} \times 17^9 \times 19^{22} \times 23^5 \times 29^{19} \times 31^{27}$. Darin ist der Exponent 0 für eine Leerstelle eingesetzt und der Exponent 27 willkürlich als Ausdruck für einen Punkt angenommen. Wie man sehen kann, ergibt die gödelisierte Form selbst einer kurzen Mitteilung eine sehr große Zahl, wenngleich man solche Zahlen auch ganz kompakt in Form einer Summe von Grund- und Hochzahlen übermitteln kann. Das von der ›Constitution‹ übermittelte Beispiel entspricht schätzungsweise dem Inhalt eines ungekürzten Standardwörterbuchs.

Fernsicht. James Barstow litt in den ersten Schuljahren an Kurzsichtigkeit, offenbar durch übermäßige Lektüre. Er versuchte, sie durch Sehübungen ähnlich der Methode Bates' – siehe Beiblatt – zu beseitigen. Bei den Untersuchungen für das Projekt Alpha-Aleph war seine Sehfähigkeit 100%. Gespräche mit früheren Bekannten ergeben Hinweise auf sein fortlaufendes Interesse an der Steigerung der Sehkraft. *Andere Erklärung.* Es gibt Anzeichen dafür, daß er sich auch für paranormale Erscheinungen wie Hellsehen oder Vorauswissen interessierte, und es besteht die Möglichkeit, daß sich der verwendete Ausdruck auf ein ›Voraussehen‹ in der Zeit bezieht, wenngleich das eher unwahrscheinlich sein dürfte.

Und so weiter und so weiter.

Knefhausen sah liebevoll und hoffnungslos auf den Wust von Papieren und fuhr sich mit der Hand über die Stirn. Die Kinder! Sie waren so großartig, aber so wild – und so schwer zu verstehen. Wie unfolgsam von ihnen, ihre wahren Leistungen zu verbergen. Das Geheimnis der Wasserstoff-Fusion! Das allein würde das ganze Projekt rechtfertigen, mehr als rechtfertigen. Aber wo war es? In diesem Zahlensalat versteckt. Knefhausen vermochte die Eleganz der Methode durchaus zu erkennen. Auch er war fähig, einen Einfall von solch strahlender Schlichtheit ernst zu nehmen. Sobald die Zahl hingeschrieben war, brauchte man nur damit zu beginnen, sie so oft wie möglich durch zwei zu teilen, und die Anzahl würde den ersten Buchstaben ergeben. Dann durch die nächste Primzahl teilen, also durch drei, und die Anzahl würde einem den zweiten Buchstaben liefern. Aber die praktischen Schwierigkeiten! Man gelangte nicht einmal zum ersten Buchstaben, bis man die ganze Zahl ermittelt hatte, und IBM hatte es abgelehnt, sich auch nur an der Ausschreibung für den Bau einer Computeranlage zu beteiligen, die diese Zahl schreiben sollte, wenn man als Entwicklungszeit nicht mindestens fünfundzwanzig Jahre veranschlagte. Fünfundzwanzig Jahre. Und inzwischen war in dieser Zahl wahrscheinlich das Geheimnis der Wasserstoff-Fusion versteckt, möglicherweise noch andere große Geheimnisse, ganz gewiß der Schlüssel zu Knefhausens eigenem Wohlbefinden im Laufe der nächsten Wochen ...

Sein Telefon läutete.

Er riß den Hörer ab und schrie sofort in die Muschel: »Ja, Mr. President!«

»Es ist nicht der Präsident, Doktor Knefhausen, sondern Senator Copley. Er sagt, es sei dringend. Er sagt –«

»Nein!« schrie Knefhausen und knallte den Hörer auf die Gabel. Er bedauerte es im nächsten Augenblick. Copley hatte einen hohen Rang, er war Vorsitzender des Verteidigungsausschusses, ein Mann, den Knefhausen nicht zum Feind haben wollte, und er hatte sich in Jahren mühsamer Kleinarbeit Copley zum Freund machen können. Aber er konnte nicht mit ihm oder irgendeiner anderen Person sprechen, solange der Präsident nicht auf seine Anrufe reagierte. Copley hatte einen hohen Rang, aber er stand in der Hierarchie nicht unmittelbar über Knefhausen. Wenn die Spitze dieser Hierarchie sich weigerte, mit ihm zu sprechen, war Knefhausen von der Welt abgeschnitten.

Er versuchte sich zu beruhigen, indem er die Lage objektiv betrachtete. Freilich, der Druck, der auf den Präsidenten ausgeübt wurde, war ungeheuer stark. Da waren die Kämpfe in den Städten, in allen Großstädten. Die politischen Tagungen standen bevor. Da war die Notwendigkeit, für eine dritte Amtszeit gewählt zu werden, und die Notwendigkeit einer Gesetzesänderung, um das zu ermöglichen. Ja, und das Schlimmste von allem waren die über die ›Constitution‹ umlaufenden Gerüchte. Er hatte den Präsidenten gewarnt. Er hatte erklärt, daß ein Geheimnis, das zwei Personen bekannt ist, kompromittiert erscheint und daß ein Geheimnis, das mehr als zwei Leute kennen, keines mehr ist. Aber der Präsident hatte darauf bestanden, einen immer größer werdenden Kreis von Mitarbeitern einzuweihen – natürlich hatte man sie zum Stillschweigen verpflichtet, aber was nützte das? –, und selbstverständlich war etwas durchgesickert. Weniger, als man vielleicht befürchtet haben mochte. Mehr, als erträglich war.

Er berührte zärtlich die Berichte von der ›Constitution‹. Diese wunderbaren Kinder, sie konnten noch immer alles gutmachen, so gut ...

Denn er war es, der wunderbare Wesen aus ihnen gemacht hatte, gestand er sich. Er hatte den Gedanken erzeugt. Er hatte sie ausgewählt. Er hatte Dinge getan, mit denen er sich noch immer nicht ganz abgefunden hatte, um dafür zu sorgen, daß sie und nicht andere zur Besatzung kamen. Er hatte vor allem erreicht, daß sie fest und treu zu ihm hielten. Ausbildung. Disziplin. Bindungen der Zuneigung und Freundschaft. Zuverlässigere Bindungen: Er hatte ihre Nahrungsvorräte, ihre Unterhaltungsmagnetbänder, ihre programmierten Tätigkeiten mit allen Arten von unterschwelliger Beeinflussung, MF-Druck, psychologischer Verstärkung ausgestattet, die er erfinden oder entdecken konnte, damit sie, was immer sie auch sonst tun mochten, nie vergessen würden, der Erde treu zu berichten. Was immer sonst auch geschah, das blieb. Die Daten mochten schwer zu enträtseln sein, aber sie wurden geliefert. Die Kinder konnten nicht anders; seine Gebote waren stärker als die Gottes; wie Martin Luther mußten sie sagen ›Ich kann nicht anders‹, und dabei blieb es. Sie würden lernen und mitteilen, was sie gelernt hatten, und so würde sich die Investition bezahlt machen ...

Das Telefon!

Er begann zu sprechen, bevor er den Hörer am Mund hatte.

»Ja, ja! Hier Doktor Knefhausen, ja!« stieß er hervor. Das mußte jetzt der Präsident sein ...

Er war es nicht.

»Knefhausen!« schrie der Mann am anderen Ende der Leitung. »Hören Sie zu, ich sage Ihnen jetzt, was ich Ihrem Weibsstück eben erklärt habe, wenn ich nicht augenblicklich mit Ihnen sprechen kann, schicke ich die vierte Panzerdivision, damit man Sie festnimmt und in zwanzig Minuten zu mir bringt. Also hören Sie zu!«

Knefhausen erkannte Stimme und Stil. Er atmete tief ein und zwang sich zur Ruhe.

»Nun gut, Senator Copley«, sagte er. »Was gibt es?«

»Das Ganze ist geplatzt, Mann! Das gibt es! Ihr Kerl in Huntsville, wie heißt er, der Fototechniker –«

»Hauptmann?«

»Der, ja! Möchten Sie wissen, wo er ist, Sie Idiot von Kraut?«

»Na, ich nehme an – ich denke doch, in Huntsville –«

»Falsch, Freund! Ihr Krautfreund behauptete, er fühle sich nicht wohl, und nahm sich Krankenurlaub. Der Geheimdienst hat ihn bis zu einem gewissen Grad im Auge behalten, ohne ihn zu stoppen, man wollte sehen, was er macht. Na, das sah man. Vor einer Stunde sah man ihn mit einer Aeroflotmaschine vom Flughafen Orly bei Paris abfliegen. Strengen Sie Ihr großes Krauthirn an, Knefhausen! Er ist übergewechselt. Und jetzt rechnen Sie sich aus, was Sie dagegen unternehmen wollen, aber es muß etwas Gutes sein!«

Knefhausen sagte etwas, er wußte nicht, was, und legte auf, er wußte nicht, wann. Er starrte einige Zeit mit glasigen Augen ins Leere.

Dann drückte er auf die Taste und sagte zu seiner Sekretärin, ohne ihre gestammelten Ausreden zu beachten: »Dieses Ferngespräch von Hauptmann vorhin, Mrs. Ambrose. Sie haben nicht gesagt, woher es kam.«

»Es war ein Anruf aus Übersee, Doktor Knefhausen. Aus Paris. Sie haben mir keine Gelegenheit gegeben –«

»Ja, ja. Ich verstehe. Danke. Schon gut.« Er legte auf und lehnte sich zurück. Er war beinahe erleichtert. Wenn Hauptmann nach Rußland gegangen war, dann nur deshalb, um mitzuteilen, daß die Aufnahme gefälscht war und daß es nicht nur keinen Planeten gab, auf dem die Astronauten landen konnten, daß es sich dabei nicht einmal um einen Irrtum, sondern um einen Betrug handelte. Das Ganze lag nicht mehr in seiner Hand. Jetzt würde die Geschichte über ihn richten. Der Würfel war gefallen, der Rubikon überschritten.

So viele literarische Anspielungen, dachte er mißbilligend. Eigentlich war es nicht das Urteil der Geschichte, auf das es jetzt ankam, sondern das Urteil bestimmter höchst realer Menschen, die jetzt lebten und wohl grimmig reagieren würden. Sie würden ihn nicht so sehr danach beurteilen, was sein könnte oder hätte sein sollen, sondern danach, was war. Er fröstelte in der Kälte dieses Richterspruchs und griff nach dem Telefon, um noch einmal zu versuchen, mit dem Präsidenten in Kontakt zu kommen. Aber er war überzeugt davon, daß der Präsident nicht antworten würde, nicht jetzt und nicht später.

Constitution 5

Hier ist der alte, zuverlässige Shef. Hört mal, wir haben eure Mitteilung erhalten. Ich will mich nicht damit abgeben. Ihr habt Nerven. Schlechter Stimmung sind Sie, Kneffie? Wenn Sie nichts Freundliches sagen können, dann sagen Sie gar nichts. Wir tun, was wir können, und das ist nicht schlecht, und wenn wir nicht genau das tun, was Sie wollen, dann liegt es vielleicht daran, daß wir viel mehr wissen als Sie in dem Augenblick, da Sie uns nach der Fata Morgana abgeschossen haben, die Sie Alpha-Aleph nennen. Na, recht vielen Dank für gar nichts.

Auf der anderen Seite ein klein bißchen Dank für das wenige, das Sie getan haben, denn das hat uns wenigstens dort hingebracht, wo wir sind, und das meine ich nicht räumlich. Ich will Sie also nicht beschimpfen. Ich will überhaupt nicht mit Ihnen reden. Ich lasse die anderen für sich selbst sprechen.

Hier Dot Letski. Das ist wichtig. Geben Sie es weiter. Ich habe Ihnen drei Dinge zu sagen, von denen ich nicht möchte, daß Sie sie vergessen. Erstens: Die meisten Probleme haben grammatikalische Lösungen. Das Problem, Menschen von der Erde zu einem anderen Planeten zu befördern, wird nicht dadurch gelöst, daß man wahllos ein Stück Stahl an das andere fügt, um dann zufällig dahinterzukommen, daß man die ›Constitution‹ gebaut hat. Es wird gelöst, indem man ein Modell = Gleichung = Grammatik konstruiert, das die erforderlichen Bedingungen, unter denen die Beförderung stattfindet, beschreibt. Sobald man das grammatikalische Modell besitzt, braucht man es nur mit Metall zu umkleiden, und es rauscht los wie der Teufel.

Wenn Sie das verstanden haben, werden Sie aufnahmefähig sein für: Zweitens: Es gibt keine Kausalität. Was für eine Zeitverschwendung ist das gewesen, immer wieder ›Ursachen‹ für ›Ereignisse‹ zu suchen! Ihr sagt Dinge wie: ›Wenn man ein Zündholz anstreicht, verursacht das eine Flammenbildung.‹ Richtig? Nein, falsch. Ihr geratet ins Faseln darüber, ob die ›Handlung‹ des ›Anstreichens‹ ›notwendig‹ und/oder ›ausreichend‹ ist, und verliert euch im Wortbrei. Pragmatisch nützliche Grammatiken haben keine Zeitbestimmung. In einer anständigen Grammatik – die englische ist es natürlich nicht, aber ich gebe mir Mühe – kann man eine Aussage machen wie: ›Es gibt eine Verbindung von Formen der Materie – genauer bestimmbar –, die sich mit der Freisetzung von Energie bei einer bestimmten Temperatur – genauer bestimmbar – vereinigen. Die Temperatur mag mit der Reibungshitze zusammenhängen.‹ Wo ist die Kausalität? ›Ursache‹ und ›Wirkung‹ sind in derselben zeitlosen Aussage. Also drittens: Es gibt keine empirischen Gesetzmäßigkeiten. Als Jerry das begriff, konnte er das Plasma in unserem Antrieb auf Dauer stabilisieren, nicht indem er die Partikeln gewaltsam durch elektromagnetische Felder zusammenpreßte, sondern dadurch, daß er sie ermunterte, beisammenbleiben zu wollen. Es gibt andere Möglichkeiten, auszudrücken, was er tut. – ›Er erzeugt eine Umgebung, in der zentripetale die zentrifugalen Kräfte übertreffen‹ –, aber so, wie ich es ausgedrückt habe, ist es besser, weil es etwas über eure Charaktere verrät. Tyrannen seid ihr alle miteinander. Warum könnt ihr nicht freundlich zu den Dingen sein, wenn ihr wollt, daß sie nett zu euch sind? Gebt das unbedingt an T'in Fa in Tiantsin, Professor Morris in Oxford und den Inhaber des Carnap-Lehrstuhls an der University of California weiter.

Flo ist an der Reihe. Meine Mutter wäre von meinem Garten begeistert. Im schlammigen Sand wachsen nebeneinander Meerrettich und Tulpen. Sie gefallen uns so und wir ihnen. Ich werde wahrscheinlich später einmal ein vollständiges Gartenhandbuch übermitteln, aber inzwischen ist es beschämend, Meerrettich zu essen. Karotten dagegen mögen es.

Eine Aussage von William Becklund, verstorben. Ich trat in die Welt zwischen Fäkalien und Urin, lernte, wuchs, aß, arbeitete, bewegte mich und starb. Anders: Ich trat hervor aus dem Wasserstoffausbruch, schrumpfte, ausgespien, und kehrte zurück in den Schoß, den man so sehr vermißt. Ihr könnt euch von beiden Seiten nähern, es spielt keine Rolle, wie man es betrachtet.

Beobachtungsdatum, Letski. Zur Zeit t, einer mit der Greenwich Zeit unvereinbaren Diracschen Zahl, wird die folgende Erscheinung beobachtet:

Die Radioquelle Centaurus A wird als ein lagemäßig stabiles, einzelnes kollektives Objekt identifiziert, statt als zwei einander überlagernde Gaswolken, und man erkennt, daß sie sich radial zu einem Mittelpunkt zusammenzieht. Analyse und Beobachtung erweisen sie als ein schwarzes Loch, dessen genauere Einzelheiten noch nicht wahrnehmbar sind. Man kommt zu dem Schluß, daß alle Galaxien solche zentralen Wirbel hervorbringen, mit interessanten Folgerungen für Astronomen und Eschatologen. Ich, Jerry Letski, gedenke das genauer zu betrachten, aber die anderen ziehen es vor, zunächst den programmierten Flug fortzusetzen.

Ann Becklund: Ich glaube, es war Stanley Weinbaum, der gesagt hat, daß ein wahrhaft großer Geist aus drei Fakten das ganze Universum müßte erschließen können. Letski hält das mit einer endlichen Zahl, die aber doch wesentlich größer sein müßte, für möglich. Wir sind ja so weit davon entfernt, wahrhaft große Geister zu sein, nach diesen wie nach unseren eigenen Maßstäben. Und doch können wir mit einer viel größeren Zahl von Fakten als drei oder auch dreitausend arbeiten, und so haben wir vieles begriffen.

Für euch ist das nicht so wertvoll, wie ihr euch erhofft habt, lieber, alter, gemeiner Kneffie und ihr anderen Halunken alle, denn unter anderem haben wir erkannt, daß wir euch nicht alles sagen können, weil ihr es nicht verstehen würdet. Wir würden euch, einigen von euch, helfen, wenn ihr hier wäret, und mit der Zeit könntet ihr durchaus auch das leisten, was wir tun, aber nicht ferngesteuert.

Trotzdem, noch ist nicht alles verloren, Leute! Kopf hoch! Ihr folgert nicht, wie wir folgern, aber andererseits habt ihr um soviel mehr Material. Versucht es. Wacht auf. Ihr könnt es, wenn ihr wollt. Bringt eure Person zur Ruhe, sammelt eure Gedanken, bevor ihr sprecht, trefft eure Entschlüsse, bevor ihr etwas verlangt. Versucht, nicht widerlich dabei zu sein. Seid nicht wie der Mann im Wechsel. ›Er bringt keinem etwas. Jemand schlägt ihn sogar.‹

Wir haben alle unsere Zehen wiederbekommen, sogar Will, obwohl es bei ihm besonders schwierig war, weil er hatte sterben müssen. Wir beschrifteten die Knochen und verwendeten sie mit sehr guter Wirkung zur Erzeugung der Hexagramme. Ich hoffe, ihr erkennt den Sinn. Wir hätten weiterhin Münzen werfen können oder auch die Schafgarbenhalme, jedenfalls das, was Flo davon hervorgebracht hat. Das wollten wir nicht, weil das nicht die beste Methode ist.

Die Person, die ihr Herz nicht stets im Gleichmaß erhält, könnte sagen: ›Na, und wo ist da der Unterschied?‹ Das ist eine schwache Frage. Sie unterstellt eine deterministische Antwort. Eine bessere Frage ist: ›Macht es einen Unterschied?‹, und die Antwort darauf lautet: ›Ja, wahrscheinlich, weil man, um etwas richtig zu tun, es richtig tun muß.‹ Das ist das Gesetz der Identität, in jeder Sprache.

Eine andere Frage, die ihr stellen könntet, wäre: ›Na, welche Wissensquelle zapft ihr eigentlich an, wenn ihr die Hexagramme zu Rate zieht?‹ Das ist eine bessere Frage deshalb, weil sie nicht eine falsche Antwort *erzwingt*, aber die Antwort ist auch hier wieder nicht determiniert. Man könnte das ›I Ching‹ als eine Art Rorschach-Bündel von Krakeleien betrachten, das keinen inneren Sinn besitzt, aber es ist nützlich, weil es der eigene Verstand interpretiert und ihm Sinn verleiht. Fühlt euch frei! Ihr könntet es als eine Art Gedächtnisspeicher verschlüsselten Wissens bezeichnen. Warum nicht? Ihr könntet es ganz beiseite lassen und in einem anderen Tao, in irgendeinem Tao, das euch gefällt, zum Wissen gelangen. ›Der überlegene Mensch begreift das Vergängliche im Licht der Ewigkeit des Endes.‹ Das ist auch sehr gut!

Aber auf welche Weise ihr es auch macht, ihr solltet es so *machen*. Wir brauchten beschriftete Knochen zur Erzeugung von

Hexagrammen, weil das die richtige Weise war, und damit stellte es kein besonderes Opfer dar, wenn jeder zu diesem Zweck eine Zehe hergab. Es klappt sehr gut, bis auf einen Punkt. Das große Problem ist jetzt, daß die Übersetzungen so schlecht werden, vom Chinesischen ins Deutsche, vom Deutschen ins Englische, bei jedem Schritt schleichen sich Fehler ein, aber daran arbeiten wir jetzt.

Vielleicht erzähle ich euch ein andermal mehr. Jetzt nicht. Auch nicht sehr bald. Das wird euch Eve klarmachen.

Eve Barstow, auch ein Beitrag. Als ich klein war, spielte ich Schach, sehr schlecht, mit guten Spielern, und das ist meine Lebensgeschichte. Ich bin eine Übersollerfüllerin von Natur aus. Ich kann Leute, die klüger und besser sind als ich, nicht ertragen, aber das Ergebnis ist, daß ich jedesmal vom ganzen Wurf das schwächste Ding bin. Sie sind hier alle sehr nett zu mir, sogar Jim, aber sie wissen, wieviel die Uhr geschlagen hat, und ich weiß es auch.

Ich beschäftige mich also und beklatsche, was ich selbst nicht kann. Kein schlechtes Leben. Ich habe alles, was ich brauche, außer Stolz.

Ich will euch verraten, wie so ein typischer Tag hier zwischen Sol und Centaurus aussieht. Wir wachen auf – wenn wir geschlafen haben, was ein paar von uns immer noch tun – und essen – wenn wir noch essen, was alle außer Letski und natürlich Will Becklund tun. Das Essen ist herrlich, und Florence hat es dazu gebracht, gekocht und gewürzt zu wachsen, wo das wünschenswert ist, so daß es keine Mühe macht, einfach hinzugehen und sich ein schönes pochiertes Ei oder Pommes frites zu pflücken. Zum Frühstück habe ich eigentlich am liebsten Brioches, aber aus sentimentalen Gründen schafft sie die nicht. Manchmal lieben wir uns ein bißchen oder singen alte Wanderlieder. Letski kommt dazu herunter, aber nicht lange, dann macht er sich wieder daran, das Universum zu betrachten. Der Sternenbogen ist prächtig und erschreckend. Er ist jetzt ein Streifen von 40° und umgibt uns ganz mit farbigem Licht. Man kann immer auch die anderen Frequenzen aufsuchen und Geistersterne vor und hinter sich sehen, aber in den Urfrequenzen ist vorne und hinten alles pechschwarz, und das einzige Licht stammt von dem herrlichen Streifring pulvriger Sterne.

Manchmal schreiben wir Stücke oder hören ein bißchen Musik.

Shef hat vier verlorengegangene Klavierkonzerte von Bach deduziert, die einen sehr an Corelli und Vivaldi erinnern, wo bei den Tutti alles auf einmal losgeht, und wir haben sie alle für die Wiedergabe überarbeitet. Ich habe die meine auf dem Moog vorgeführt, aber Ann und Shef haben ganze Orchester nachgemacht. Bei Shef ist das etwas ganz Drolliges. Man merkt, daß der Flötist ein Lungenemphysem gehabt hat, zwei von den Geigern haben getrunken, und Toscanini dirigiert wie ein Risorgimento-Metronom. Flos älteste Tochter hat einen Text dazu gemacht, und sie singt eine Art Abzählreimbearbeitung von Buxtehude-Chorälen. Ach so, von den Kindern habe ich noch gar nichts erwähnt. Wir haben inzwischen elf. Ann, Dot und ich haben je eines, Florence hat acht. Aber nächste Woche darf ich Vierlinge bekommen. In den ersten Wochen, wenn sie noch so klein und süß sind, darf ich mich fast ganz allein um sie kümmern.

Ich verbringe also fast meine ganze Zeit damit, die Kinder zu versorgen und Tensorgleichungen auszuarbeiten, die Letski mir freundlicherweise vorlegt, und ich fühle mich, ehrlich gesagt, ein wenig einsam. Ich möchte gerne bei einer Tasse Kaffee mit einer Freundin ein Fernsehquiz verfolgen! Ab und zu erlauben sie, daß ich das Innere unseres mobilen Heims umkremple. Neulich habe ich es zum Spaß im Pittsburgher Vorortstil eingerichtet. Könnt ihr euch Terrassentüren im interstellaren Raum vorstellen? Wir öffnen sie natürlich nie, aber mit den Chintzvorhängen und Rüschen sehen sie wirklich hübsch aus. Für die Kinder und ihre Tiere haben wir ein paar neue Räume angebaut. Flo hatte ihnen in der Wasserkultur die hübschesten kleinen Häschen gezüchtet.

Es hat mir Spaß gemacht, ein bißchen zu plaudern, aber jetzt muß ich Schluß machen. Etwas muß ich noch erwähnen. Die anderen haben entschieden, daß wir keine Mitteilungen von euch mehr empfangen wollen. Es gefällt ihnen nicht, wie ihr versucht, unser Unterbewußtsein zu beeinflussen. Nicht, daß euch das gelänge, aber ihr seht sicher ein, daß es ärgerlich ist. In Zukunft wird die Skala zwar noch auf 660 eingestellt sein, aber der Schalter auf ›Aus‹. Meine Idee war das nicht, aber ich war gleich einverstanden. Von Zeit zu Zeit hätte ich schon gern weniger anspruchsvolle Gesellschaft, aber natürlich nicht die eure.

›Sternenbogen‹, Vorstudie zur Übertragung eines Gedichts ins Englische von James Barstow:

Blutjunge Brut, doch Wahl unsrer Art,
Reißt durch das All uns die rasende Fahrt.
Verlassen, verzweifelt sehn wir uns an,
Weil keiner es wirklich begreifen kann.
Dann wissen wir endlich das wahre Ziel,
Ins Nichts soll uns treiben das böse Spiel.
Der Trick ist verraten, die Wahrheit am Tag,
Die Tat, die soll euch verzeihen, wer mag.
Wir sind euch was schuldig, wir brauchen nur Glück,
Vergessen ist nichts, wir zahlen's zurück.
Geht alles gut und nach unserem Kopf,
Bekommt ihr vom Sternbogen euren goldenen Topf.

Washington 5

Es war einmal ein Haus, das man jetzt als Temp. Zwangsunterkunft Nr. 7 bezeichnete – man hätte ihm auch gleich seinen richtigen Namen geben können, nämlich ›Gefängnis‹, dachte Knefhausen – und das früher ein Luxushotel in der Hiltonkette gewesen war. Die Sonderzellen befanden sich in den unterirdischen Etagen, wo früher Tagungsräume gewesen waren. Es gab keine Türen oder Fenster nach außen. Wenn man seine Zelle verlassen durfte, mußte man eine Treppe bewältigen, bevor man das Erdgeschoß erreichte, und dann durch die Wachen brechen, um ins Freie zu gelangen. Und selbst wenn im Augenblick nicht gerade Belagerungszustand herrschte, hatte man es mit den umherstreifenden Süchtigen und Aktivisten draußen zu tun.

Knefhausen befaßte sich nicht mit diesen Dingen. Er dachte nicht an Flucht oder jedenfalls nicht mehr nach den ersten Augenblicken der Panik, als er begriff, daß er festgenommen war. Er hörte nach einigen Tagen auf, nach dem Präsidenten zu verlangen. Es hatte keinen Sinn, sich an das Weiße Haus um Hilfe zu wenden, wenn es das Weiße Haus war, das ihn hierhergebracht hatte. Er war nach wie vor davon überzeugt, alles aufklären zu können, wenn er mit dem Präsidenten nur ein paar Minuten unter vier

Augen sprechen dürfte, aber als Realist hatte er sich damit abgefunden, daß der Präsident nie mehr mit ihm unter vier Augen sprechen würde.

Er zog lieber Bilanz. Es gab auch Positives.

Erstens war es hier bequem. Das Bett war gut, die Räume wurden geheizt. Das Essen kam noch immer aus der Bankettküche des Hotels, und für Gefängniskost war es bemerkenswert gut.

Zweitens waren die Kinder immer noch im Weltraum und leisteten nach wie vor Großes, auch wenn sie nichts mehr mitteilten. Seine Ehrenrettung stand noch im Bereich des Möglichen.

Drittens bekam er Zeitungen und Schreibmaterial, auch wenn er weder seine Bücher noch ein Fernsehgerät erhielt.

Seine Bücher fehlten ihm, sonst nichts. Er brauchte nicht fernzusehen, um zu wissen, was draußen vorging. Er brauchte nicht einmal die Zeitungen, dünn, in Fetzen und zensiert, wie sie waren. Er konnte es selbst hören. Jeden Tag gab es Schießereien, meist weit entfernt und sporadisch, aber ein- und zweimal anhaltend, konzentriert und ganz in der Nähe. Brownings gegen AKs 47, so hörte es sich an, und ab und zu das Klatschen und Wummern von Granatwerfern. Manchmal hörte er Sirenen durch die Straßen heulen, begleitet von Glockengebimmel, und er wunderte sich, daß es noch immer eine zivile Feuerwehr gab, die ihren Dienst versah. Oder war sie nicht mehr zivil? Von Zeit zu Zeit hörte er das Dröhnen schwerer Motoren, das von Panzern stammen mußte. Knefhausen wußte, daß die Regierung sich irgendwo verkrochen hatte – in Key Biscayne, in Camp David oder in Südkalifornien, niemand verriet es genau. Die Großstädte befanden sich im roten Aufruhr. Herr Omnes hatte die Macht übernommen.

Knefhausen fühlte sich zu Unrecht für diese Katastrophen verantwortlich gemacht. Er verfaßte endlose Briefe an den Präsidenten und betonte, daß die ernsten Schwierigkeiten der Regierung nichts mit Alpha-Aleph zu tun hätten; die Großstädte seien für die Dauer fast einer Generation in Aufruhr, der Dollar werde seit dem Indochinakrieg nicht mehr ernst genommen. Einige Briefe vernichtete er, andere nahm ihm niemand ab, vereinzelte konnte er abschicken – Antwort bekam er nicht.

Ein- oder zweimal in der Woche erschien ein Mann vom Justizministerium, um ihm immer wieder dieselben tausend sinnlosen

Fragen zu stellen. Man versuchte ein Dossier zusammenzustellen, das beweisen würde, daß alles seine Schuld war, argwöhnte Knefhausen. Nun, sollten sie es versuchen. Er würde sich verteidigen, wenn es an der Zeit war. Oder die Geschichte würde es für ihn tun. Die Tatsachen sprachen für sich. Vielleicht nicht so deutlich, wenn es um moralische Fragen ging, gab er zu. Egal. Auf einem Gebiet, das für die Suche nach dem Wissen so lebenswichtig war wie dieses, hatte die Moral nichts zu suchen. Die Berichte von der ›Constitution‹ hatten schon so viel gebracht! – wenngleich zugegebenermaßen einige der bedeutsamsten Dinge schwer zu verstehen waren. Die Gödelmitteilung war nicht entziffert, und die Andeutungen ihres Inhalts blieben Andeutungen.

Manchmal döste er und träumte davon, sich an Bord der ›Constitution‹ zu versetzen. Seit der letzten Nachricht war ein Jahr vergangen. Sie würden inzwischen weit über die Mittelmarke hinausgelangt sein und die Geschwindigkeit verringern. Der Sternenbogen würde mit jedem Tag breiter und diffuser werden. Die schwarzen Kreise vor und hinter ihnen würden schrumpfen. Bald würden sie Alpha Centauri sehen, wie noch kein Mensch ihn erblickt hatte. Gewiß, sie würden dann erkennen, daß kein Planet namens Aleph den Stern umkreiste, aber das hatten sie ja inzwischen auf irgendeine Weise längst herausbekommen. Tapfere, großartige Kinder! Trotzdem waren sie weitergeflogen. Was hatte dieser Unfug mit Rauschgift und Sex schon zu bedeuten? Man lehnte dergleichen natürlich beim Durchschnittsmenschen ab, aber es war schon immer so gewesen, daß diejenigen, die herausragten, sich über die Masse erhoben, ihre eigenen Gesetze aufstellen konnten. Als Kind hatte er gelernt, daß der massige, stolze Luftwaffenführer Kokain schnupfte, daß die großen Krieger ihr geschlechtliches Vergnügen manchmal untereinander gesucht hatten. Ein intelligenter Mensch gab sich nicht mit solchen Fragen ab, was ein Hinweis mehr darauf sein mochte, daß der Mann vom Justizministerium mit seinen ständigen Anspielungen und dem Herumwühlen in Knefhausens Vergangenheit im Grunde nicht sehr intelligent war.

Das Gute an ihm war, daß man aus seinen Fragen manchmal Schlüsse ziehen konnte, und selten – oh, sehr selten – beantwortete er auch einmal selbst eine Frage.

»Ist von der ›Constitution‹ eine Nachricht gekommen?«

»Nein, natürlich nicht, Doktor Knefhausen. Also, sagen Sie mir noch einmal, wer Ihnen diesen betrügerischen Plan eingegeben hat.«

Das waren die Höhepunkte seiner Tage, aber meistens vergingen sie unauffällig.

Er kratzte sie nicht einmal in die Wand seiner Zelle, wie der Graf von Monte Christo. Es wäre schade um die Hartholztäfelung gewesen. Außerdem hatte er andere Uhren und Kalender. Da war das Ticken der Mahlzeiten, der Wechsel der Jahreszeiten, das Erscheinen des Beamten aus dem Justizministerium. Jeder Besuch war für ihn wie ein Ferientag – ein Feiertag, nicht fröhlich, sondern ernst. Zuerst kam ein Besuch des Wachhabenden, wobei zwei bewaffnete Soldaten an der Tür stehenblieben. Man durchsuchte ihn und seine Zelle auf den Verdacht hin, daß er in der Lage gewesen war, etwas einzuschmuggeln, nämlich ein – ein was? Eine Atombombe, vielleicht. Oder ein Pfund Pfeffer, um es dem Mann vom Justizministerium in die Augen zu schleudern. Man fand nichts, weil es nichts zu finden gab. Dann gingen sie wieder, und lange Zeit geschah nichts. Es gab nicht einmal eine Mahlzeit, selbst wenn eine Mahlzeit fällig gewesen wäre. Gar nichts, bis eine Stunde oder drei Stunden später der Ministerialbeamte mit seiner eigenen Wache, seinem Techniker für die Tonbandgeräte und seinen Fragen erscheinen würde.

Und dann kam der Tag, an dem der Mann vom Justizministerium nicht allein erschien. Murray Amos, der Sekretär des Präsidenten, begleitete ihn.

Wie verräterisch ist das Herz des Menschen! Wie wenig ist nötig, damit es wieder hofft, auch wenn es die Hoffnung schon aufgegeben hat.

»Murray!« rief Knefhausen, den Tränen nahe. »Es ist schön, Sie wiederzusehen! Geht es dem Präsidenten gut? Was kann ich für Sie tun? Hat sich etwas Neues ergeben?«

Murray Amos blieb an der Tür stehen. Er sah Dieter von Knefhausen an und sagte bitter: »O ja, es hat sich etwas Neues ergeben. Eine ganze Menge. Die vierte Panzerdivision hat eben die Seiten gewechselt, und wir evakuieren Washington. Der Präsident möchte, daß Sie hier sofort wegkommen.«

»Nein, nein! Ich meine – o ja, es ist gut, daß dem Präsidenten mein Wohlergehen am Herzen liegt, auch wenn das mit der vierten Panzerdivision schlimm ist. Aber ich meine folgendes, Murray: Ist eine Nachricht von der ›Constitution‹ gekommen?«

Amos und der Mann vom Justizministerium sahen einander an.

»Sagen Sie, Doktor Knefhausen«, meinte Amos sanft, »wie sind Sie darauf gekommen?«

»Darauf gekommen? Wie könnte ich darauf kommen? Nein, ich habe nur gefragt, weil ich immer noch hoffe. Es hat eine Botschaft gegeben, nicht wahr? Trotz allem, was sie gesagt haben? Sie haben sich wieder gemeldet?«

»Um ganz ehrlich zu sein, ja«, sagte Amos nachdenklich. Der Mann vom Justizministerium zischte ihm etwas ins Ohr, aber Amos schüttelte den Kopf. »Keine Sorge, wir kommen gleich. Der Konvoi fährt nicht ohne uns . . . Ja, Knefhausen, die Mitteilung ist vor zwei Stunden über Goldstone eingetroffen. Sie ist jetzt im Dekodierraum.«

»Gut, sehr gut!« rief Knefhausen. »Sie werden sehen, sie rechtfertigen alles. Aber was sagen sie? Haben sie gute Wissenschaftler, um die Nachricht zu interpretieren? Können sie den Inhalt verstehen?«

»Nicht direkt«, sagte Amos, »denn es gibt ein kleines Problem, mit dem der Koderaum nicht gerechnet hatte, auf das er nicht vorbereitet war. Die Mitteilung war nicht verschlüsselt. Sie kam in Klarsprache, aber in Chinesisch.«

Constitution 6

Betr.: Consechs T 51/11055/7 Streng geheim!

Übertragung von US-Sternschiff ›Constitution‹.

Die folgende Botschaft wurde den geltenden Bestimmungen entsprechend von der Entschlüsselungsabteilung aufgefangen und bearbeitet. Wegen ihrer besonderen Art wurde eine Untersuchung zur Klärung ihres Ursprungs durchgeführt. Radiopeilungsdaten vom Stützpunkt auf der Mondrückseite deuten auf eine Herkunft von der Stelle, die mit der derzeitigen vermuteten Position der ›Constitution‹ übereinstimmt. Die Stärke des Signals war beträchtlich, aber innerhalb der erwarteten Grenzen, die Degradation der Frequenztrennung befand sich in Übereinstimmung mit relativistischen Verschiebungen und Streuungen aufgrund von Kollisionen mit Partikeln und Gaswolken.

Obwohl die verfügbaren Daten nicht zweifelsfrei beweisen, daß die Sendung ihren Ursprung im Sternschiff hat, sind gegenteilige Hinweise nicht gefunden worden.

Bei der Prüfung erwies sich der Text als phonetische Fassung eines Mandarindialektes der Mittleren Dynastien. Fertiggestellt worden ist nur eine teilweise Übertragung, siehe Beiblatt. Die Übersetzung bereitet aus zwei Gründen ungewöhnliche Schwierigkeiten: Einmal wegen des Problems, einen Übersetzer mit entsprechenden Fähigkeiten zu finden, der in die höchste Geheimhaltungsstufe aufgenommen werden kann, und zum zweiten, weil die verwendete Sprache mutmaßlich nicht direkt einem Dialekt entspricht, sondern ein Kunstprodukt der ›Constitution‹-Besatzung sein könnte. Siehe hierzu *Para Acht*, Zeilen 37--45 unten.

Dieser Text ist vorläufig und nicht authentisch und wird nur als erster Versuch, den Inhalt der Botschaft ins Englische zu übertragen, vorgelegt. Die Bemühungen, die ganze Mitteilung zu übersetzen, werden fortgesetzt. Spätere Fassungen und Verbesserungen werden jeweils nach Fertigstellung vorgelegt.

Folgt Text:

1 *Para Eins.* Derjenige, der für alle spricht *(Oberstleutnant*
2 *Sheffield Jackman?)* ruht. Bei richtigem Handeln findet die
3 Sorge ein Ende. Ich *Identität nicht klar, aber vermutlich*
4 *Mrs. Annette Becklund, weniger wahrscheinlich eine der drei*
5 *anderen Frauen an Bord oder einer ihrer Nachkommen)* komme
6 an seiner Statt, bewegt von Barmherzigkeit und Liebe.
7 *Para Zwei.* Es genügt nicht, zu studieren oder Taten zu tun,
8 bei denen die Menschen die Stirn runzeln und die Köpfe sen-
9 ken. Es genügt nicht, die Natur des Himmels oder des Meeres
10 zu verstehen. Nur durch das Begreifen von allem kann man zur
11 Weisheit gelangen, und nur durch Weisheit kann man richtig
12 handeln.

Para Drei. Dies sind die Gebote, wie sie uns zu sehen gegeben sind.

Para Vier. Jener, der seinen Willen mit Gewalt durchsetzt, ist ohne Gerechtigkeit. Er soll von einer Klippe gestoßen werden.

Para Fünf. Jener, der einen anderen dazu veranlaßt, nach Tand aus geschnitztem Holz oder Zuckerwerk zu gieren, ist ohne Höflichkeit. Er soll daran gehindert werden, das Falsche zu tun.

Para Sechs. Jener, der einen Knoten schürzt und sagt: ›Es kümmert mich nicht, wer ihn lösen muß‹, ist ohne Voraussicht. Er soll die Geschwüre der Armen waschen und für alle Nachterde tragen, bis er lernt, den kommenden Tag als Bruder des gegenwärtigen zu sehen.

Para Sieben. Wir, die wir in diesem Hier sind, sollten unseren Willen nicht euch aufzwingen, die ihr in jenem Hier seid. Verstehen kommt spät. Wir bedauern den Vorfall von nächster Woche, denn er geschah überhastet und irrtümlich. Derjenige, der für alle spricht, handelte ohne Überlegung. Wir, die wir in diesem Hier sind, haben es danach bedauert.

Para Acht. Ihr mögt euch fragen *(wörtlich: den Hexagrammen gedankenlose Fragen stellen)*, weshalb wir uns in dieser Sprache melden. Der Grund ist zum Teil erholsamer Art, zum Teil heuristisch *(wörtlich: weil man mit der linken Hand kräftiger zuschlagen kann, wenn wiederholt geschlagen wird)*, aber die Art des Prozesses ist so, daß man ihn durchlaufen muß, bevor man erfahren kann, worin er besteht. Unsere Schritte haben diesen Pfad begangen. Um das Chinesische des ›I Ching‹ zu rekonstruieren, muß man als erstes das Deutsche der Übersetzung rekonstruieren, nach der die englische angefertigt worden ist. An jeder Ecke lauern Fehler. *(Wörtlich: Jedesmal, wenn sich der Pfad windet, brüllen sich falsche Erscheinungen an).* Viele Fehler entstellen unser Schnitzwerk. Betrachtet es Stunden und Tage schweigend, bis die Fehler Teil des Werkes werden.

Para Neun. Es heißt, daß ihr acht Tage habt, bis die schwereren Partikeln eintreffen. Die Toten und Gebrochenen werden wenige sein. Es ist besser, wenn alle fliegenden Atomreakto-

51 ren zur Landung veranlaßt werden, bis der Zwischenfall vor-
52 bei ist.
53 *Para Zehn.* Wenn ihr den Wiederaufbau beendet habt, schickt
54 uns eine Nachricht, direkt zum Planeten Alpha-Aleph. Unser
55 Heim sollte bis dahin fertig sein. Wir werden eine Fähre
56 schicken, um Kolonisten bei der Überquerung des Stroms zu
57 helfen, sobald wir bereit sind.

Der obige Text umfaßt die ersten 852 Gruppen der Sendung. Der Rest des Textes, etwa 7500 Gruppen, ist noch nicht zufriedenstellend übersetzt. Nach Ansicht eines Beraters von der Fakultät für orientalische Sprachen an der John-Hopkins-Universität könnte es sich um ein Gedicht handeln.
gez. Durward Richter

Durward Richter
Generalmajor USMC
Chefentschlüssler
Verteiler: X X X nur persönlich.

Washington 6

Der Präsident der Vereinigten Staaten (Washington) öffnete das Doppelfenster seines Arbeitszimmers, beugte sich hinaus und schrie seinen wissenschaftlichen Chefberater an: »Harry, mach dich auf die Socken! Wir warten auf dich!«

Harry hob den Kopf und winkte, dann stapfte er unverdrossen weiter durch den tropfenden Dschungel des Nordparks. Zwischen den wuchernden Unkrautpflanzen und bei dem Regen und dem verschlammten Boden war nur langsam voranzukommen, aber der Präsident hatte wenig Mitgefühl. Er ließ das Fenster herunter und sagte: »Der Teufel soll den Kerl holen, er strengt sich an, um mich zu ärgern. Wie lange soll ich noch auf ihn warten, damit ich entscheiden kann, ob wir die Hauptstadt verlegen müssen oder nicht?«

Die Vizepräsidentin sah von ihrem Strickzeug auf. »Jimbo, Liebling, warum regst du dich so auf? Warum ziehen wir nicht einfach weg, dann haben wir es hinter uns?«

»Na, das sieht so mies aus.« Er ließ sich verärgert in einen Sessel fallen. »Ich habe mich wirklich auf die Parade zur Zehnjahresfeier gefreut«, beklagte er sich. »Zehn Jahre, das ist doch mal was! Ich will sie nicht in der hintersten Provinz halten, ich will sie auf der Constitution Avenue, wie früher, ich will, daß die Leute jubeln und die Reporter und Kameraleute überall sind. Dann soll der Kerl in Omaha noch einmal sagen, ich sei nicht der richtige Präsident.«

Seine Frau meinte ruhig: »Reg dich seinetwegen nicht auf, Süßer. Aber weißt du, was ich mir überlegt habe? Auf der Constitution Avenue sieht die Parade vielleich doch ein bißchen mickrig aus. In einer kleineren Stadt wäre sie viel schöner.«

»Ach, was weißt denn du schon? Und wohin sollen wir gehen? Wenn Washington unter Wasser ist, wäre es dann in Bethesda vielleicht besser?«

Sein Außenminister legte die Patiencekarten weg und sah interessiert auf.

»Muß nicht Bethesda sein«, meinte er. »Ich habe ein schönes Grundstück bei Dulles, das wir nehmen könnten. Das liegt hoch.«

»Na klar. Auf Virginia zu gibt es schönes Land«, bestätigte die Vizepräsidentin. »Wißt ihr noch, wie wir nach deiner zweiten Amtseinführung den Ausflug gemacht haben? Das war bei Fairfax. Überall Hügel. Einfach wunderbar.«

Der Präsident schlug mit der Faust auf den Tisch und schrie: »Ich bin nicht der Präsident von Fairfax, ich bin der Präsident der USA! Was ist die Hauptstadt der USA? Washington! Du lieber Himmel, begreift ihr denn nicht, wie die Witzbolde in Houston und Omaha und Salt Lake und überall lachen würden, wenn sie hören, daß ich meine eigene Hauptstadt verlassen mußte?«

Er verstummte, weil sein wissenschaftlicher Chefberater zur Tür hereinkam, sich schüttelte und Schlammwasser vertropfte, als er die Ölhaut auszog.

»Na?« fuhr ihn der Präsident an. »Was haben sie gesagt?«

Harry setzte sich.

»Es ist schrecklich da draußen. Hat jemand eine trockene Zigarette?«

Der Präsident warf ihm eine Packung zu. Harry wischte sich die Finger am Hemd ab, bevor er eine Zigarette herauszog.

»Tja«, sagte er, »ich bin bei allen Bootsbesitzern gewesen, die ich finden konnte. Sie sagen alle dasselbe. Die Schiffe, die sie getroffen haben, die Orte, wo sie gewesen sind. Überall dasselbe. An der ganzen Küste steigt die Flut.«

Er schaute sich nach einem Zündholz um. Die Frau des Präsidenten gab ihm ein goldenes Feuerzeug mit dem Siegel der Vereinigten Staaten, das nach einigen Versuchen funktionierte.

»Es sieht nicht gut aus, Jimmy. Im Augenblick herrscht Ebbe, und da geht es, aber die Flut kommt. Und morgen wird sie ein bißchen höher sein. Und es wird Stürme geben, nicht bloß Regen wie den da, meine ich, aber du mußt damit rechnen, daß ab und zu ein tropisches Tief von den Bahamas heraufzieht.«

»Wir sind nicht in den Tropen«, sagte der Außenminister argwöhnisch.

»Das ist damit nicht gemeint«, sagte der wissenschaftliche Berater, der früher in der lokalen Fernsehstation, als es noch Fernsehnetze gegeben hatte, die Wetterberichte zu verlesen pflegte. »Es bedeutet Stürme. Orkane. Aber sie sind nicht das Schlimmste; das ist die Flut. Wenn dann das Eis schmilzt, wird sie immer höher.«

Der Präsident trommelte mit den Fingern auf die Tischplatte. Plötzlich schrie er: »Ich will meine Hauptstadt nicht verlegen!«

Niemand antwortete. Seine Temperamentsausbrüche waren berühmt. Die Vizepräsidentin beugte sich über ihr Strickzeug, der Außenminister griff nach seinen Spielkarten und begann zu mischen, der wissenschaftliche Berater hängte seinen Regenmantel an eine Tür.

»Ihr müßt die Sache so sehen«, sagte der Präsident. »Wenn wir abziehen, sind die ganzen Bauerntölpel, die sich als Präsident der Vereinigten Staaten ausgeben, um so besser dran, und die spätere Wiedervereinigung unseres Landes wird sich weiter verzögern.« Er bewegte ein paar Sekunden die Lippen, dann stieß er hervor: »Ich verlange nichts für mich persönlich! Das habe ich nie getan. Ich will nur die Rolle, die mir aufgetragen ist, zu unser aller Nutzen spielen, und das bedeutet, daß ich meine Position als der Präsident aufrechterhalte, wie sie die ergänzte Verfassung der USA vorsieht. Und das heißt, daß ich hier im wahren Weißen Haus bleiben muß, egal, was geschieht.«

Seine Frau sagte zögernd: »Liebling, wie wäre es damit? Die anderen Präsidenten hatten doch so etwas wie ein Weißes Haus für den Sommer, Camp David und so. Niemand hat sich darüber aufgeregt. Warum kannst du es nicht genauso machen? Bei Fairfax gibt es ein wunderschönes Farmhaus, das wir erstklassig einrichten könnten.«

Der Präsident sah sie überrascht an.

»Das ist mal klug gedacht«, erklärte er. »Nur können wir nicht für die Dauer umziehen, und wir müssen hier eine Garnison lassen, damit es uns keiner wegnimmt, und wir müssen ab und zu herkommen. Was meinst du, Harry?«

»Wir könnten ein paar Boote mieten«, sagte der Berater nachdenklich. »Kommt darauf an. Ich weiß nicht, wie hoch das Wasser steigen wird.«

»Rede nicht herum! Das hat nationalen Vorrang. Wir müssen es so machen, damit der Halunke in Omaha weiterhin auf den wahren Präsidenten achtet.«

»Weißt du, Jimbo, Liebling«, sagte die Vizepräsidentin nach einer Pause, ermutigt durch sein Lob, »du mußt zugeben, daß sie im Augenblick nicht besonders auf uns achten. Wann haben sie das letztemal ihre Steuern bezahlt?«

Der Präsident sah sie über seine Brille hinweg listig an.

»Weil wir gerade davon reden«, meinte er, »ich habe vielleicht eine kleine Überraschung für sie. Eine Geheimwaffe, sozusagen.«

»Hoffentlich hat sie mehr Erfolg als wir beim letzten Krieg«, sagte seine Frau, »denn wenn du dich erinnerst, sind wir tüchtig vermöbelt worden, als wir den Aufstand in Frederick unterdrücken wollten.«

Der Präsident stand auf und zeigte damit, daß die Kabinettssitzung beendet war.

»Laßt nur«, sagte er fröhlich. »Du gehst wieder, Harry, und stellst fest, ob du in der Kongreßbibliothek, wo sie die Brände gelöscht haben, ein paar gute Landkarten findest. Such uns ein schönes hochgelegenes Gelände im Unkreis von, na, zwanzig Meilen, wenn du kannst. Dann lassen wir uns von der Armee ein Weißes Haus für den Sommer beschlagnahmen, wie Mae meint, und vielleicht kann ich dann zur Abwechslung mal in einem Bett schlafen, das nicht modrig ist.«

Seine Frau hob beunruhigt den Kopf. »Was willst du tun, Jim?«

Er lachte in sich hinein. »Ich werde meine Geheimwaffe überprüfen.«

Er scheuchte sie aus seinem Arbeitszimmer, ging, als sie fort waren, in die Küche und holte aus dem offenen Kühlschrank eine Flasche Fresca. Das Zeug war natürlich warm. Die Kompanie Marineinfanterie bemühte sich immer noch, den Gasgenerator wieder flottzumachen, aber mit geringem Erfolg. Dem Präsidenten machte das nichts aus. Sie waren seine persönlichen Prätorianer, und wenn sie als Techniker zu wünschen übrig ließen, hatten sie sich doch bewährt, wenn es hart auf hart gegangen war. Der Präsident war sich stets bewußt, daß er während der Unruhen nicht mehr als irgendein Abgeordneter gewesen war – noch dazu ernannt, um einen freien Platz auszufüllen – und sein schneller Aufstieg zum Sprecher und Erbfolger, schließlich zum Präsidenten selbst, nicht allein auf seine politischen Fähigkeiten und Kenntnisse zurückzuführen war, sondern auch auf die Tatsache, daß er der einzige entfernt legitime Erbe der Präsidentschaft war, der zufällig auch einen Schwager besaß, welcher die Marineinfanteriegarnison in Washington befehligte.

Der Präsident war eigentlich ganz zufrieden damit, wie die Welt aussah. Wenn er Präsidenten von früher beneidete – mit Raketen, Bomberflotten und Milliarden von Dollar zum Spielen –, dann sah er, sobald er die Welt rings um sich betrachtete, jedenfalls nichts, was sich mit seiner eigenen Position in der realen Welt, in der er lebte, vergleichen ließ.

Er trank das Sodawasser, öffnete seine Tür einen Spalt und guckte hinaus. Niemand in der Nähe. Er schlüpfte hinaus und lief die Hintertreppe hinunter. In den ehemals öffentlich zugänglichen Teilen des Weißen Hauses konnte man das Ausmaß der Beschädigungen deutlicher erkennen. Nach den Unruhen, Plünderungen, Brandstiftungen und Überfällen war der Wille, alles wieder herzurichten, immer mehr erlahmt. Den Präsidenten störte es nicht. Er bemerkte die verkohlten Wände und den herabgefallenen Putz nicht einmal. Er lauschte dem Geräusch einer fernen Benzinpumpe und lächelte vor sich hin, als er sich der Tiefetage näherte, wo seine Geheimwaffe eingesperrt war.

Die Geheimwaffe, die Dieter von Knefhausen hieß, versuchte die Verteidigung aller Handlungen ihres Lebens fertigzustellen, die sie ihre Memoiren nannte.

Mit der Welt war Knefhausen weniger zufrieden als der Präsident. Er hätte sich viele Veränderungen gewünscht. Bessere Gesundheit zum Beispiel; er war sich wohl bewußt, daß sein chronischer Bluthochdruck, seine Bronchitis und seine Gicht die letzten Schlachten eines totalen Krieges schlugen, um herauszufinden, wer die Ehre haben sollte, ihren gemeinsamen Kampfplatz, nämlich Knefhausen selbst, endgültig zu vernichten. Die fehlende Freiheit vermißte er nicht so sehr, aber die sinnlose Zerstörung so vieler seiner Unterlagen störte ihn.

Das ursprüngliche Typoskript seiner Autobiographie war schon vor langer Zeit verlorengegangen, aber er hatte den Präsidenten – vielmehr den Bewerber, der sich Präsident nannte – dazu überredet, jemanden auszuschicken, der zusammensuchen sollte, was davon noch vorhanden war. Ein paar zerfetzte und unvollständige Durchschriften waren entdeckt worden. Er hatte manche Lücke ausgefüllt, so gut es sein Gedächtnis und die verfügbaren Daten zuließen, noch einmal berichtet, wie er das Projekt Alpha-Aleph geplant habe, und im einzelnen dargestellt, wie er gelogen, gefälscht und geschwindelt hatte, um es zu erzwingen.

Er war so ehrlich, wie es im gegeben war. Er ersparte sich nichts. Er gab seine Beteiligung am ›Unfalltod‹ von Ann Barstows erstem Ehemann bei einem Autounfall zu, wodurch sie frei geworden war und den Mann hatte heiraten können, den er für den Flug nach Alpha Centauri mit ausgesucht hatte. Er hatte gestanden, gewußt zu haben, daß das Geheimnis nicht während der ganzen Reise bewahrt werden konnte, und damit das Vertrauen des Präsidenten mißbraucht zu haben, der das Projekt ermöglicht hatte. Er brachte alles unter, alles, woran er sich erinnern konnte, und er prahlte mit seinem Erfolg.

Für ihn stand fest, daß sein Erfolg bereits bewiesen war. Was sprach eindeutiger dafür als die Ereignisse vor zehn Jahren? Der ›Vorfall von nächster Woche‹ war so dramatisch und umfassend gewesen, wie man es sich nur hatte wünschen können. Wenn die Einzelheiten, hauptsächlich wegen der Zerstörung der vorhandenen technologischen Struktur, die dieser Vorfall herbeigeführt hatte, nicht zu enträtseln waren – die großen Züge ließen sich nicht übersehen. Der Regen schwerer Partikeln – Baryon? Vielleicht sogar Quarks? – hatte die Erde getränkt. Die Quelle war zu einer Stelle am Himmel zurückverfolgt worden, die mit dem Kurs der ›Constitution‹ übereinstimmte.

Außerdem gab es die empfangenen Mitteilungen, und wenn man sie zusammenfaßte, konnte man nicht mehr daran zweifeln, daß die Astronauten ein Wissen erlangt hatten, welches dem auf der Erde so weit voraus war, daß sie aus zwei Lichtjahren Entfernung der Menschheit ihren Willen aufzwingen konnten. Sie hatten es getan. Mit einem Schwall von Partikeln war der gesamte militärisch-industrielle Komplex des Planeten zum Stillstand gebracht worden.

Wie? Wie? Ah, dachte Knefhausen voll Neid und Stolz, das war die Frage. Man konnte es nicht wissen. Alles, was man wußte, war, daß die nuklearen Anlagen – Bomben, Kraftwerke, medizinische Strahlungsquellen oder Reaktoren – zur selben Zeit den Strom von Partikeln aufgesogen und in diesem Augenblick aufgehört hatten, als Quelle von Atomenergie zu existieren. Das ging nicht schnell und katastrophenhaft wie bei einer Bombe, sondern langsam und war von endgültiger Wirkung. Uran und Plutonium zerschmolzen einfach in der langanhaltenden, fortlaufenden Reaktion, die noch immer in den Lavaseen brodelte, wo die Silos gestanden und die Atomkraftwerke Strom erzeugt hatten. Freigesetzt wurde wenig Strahlung, aber sehr viel Wärme.

Knefhausen hatte längst aufgehört, zu bedauern, was sich nicht mehr ändern ließ, aber im stillen wünschte er sich noch immer, er hätte Gelegenheit gehabt, die gesamte Wärmemenge zu messen. Nicht weniger als 10^{16} Wattjahre, davon war er überzeugt, allein nach den Auswirkungen auf die Erdatmosphäre, den Stürmen, dem langsamen Ansteigen der Durchschnittstemperatur, und nach den Gerüchten über das Ansteigen des Meeresspiegels zu urteilen, die ein Abschmelzen der Polarkappen nahelegten. Es gab nicht einmal mehr ein gutes Wetternetz, aber die bruchstückhaften Informationen, die er zusammentragen konnte, deuteten auf eine globale Steigerung von vier, vielleicht sogar von sechs oder sieben Grad Celsius, und die Kettenreaktionen liefen in der Tschechoslowakei, im

Kongo, in Colorado und in Hunderten kleinerer Infernos noch immer ab.

Gerüchte über den Meeresspiegel?

Keine Gerüchte, nein, korrigierte er sich, als er den Kopf hob und die Schlange aus hartem Gummischlauch anstarrte, die an der Rückwand der Wandleiste begann und vor dem vergitterten Fenster endete, wo die Benzinpumpe sich Mühe gab, den Wasserstand in seiner Zelle so niedrig zu halten, daß er nicht über die Laufbretter geriet. Dem Zufluß nach zu schließen, mußte die Umgebung des Weißen Hauses schon ganz unter Wasser stehen.

Die Tür öffnete sich. Der Präsident der Vereinigten Staaten (Washington) kam herein und klopfte einem hageren, ängstlichen, hungrig aussehenden Jungen, der die Tür bewachte, auf die Schulter.

»Wie steht es, Knefhausen?« fragte der Präsident freundlich. »Wollen Sie endlich vernünftig werden?«

»Ich mache gern, was Sie verlangen, Mr. President, aber ich habe Ihnen gesagt, daß es gewisse Grenzen gibt. Außerdem bin ich kein junger Mensch mehr, und meine Gesundheit –«

»Zum Teufel mit Ihrer Gesundheit und Ihren Grenzen«, schrie der Präsident. »Kommen Sie mir nicht damit, Knefhausen!«

»Verzeihen Sie, Mr. President«, flüsterte Knefhausen.

»Davon habe ich nichts! Ich gehe nur nach Resultaten. Sie wissen, was es kostet, die Pumpe zu betreiben, nur damit Sie nicht ersaufen? Benzin ist rationiert, Knefhausen! Es bedarf höchster nationaler Priorität, um es zu bekommen! Ich weiß nicht, wie lange ich das rechtfertigen kann, wenn Sie nicht mitarbeiten.«

»Ich arbeite mit, so gut ich kann, Mr. President«, sagte Knefhausen traurig, aber halsstarrig.

»Ja. Sicher.« Aber der Präsident war an diesem Tag in außergewöhnlich guter Stimmung, stellte Knefhausen mit dem Blick des Häftlings für Einzelheiten fest, und nach einer Pause sagte er: »Hören Sie, wir wollen uns nicht aufregen. Ich mache Ihnen ein Angebot. Sagen Sie ein Wort, und ich werfe diesen Trottel Harry Stokes hinaus und mache Sie zu meinem wissenschaftlichen Chefberater. Was sagen Sie dazu? Wieder oben an der Spitze. Eigene Wohnung. Elektrisches Licht! Dienerschaft – Sie können sie sich selbst aussuchen, und da gibt es ein paar leckere Mädchen. Das beste Essen, das Sie je bekommen haben. Eine Gelegenheit, den USA einen wirklich großen Dienst zu erweisen, einen Beitrag zur Wiedervereinigung dieses großartigen Landes zu leisten, damit es die Großmacht, die es sein soll und muß, wieder werden kann!«

»Mr. President«, sagte Knefhausen, »ich möchte natürlich helfen, so gut ich kann. Wir haben das aber schon oft genug besprochen. Ich mache gern, was Sie wollen, aber ich weiß nicht, wie die Bomben wieder aktiv gemacht werden sollen. Sie haben gesehen, was passiert ist, Mr. President. Sie sind weg.«

»Ich habe nicht von Bomben gesprochen, oder? Schauen Sie, Kneffie, ich bin ein Mensch, mit dem sich reden läßt. Wie wäre es damit? Sie versprechen, Ihre wissenschaftlichen Kenntnisse nach bestem Vermögen einzusetzen. Sie sagen, Sie können keine Bomben machen, nun gut. Aber es gibt anderes.«

»Nämlich, Mr. President?«

»Hören Sie doch auf damit, Knefhausen. Irgend etwas eben. Etwas, womit Sie Ihrem Land einen Dienst erweisen können. Wenn Sie mir das versprechen, kommen Sie noch heute hier heraus. Oder wollen Sie, daß ich die Pumpe abstelle?«

Knefhausen schüttelte den Kopf, nicht verneinend, sondern aus Verzweiflung.

»Sie wissen nicht, was Sie verlangen. Was kann ein Wissenschaftler heute für Sie tun? Vor zehn Jahren, ja, da war das etwas anderes. Sogar noch vor fünf Jahren. Wir hätten vielleicht etwas finden, ich hätte etwas tun können. Aber jetzt gibt es die Vorbedingungen nicht mehr. Als alle Atomkraftwerke ausfielen, als die Fabriken, die von ihnen abhingen, den Betrieb einstellten, als die Düngemittelfabriken keinen Stickstoff mehr erzeugten, als keine Insektenvertilgungsmittel mehr hergestellt werden konnten, als die Menschen an Hunger zu sterben begannen und die Seuchen ausbrachen –«

»Das weiß ich alles, Knefhausen. Ja oder nein?«

Der Wissenschaftler zögerte und sah seinen Widersacher nachdenklich an. In seinen Augen tauchte die alte Verschlagenheit wieder auf.

»Mr. President«, sagte er langsam. »Sie wissen etwas. Etwas ist geschehen.«

»Richtig«, sagte der Präsident. »Sie sind auf Draht. Dann sagen Sie mir einmal, was ich weiß.«

Knefhausen schüttelte den Kopf. Nach sieben Jahrzehnten kraftvollen Lebens und einem Jahrzehnt langsamen Sterbens fiel es schwer, noch einmal zu hoffen. Dieser gräßliche kleine Mann, dieser Emporkömmling, dieser Klumpen – er entbehrte nicht einer gewissen animalischen Schläue, und er schien seiner Sache sehr sicher zu sein.

»Bitte, Mr. President. Sagen Sie es mir.«

Der Präsident legte den Finger an die Lippen und dann das Ohr an die Tür. Als er sich vergewissert hatte, daß niemand zu lauschen vermochte, trat er näher an Knefhausen heran und sagte leise: »Sie wissen, daß ich überall Handelsvertretungen habe. In Houston, in Salt Lake, sogar in Montreal. Sie sind nicht immer nur wegen des Handels dort. Manchmal erfahren die Leute Dinge und geben sie an mich weiter. Möchten Sie wissen, was mein Vertreter in Anaheim mir eben mitgeteilt hat?«

Knefhausen antwortete nicht, aber seine wäßrigen alten Augen blickten flehend.

»Eine Botschaft«, flüsterte der Präsident.

»Von der ›Constitution‹?« rief Knefhausen. »Aber nein, das kann nicht sein! Der Mondstützpunkt ist fort, Goldstone zerstört, die Satelliten verglühen der Reihe nach –«

»Es war keine Funkbotschaft«, sagte der Präsident. »Die Meldung kam von Mount Palomar. Sie wurde nicht mit dem großen Teleskop aufgefangen, denn das ist auch demoliert worden, sondern mit einem Schmidt-Spiegelreflektor, wie sie das nennen. Er funktioniert immer noch. Und es gibt noch ein paar alte Knacker, die ab und zu hindurchgucken. Sie haben eine Botschaft aufgefangen, mit Laserlicht. Schlicht Morsezeichen. Sie behaupten, sie kämen von Alpha Centauri. Von Ihren kleinen Freunden, Knefhausen.«

Er zog ein Blatt Papier aus der Tasche und hielt es hoch.

Knefhausen wurde von einem Hustenanfall gepeinigt, aber er krächzte: »Geben Sie her!«

Der Präsident zog die Hand zurück.

»Ein Tauschgeschäft, Knefhausen?«

»Ja, ja! Alles, was Sie wollen, aber geben Sie mir die Botschaft.«

»Aber sicher«, sagte der Präsident lächelnd und gab ihm das Blatt.

Der Text lautete:

Achtung. Wir haben den Planeten Alpha-Aleph geschaffen. Er ist großartig und wunderschön. Wir werden unsere Fähren schicken, um geeignete Personen und andere zu holen, damit sie ihn besiedeln. Außerdem ist noch einiges zu erledigen. Besondere Grüße an Dr. Dieter von Knefhausen, mit dem wir dringend sprechen wollen. Erwartet uns in drei Wochen nach Erhalt dieser Nachricht.

Knefhausen las den Text zweimal, starrte den Präsidenten an und las ihn noch einmal.

»Ich – ich bin sehr froh«, sagte er leise.

Der Präsident riß ihm das Blatt aus der Hand, faltete es zusammen und steckte es in die Tasche, so als sei es der Schlüssel zur Macht selbst.

»Sie sehen also«, sagte er, »es ist ganz einfach. Sie helfen mir, ich helfe Ihnen.«

»Ja. Ja, gewiß«, sagte Knefhausen und starrte an ihm vorbei.

»Sie sind Ihre Freunde. Sie werden tun, was Sie sagen. Alles das, was sie, wie Sie mir erzählten, tun können –«

»Ja, die Partikeln, die Fähigkeit, sich fortzupflanzen, die Fähigkeit, Gott beschütze uns, einen Planeten zu erschaffen –« Knefhausen hätte vielleicht endlos weitere Talente der Raumfahrer aufgezählt, aber der Präsident wurde ungeduldig.

»Es handelt sich also nur noch um Tage, dann sind sie hier. Sie können sich vorstellen, was sie haben! Waffen, Werkzeuge, alles – und Sie brauchen sie nur dazu zu veranlassen, daß sie mir helfen, die Vereinigten Staaten wieder auf den richtigen Platz zu stellen. Ich sorge dafür, daß es sich für sie lohnt, Knefhausen! Und für Sie auch. Sie –« Der Präsident verstummte und starrte den Wissenschaftler an. Dann schrie er: »Knefhausen!« und sprang vor, um ihn aufzufangen.

Er kam zu spät. Der Wissenschaftler war schlaff auf die Laufbretter gestürzt. Sein Bewacher rannte auf einen Befehl hin zum Arzt des Weißen Hauses, der heranhinkte, so schnell es seine kranken Beine und sein vom Bier benebeltes Gehirn gestatteten, aber auch er kam zu spät. Alles kam zu spät für Knefhausen, dessen altes Herz ihn im Stich gelassen hatte ... gerade rechtzeitig, wie sich ein paar Tage später erwies, als die großen, goldenen Raumschiffe von Alpha-Aleph landeten und ihre glorreichen, schrecklichen Besatzungen entsandten, damit sie die Erde säubern konnten.

Das Urteil ist gefällt

In persönlicher Hinsicht mag es bedauerlich erscheinen, daß die gesamte Erdbevölkerung zum Tode verurteilt wurde. Immerhin besitzt man ja ein gewisses Gerechtigkeitsgefühl. Man sucht nach einem Charakterzug, den man Barmherzigkeit nennen könnte. Man glaubt wirklich an die Hoffnung, früher oder später werde die jetzige ruhelose, aufeinander einschlagende Gattung durch etwas Edleres, Gütigeres ersetzt, und man empfindet es als tragisch, daß diese Chance vertan sein soll. Vor allem aber mißfällt das Prinzip der Unbedingtheit. Ist es richtig, daß Tiger und Schildkröten sterben müssen, nur wegen der Sünden des menschlichen Tiers, mit dem sie lediglich eine entfernte Verwandtschaft verbindet? Aber – ist es denn überhaupt richtig, daß über drei Milliarden Menschen beseitigt werden, und das auf der Grundlage der Prüfung eines einzigen Exemplars? Ungerecht, möchte man meinen. Aber, wie einer der Größten der Großen sagte, im Raum-Zeit-Kontinuum geht es nicht gerecht zu, und auf lange Sicht muß man sich mit der Tatsache abfinden, daß die Menschheit erledigt ist, ob gerecht oder nicht. Die totale Vernichtung aller ist befohlen und im Gange.

Nichtsdestoweniger ist es von einigem historischen Interesse, festzuhalten, nach welchem Verfahren die Menschheit zum Untergang verurteilt worden ist.

Zu dieser Zeit, in der Zeiteinheit 8×10^{23} nach dem Monoblock, waren gewisse untergeordnete Intelligenzen als Kustoden für die Planeten eines GO-Sterns bestimmt, mit besonderer Berücksichtigung des lokal ›Erde‹ genannten Planeten. Es war kein sehr erfreulicher Planet, aber er hatte den Trick der Photosynthese gelernt, Sauerstoff drang in seine Atmosphäre ein, genaueres Studium wurde erforderlich.

Die Plichten dieser Intelligenz waren eintönig, aber sie waren auch träge Wesen. Es fiel ihnen nicht auf. Sie verfolgten die Bahnen ihrer neun Planeten, unterhielten sich, dösten, hielten Sommerschlaf im Halbwachzustand, erwachten und hielten wieder Wacht. Es gefiel ihnen sogar eher. Sie verfügten über Erschwernisvorrechte, so daß sie, wenn sie im Aktivzustand verharrten, wunderbar berauschende Gase einatmen und verschiedene Delikatessen genießen durften, auch einander, je nach Populationszahl. Meistens übersommerten sie in ihren Lehmpackungen, viele Folgen von 10^{19}-Einheiten lang, während auf ihren Planeten das Übliche ablief. Gebirge schoben sich empor. Meere trockneten aus. Riesige Tiere trompeteten in dampfenden Sümpfen.

Schließlich ereignete sich das, worauf sie programmiert waren. In einer solchen Folge begann auf einem ihrer Planeten der ›Technologie‹ genannte Prozeß, und als sich wieder eine der Intelligenzen dazu aufraffte, den Solarraum zu überprüfen, entdeckte sie einen künstlichen Satelliten in einer Umlaufbahn.

Schlagartig wurden alle geweckt und machten sich an ihre genau bestimmten Aufgaben.

In bloßen 10^7-Zeiteinheiten hatten sie eine synoptische Studie gemäß den von Jenen Welchen festgelegten Richtlinien angefertigt. Sie erregte einigen Schrecken bei ihnen. Die Unterlagen zeigten, daß es in kürzlichen 10^9-Zeiten sehr viele Artefakte in Umlaufbahnen gegeben hatte, sie diese aber wegen ihres Übersommerns und wegen eines aus der Bahn geratenen Positrons in einem der automatischen Warngeräte nicht hatten wahrnehmen können. Ein gewisser Trost dabei war, daß nahezu alle diese Artefakte diesseits der Erdmondbahn geflogen waren und nicht transsolar, was nun wirklich ein Knalleffekt gewesen wäre. Es ergab sich jedoch, daß auf drei, möglicherweise auf vier der Himmelskörper in ihrem Sonnensystem Intelligenzähnliches entstanden war, und so bereiteten sich die Kustoden mit einiger Besorgnis darauf vor, vom Beobachtungszustand in den der Aktion überzutreten.

Als der Aktionsführer seinen Entscheidungsprozeß abgeschlossen hatte, versetzte er sich in den Befehlsstatus und emanierte: »Einzelberichte.«

Das war als die von Jenen befohlene Prozedur bekannt, und so wurde sie von allen akzeptiert. Der Untergebene, dessen Pflicht es war, solche Anweisungen auszuführen, transpondierte die Frage: »Welche Einzelperson?«

Das erforderte zusätzliche Entscheidungsarbeit, und alle warteten, während der Führende die Hinweise analysierte. Um das angemessen tun zu können, fand er es notwendig, viele 10^5-Bereiche von

Faktoren zu untersuchen, einschließlich geographischer Streuung, Erbeigenschaften und Bewußtseinszustand des sich jetzt der Erde nähernden Artefakts. Die Kriterien, die Jene programmiert hatten, waren vorwiegend einfache Probetechniken, so daß der Führende nicht auf Spezialunterstützung zurückzugreifen brauchte. Die Methode führte zu drei Musterexemplaren, alle von optimaler Art. Das eine war ein Parteiapparatschik in einem Vorort von Bukarest, das andere ein Straßenkehrer in Benares und das dritte ein Drehbuchautor in Südkalifornien. Der Führende folgte den von Jenen aufgestellten Methoden zur Entscheidung von Stechen, griff wahllos einen Kandidaten heraus und stieß einen Hinweis aus: »Der da.«

›Der da‹ war ein Meter sechzig groß und siebenundzwanzig Jahre alt. Er hatte keine Ahnung davon, daß er dazu bestimmt war, das gesamte Leben auf der Erde zu vertreten, oder auch nur davon, daß er beobachtet wurde. Er steuerte seinen Capri vom Haus seines Agenten am Gower Boulevard zum ›Größten Drugstore der Welt‹, übte an den Ampeln Rennstarts und hörte den Plattenjockeis im Autoradio zu, als er den Bewußtseinszustand erreichte, der ihn dazu qualifizierte, die Menschheit zu repräsentieren. Er wußte nichts davon. Er wußte nur, daß er in den Kurznachrichten etwas Verrücktes gehört hatte. Das Verrückte war, daß das Raumfahrzeug ›Algonkin 9‹ auf dem Rückweg vom Mars war und drei lebende Marswesen mitbrachte.

Sam Harcourt, so hieß er, versank augenblicklich in Gedanken. Marsbewohner. Er wußte alles über Marsmenschen, auch wenn er seit seinem dreizehnten Lebensjahr nicht mehr viel über sie nachgedacht hatte. Aber er erinnerte sich an die vielen packenden Geschichten, und als die Ampel auf Grün schaltete und der Fahrer des Sattelschleppers hinter ihm auf die Hupe drückte, kam ihm der Einfall, daß dieses Wissen jetzt bares Geld für ihn bedeutete. Er schoß über die Kreuzung, als die Ampel wieder umschaltete, hielt im Parkverbot, zog die Handbremse an und telefonierte mit seinem Agenten.

»Menschenskind, Oleg«, rief er, als sein Agent sich meldete, »habe ich eine Idee. Wumm!«

Die Stimme seines Agenten klang bemüht geduldig. »Es wäre

gut, wenn Sie mich nicht dauernd anrufen würden, Sam. Sie sollen doch mit Chavez sprechen.«

»Dazu habe ich Zeit genug, und außerdem ist das wahrscheinlich viel zu groß für ihn. Seine künstlerischen Nacktstreifen ziehen nicht mehr. Wissen Sie denn nicht Bescheid? Schalten Sie nie Ihr Radio ein, sehen Sie nicht fern, machen Sie keine Tür auf und hören sich an, was die Leute reden? Marsbewohner! Man hat lebende Marsbewohner gefunden und bringt sie her!«

»Ja, ich habe irgend etwas gehört«, sagte der Agent. »Na und?«

»Ich möchte einen Film über Barsum machen, Oleg. Das ist der einheimische Name für den Mars. Sehen Sie die Möglichkeiten? Ich dachte zuerst an eines der großen Studios, aber die sind zu langsam, die können das nicht genug ausbeuten. Es muß nämlich gleich sein. Eine blendend aussehende rothäutige Marsprinzessin! Eine große Luftschlacht, wie die Battle of Britain, nur mit Schwertern. Komödie. Sex! Oleg«, schrie Sam in sein Autotelefon und beobachtete das Polizeiauto, das langsam auf ihn zurollte, »ich muß gleich einhängen, aber das Tollste haben Sie noch gar nicht gehört. Das ist kein Sam-Harcourt-Originaldrehbuch. Es ist ein klassisches Werk, das jeder Junge gelesen hat, und das Herrlichste dabei ist, es könnte frei sein, weil irgend jemand das Copyright nicht erneuert hat.«

»Könnte, Sam?«

»Na, ich habe da irgend etwas in Erinnerung«, sagte Sam. »Es ist schon eine Weile her, aber Ihr Jurist kann das feststellen.«

»Mein Jurist bekommt jedesmal, wenn ich ihm eine Frage stelle, hundertfünfzig Piepen«, sagte der Agent, »und ich habe ihn Besseres zu fragen, als ob jemand vergessen hat, ein Copyright zu erneuern. Außerdem haben Sie auch etwas vergessen. Vielleicht darf ich Sie daran erinnern. Daniel Chavez ist eigens vom Valley herübergefahren, um sich anzuhören, was Sie für ihn schreiben werden, und Sam, bitte, Chavez bedeutet achttausend Dollar in bar, ein sicheres Geschäft. Kommen Sie 'runter aus den Wolken, Sam, mit Ihren zwanzig Millionen Dollar aus einem freien Stoff. Was haben Sie denn zu verkaufen, wenn er wirklich frei ist?«

»Dafür habe ich einen Agenten«, meinte Sam. »Ich melde mich wieder.« Er legte auf, löste die Handbremse und rollte an, wobei er dem Fahrer des Streifenwagens freundlich zunickte.

Der nachgeordnete Kustos meditierte einige 10 Einheiten voll Sorge. Gewissenhaftigkeit und Gehorsam waren ihm angeboren, und er hatte sich noch nie in einer Lage befunden, wo das Gewissen mit dem Gehorsam in Widerstreit geraten war. In einem ganz besonderen, seiner Art eigenen Sinn verabscheute er Sam Harcourt.

Er gelangte zu einer Entscheidung und zog sich eilig zurück, um zu berichten.

»Genehmigung zur Auswahl eines anderen Exemplars?« bettelte er.

Der Führende war empört. »Negativ«, gab er zurück.

Obwohl der Untergebene viel zu korrekt programmiert war, um einer Entscheidung zu widersprechen, sträubte sich etwas in ihm gegen die Aussicht, daß hundert Milliarden Wirbeltiere und Billionen Wesen anderer Arten, bis hinab zu den Algen, auf der Grundlage einer Bewertung Sam Harcourts zum Untergang verurteilt werden sollten.

»Persönliches Unbehagen«, klagte er und meinte: »Empfehlung für anderen Kustos?«

Der Führende trat in den Befehlsstatus.

»Rückkehr zur Fortsetzung oder Aussicht auf Disziplinarverfahren«, erklärte er kategorisch, und der nachgeordnete Kustos kehrte mit dem, was bei seiner Gattung als Seufzen galt, zu Sam zurück.

Daniel Chavez war für Kunstfilme das, was Mack Sennett für die Filmkomödie gewesen war. Er war schnell und billig.

Er hatte sich nicht immer auf Kunstfilme konzentriert. Sein erster großer Kassenerfolg, ›Monstrum des Mahlstroms‹, war ein Science-fiction-Schocker gewesen, zum großen Teil in seinem Schwimmbecken gedreht, das über einen Ablauf in Bodenmitte verfügte. Beim Zählen des Gewinns erkannte er, daß das eine Geldzaubermaschine war, und suchte nach Treibstoff dafür. Eines Morgens, als er dem Gebell im Nachbargarten lauschte und sich an schon bezahlte Spezialeffektaufnahmen erinnerte, förderte Daniel Chavez seinen nächsten Triumph zutage, ›Laddie und das Mahlstrom-Monstrum‹. Dann spürte er, daß Science-fiction passé war, und befaßte sich mit anderen Themen. Er ritt auf der Brandungsreiter-Welle mit, schloß sich der Drogenszene an, entblößte alles in den Nacktstreifen und landete beim Kunstfilm, einer günstigen

Branche, da Handkameras finanziell viel attraktiver waren als gemietete Studios. Zu seinen Grundsätzen gehörten niedrige Unkosten. Er sah keinen Anlaß, ein Büro zu unterhalten, solange es Nischen in Cafeterias und Drugstores gab.

Als Sam Harcourt den ›Größten Drugstore der Welt‹ betrat, besetzte Chavez eben seinen nächsten Film.

»Du bist richtig, Kleine«, sagte er und tätschelte den Hintern eines jungen Mädchens in hautenger Hose, als es aufstand. »Vergiß nicht, ich hole dich ab, damit wir die Rollenauffassung durchgehen. Gegen halb zehn«, fügte er hinzu, »weil ich zum Abendessen geschäftlich verabredet bin.« Sie blickte Harcourt durch einen halben Meter wirres Haar ausdruckslos an und schlurfte davon.

Harcourt setzte sich auf ihren Platz und sagte: »Chavez, das cinéma vérité ist tot.«

»Komisch, daß Sie das sagen«, meinte Chavez. »Ich gebe Ihnen recht. Ich bringe die Kleine da in meinem nächsten Film: ›An die Wand, Kardinal!‹ Ich glaube, die Aussichten sind so groß wie bei einem modernen ›Die Teufel‹.«

»Wie sähe sie mit ziegelrotem Make-up aus, Chavez?«

»Nein, nein. Sie spielt eine junge Nonne, die von Belang sein möchte.«

»Schlecht«, sagte Harcourt. »Filme von Belang sind überholt. Ich rede von Marsmenschen.«

»Ach du lieber Gott«, sagte Chavez und starrte ihn angeekelt an. »Ich habe Oleg erklärt, daß ich keinen Mist mehr von Ihnen hören will. Ich wollte nicht einmal mit Ihnen reden, aber er sagte, Sie hätten eine neue Masche.«

»Das war vorher. Hatte ich auch. Sie wären begeistert gewesen. Aber jetzt weiß ich etwas Besseres.«

Chavez seufzte. »Pause. Ich brauche etwas zu trinken. Wollen Sie ein Vanilleeis?« Er erhob sich halb und hielt nach der Kellnerin Ausschau.

»Schokolade. Sie haben offenbar nichts gehört, also muß ich es Ihnen sagen. Es kam im Radio. Die Astronauten haben sich gemeldet. Sie kommen vom Mars zurück und bringen echte, lebende Marsbewohner mit. Und was ich Ihnen heute anzubieten habe, ist eine Story über Marsmenschen, die sie aus der Quarantäne entlassen werden.«

Chavez setzte sich wieder. Er strich sich über die Koteletten und sah Sam an, der weiterredete.

»Echte Marsmenschen, Chavez! Authentisch. Zeitgemäß. Ich rede nicht von albernen Ungeheuern, ich rede von dem großen Coup, auf den Sie Ihr ganzes Leben gewartet haben.«

Chavez fing an, den Kopf zu schütteln.

»Wissen Sie, was diese Nachbildungen kosten?« Aber er merkte auf.

»Wer redet von Nachbildungen? Jetzt gibt es echte Marsbewohner. Alle reden davon. Es wundert mich wirklich, daß Sie noch nichts gehört haben.«

Chavez sinnierte eine Weile und raffte sich auf, als die Kellnerin kam. »Zwei Eisbecher, Süße, einer weiß, einer schwarz. Sam, ein bißchen gefällt es mir.«

»Nicht bloß ein bißchen. Es gefällt Ihnen sehr.«

»Es gefällt mir so, daß ich Sie frage, wie Sie die engagieren wollen. Sprechen sie Englisch, wissen Sie das?«

»Können wir synchronisieren. Passen Sie auf, lassen Sie sich die Fabel erzählen. Der Mann ist Kriegsheld. Er sitzt in einer Höhle in der Falle, draußen warten Indianer – nein, Moment mal, Vietcongsoldaten. Sie bringen ihn um. Er geht hinaus, und – wir nennen ihn John Carter –, und Carter starrt hinauf zu den Sternen, und er sieht diesen großen Stern, den Mars. Er streckt die Arme danach aus. Sehen Sie bis jetzt große Kosten?«

»Ich sehe auch noch keine Story. Weshalb wollen Sie ihn John Carter nennen? Ich möchte einen besseren Namen – Rick Carstairs?«

Begeistert rief Harcourt: »Großartig. Carstairs streckt also seine Arme aus, und auf irgendeine geheimnisvolle Weise wird er vom Mars angezogen. Aus seinem Körper heraus. Hinaus in den Weltraum, fffftt, vorbei an den Sternen, und schlagartig sehen wir einen Schnitt, er fällt auf dem Mars zu Boden, und der riesengroße, häßliche Marsmensch stochert mit dem Schwert an ihm herum. Cart – Carstairs springt auf, und zwar einfach über den Riesen hinweg. Das ist technisch ein bißchen kompliziert, aber auf dem Mars kann er enorm springen, weil –«

»Sam«, rügte Chavez, »wissen Sie nicht mehr, daß ich ›Welten im Krieg‹ produziert habe? Solche Dinge brauchen Sie mir nicht zu erklären. Sie sind auf einem Planeten ohne Schwerkraft, also weiter.«

»Richtig, Chavez! Sie kämpfen also ganz schrecklich mit den Schwertern, und Carstairs gewinnt, und dann kommt noch ein Marsmensch, grün diesmal, mit vier Armen – nein«, sagte er hastig, als Chavez die Brauen zusammenzog, »es dürfen nur zwei Arme in einem regulären Marsanzug sein, wenn Sie nicht so viele Spezialeffekte wollen, und Carstairs besiegt sie alle und rettet das Mädchen, das sie gefangengehalten haben. Sie ist wunderschön, Chavez! Rothäutig. Vielleicht kann die Kleine von vorhin sie spielen. Sie heißt Dejah, Augenblick mal, Dejah Thoris. Sie sagt: ›Ikki-pikki hu-ha Barsum?‹ Carstairs sagt: ›Ich verstehe Ihre Worte nicht, Madam, aber als Tribut an Ihre Schönheit lege ich Ihnen mein Schwert zu Füßen.‹ Und das tut er. Na, sie wird rot. Er weiß nicht, wieso, aber – was ist denn?«

»Ich kapiere da etwas nicht. Sie sagten, sie ist rothäutig, nicht? Wie weiß man dann, daß sie rot wird?«

Sam zögerte. Die Kellnerin brachte ihre Eisbecher, er zog den Strohhalm aus der Hülle und saugte kräftig, bevor er antwortete. »Guter Einwand«, sagte er. »Ich glaube, ich werde fertig damit, aber lassen wir das jetzt. Jedenfalls hebt sie sein Schwert auf und reicht es ihm, dann tut sie so, als warte sie auf etwas, aber er weiß nicht, worauf. Da kommen andere Marsmenschen daher, er hebt sie auf und springt mit ihr wie der Teufel über das Dach des Züchtungsgebäudes – das habe ich noch nicht erzählt. Sie befinden sich in der Nähe eines Züchtungsgebäudes, wo die grünen Marswesen ihre Eier legen. Das ist nur ein Detail, aber es läßt sich allerhand draus machen. Komik. Vielleicht gibt es da einen Marsbewohner, der zwei linke Hände hat, er läßt ein Ei fallen, und es ist sein eigener kleiner Junge –«

Chavez löffelte den Rest seines Eisbechers, wischte sich den Mund ab und sagte verbindlich: »Lassen wir das mit den Eiern vorerst auch beiseite, obwohl ich schon der Meinung bin, daß er stinkt.«

»Na ja. Carter und das Mädchen entkommen, und es gibt eine gigantische Luftschlacht – was denn?«

Chavez drohte ihm mit dem Finger. »Carter, Sam?«

»Ja, Carstairs. Aber jetzt kommt der Höhepunkt. Eine Luftschlacht in der dünnen Luft des sterbenden Mars! Das ist der einzige Teil, bei dem die Aufnahmen teuer werden, aber das zahlt sich bestimmt aus. Und hören Sie, ich habe da eine Idee, was das Geld angeht. Was halten Sie davon, das ganze Drehbuch umsonst zu bekommen? Ich meine, keinen Cent, Chavez, außer vielleicht ein paar Tausender für Spesen – vielleicht nicht einmal das«, sagte er hastig, als er Chavez' Ausdruck sah. »Sagen wir, überhaupt kein Bargeld, nur eine Beteiligung an den Nettoeinnahmen.«

Chavez preßte die Lippen zusammen und die Fingerspitzen seiner verschränkten Hände dagegen. Er spreizte die Finger weit genug, um sagen zu können: »Wie hoch, Sam?«

»Da einigen wir uns schon. Na ja. Meinetwegen fünfzehn Prozent. Ist mir egal, solange es ein guter Film wird – zwölfeinhalb, vielleicht«, verbesserte er. »Ich ziehe es offen gesagt, vor, nicht über Geld mit Ihnen zu reden. Oleg schätzt das bei seinen Klienten nicht.«

»Ja. Ich weiß, was Oleg nicht schätzt.« Chavez strich ein paarmal über die Koteletten, zog den Ärmel zurück, um auf die Uhr zu blicken, und sagte: »Ich will offen zu Ihnen sein, Sam, und Ihnen sagen, daß mich so eine Abmachung ruinieren könnte, wenn man bedenkt, wie die Kostenfrage heute aussieht. Aber vielleicht kommen wir zu einer Einigung. Allerdings nicht auf dieser Basis.«

»Ich wollte ja bloß behilflich sein«, wandte Sam ein. »Jedenfalls gewinnen sie die Schlacht und bringen das Mädchen zurück zu ihrem Vater, er ist ein König, und dann entdeckt Carstairs, daß etwas nicht stimmt. Das Mädchen ist ganz außer sich und heult, und ihr Vater schaut finster drein und spielt mit seiner Strahlerpistole. Was hat er angestellt? Der Vater sagt: ›Knorweffel-knorweffel pobeeren!‹, und es sieht schon wieder nach einem Kampf aus, aber dann sagt die Kleine – er hat ihr inzwischen ein bißchen Englisch beigebracht –, sie sagt: ›Rick, ich kann dich einfach nicht verstehen‹, und er sagt: ›Wieso denn, was ist denn los?‹, und dann stellt es sich heraus. Die Geschichte, mit dem Schwert, das er ihr vor die Füße geworfen hat? Auf dem Mars ist das ein Heiratsantrag, und als Carstairs nicht nachzog, war das so, als hätte er sie behandelt wie ein schlechtes Mädchen. Jedenfalls klärt sich das auf, und – das ist alles. Umarmung. Musik schwillt an und aus. Am Schluß noch ein bißchen Komik mit ihrem Hund, der Gedanken lesen kann.

Chavez«, sagte er ernsthaft, »ich sehe jede einzelne Einstellung vor mir. Ich hoffe nur, daß es mir gelungen ist, sie Ihnen auch vorzuführen.«

Chavez trank nachdenklich sein Eiswasser aus. »Sam«, sagte er. »Es gefällt mir.«

»Ein bißchen, Chavez?«

»Mehr als ein bißchen, Sam. Ich muß nachdenken. Außerdem muß ich mehr über diese Marsmenschen wissen. Aber –«

Er zuckte gewinnend die Achseln, lächelte und winkte der Kellnerin. Er gab ihr seine Kreditkarte, um die zwei Eisbecher, die zwei Eistees und den Käsetoast von vorher zu bezahlen. »Ich muß das überschlafen«, meinte er. »Ich rufe Oleg morgen früh an. Das ist mein Ernst, Sam. Sagen Sie ihm, er soll mich nicht anrufen. Kann sein, daß in der Sache was steckt, also verkorksen Sie die Geschichte nicht.« Und sie trennten sich, jeder auf seine Weise zufrieden.

Es gehörte nicht zum Aufgabenbereich eines untergeordneten Kustos, Entscheidungen zu treffen. Früher einmal war auch ihre Rasse einer Prüfung durch Jene Welche unterzogen worden, die über die Galaxis wachten, und wenngleich sie bestanden hatten und weitermachen durften, unter gewissen Einschränkungen und Auflagen, versteht sich, so war die überkommene Furcht doch geblieben. Der Kustos, der von seiner Aufgabe, Sam zu überwachen, zurückkehrte, spürte einiges Mitgefühl und Sorge. Seine Projektionen wiesen deutlich auf eine unausweichliche Schlußfolgerung. Die Entscheidung würde er nicht treffen, aber er konnte sich ziemlich genau vorstellen, wie sie ausfallen würde.

Intelligenzen wie Sam waren selten in der Galaxis, weil Jene nicht gerne Unkraut in Ihren Gärten duldeten.

Nach Anhörung des Berichts aktivierte der Führende seine Entscheidungssysteme und kam zu einer Schlußfolgerung, die er in die Form eines Imperativs kleidete. »Bestätigung erlangen durch Voraussage und Beobachtung des Eintreffens«, wies er sie an, wobei er die sogar den Menschen bekannte ›wissenschaftliche Methode‹ anwandte.

»Beschreibung der Voraussage?« fragten die Untergebenen.

»Voraussage beruht auf Beobachtung und Analyse: Musterexemplar wird keine schöpferischen Eigenschaften zeigen, keine Barmherzigkeit, weder noch , geschweige denn , innerhalb der nächsten 10^7-Zeiteinheiten.« Für die drei fehlenden Ausdrücke gibt es in keiner menschlichen Sprache Entsprechungen.

»Vorschlag, falls bestätigt?«

Der Führende zögerte kurz. »Zufallsgemäße Verteilung aller lebenden Materie dieses Systems«, schlug er vor.

Zu dieser Schlußfolgerung gelangte man nicht leichtfertig. Es war nicht so, daß die Kustoden, wie sie es ausgedrückt hätten, auch nur die Emission eines Quarks für die Menschheit oder auch für die Marsbewohner gaben, die in diesem Augenblick im Raumflughafen Kennedy landeten. Es war nicht einmal so, daß sie Mitgefühl mit einer dem Tod überantworteten Rasse empfanden. Für sie ging es um Persönlicheres. Die Aufgabe der zufallsgemäßen Verteilung aller organischen Materie in diesem trivialen Sonnensystem, wodurch das gesamte Leben vernichtet und ihm die Möglichkeit eines neuen Anfangs gegeben wurde, würde überaus zeitraubend und mühevoll sein. Zum Übersommern würde dabei jedenfalls wenig Gelegenheit sein.

Überdies gab es gewisse Befürchtungen. Man wußte, daß die Großen, die das Mandat über sie ausübten, schmiegsame Schoßkinder schätzten. Es hatte so ausgesehen, als bestehe Hoffnung, neue Wesen dieser Art für Jene in diesem System zu entdecken, denn zum Zeitpunkt der letzten Überprüfung war der höchste Primat auf der Erde Oreopithecus gewesen, eine Kreatur, die sehr behaart, vierbeinig, Baumbewohner und recht drollig gewesen war. Es war eine Enttäuschung, daß Oreopithecus sich zu Sam entwickelt hatte. Die Projektionen der Kustoden beinhalteten einige Anzeichen des Mißvergnügens auf der Seite Jener Welcher angesichts der Nachlässigkeit, die diese Entwicklung zugelassen hatte.

Nichtsdestoweniger war ihre Pflicht eindeutig, und jeder der untergeordneten Entscheidungsfäller stimmte nach Prüfung des Beweismaterials zu.

Die Unausweichlichkeit der Entscheidung stand eindeutig in Übereinstimmung mit den Befehlen Jener. Die untergebenen Kustoden stellten sich deshalb vor dem Führenden auf, schoben die Sporen an jedem ihrer vierundzwanzig Beine heraus und traten ihn zu Tode, wie es ihr Recht war. Als sie mit der Mahlzeit fertig waren, übernahm ein neuer Führer die Verantwortung, ihre Entscheidung auszuführen.

Sam dachte freudig an Vorspanntitel und Gewinnmargen, als er den Parkplatz verließ und um die Ecke bog. Er rollte in eine Tankstelle, hielt, wehrte den Tankwart ab und griff nach dem Telefon.

»Was denn jetzt schon wieder, zum Donner?« fragte der Agent gereizt, als Sam sich meldete. »Sagen Sie es nicht. Chavez hat Sie ausgelacht, und ich soll Ihnen eine neue Chance verschaffen, ja?«

Sam lachte. »Sie könnten nicht schiefer liegen. Er hat angebissen. An-ge-bis-sen. Er hat praktisch fünfzehn Prozent vom Nettobetrag versprochen. Ich verlasse mich auf Sie, das alles festzumachen.« Es blieb still in der Leitung, bis auf ein störendes Brummen, weil irgend jemand irgendwo einen Motor aufheulen ließ. »Haben Sie einen Herzanfall, Oleg?« fragte Sam grinsend. »Wundert es Sie, daß ich ein Geschäft gemacht habe, das Sie in einer Million Jahren nicht schaffen würden?«

»Ich muß zugeben«, sagte der Agent vorsichtig, »mit diesem Ausgang hatte ich eigentlich nicht gerechnet. Wenn Sie sagen ›praktisch garantiert‹, Sam, wie praktisch?«

»Hören Sie mal, Oleg. Die Einzelheiten sind Ihre Sache, ja? Das erzählen Sie mir doch immer: ›Die Daumenschrauben lege ich an, Mann.‹ Aber nein hat er nicht gesagt.«

»Ja, lauter leere Worte.« Aber die Stimme des Agenten klang widerwillig bewundernd.

»Rufen Sie ihn an?«

Der Agent nahm seine Skepsis zusammen. »Vielleicht. Ich habe schon ein paar Leute angerufen. Sie haben es mit einem kleinen Problem zu tun, von dem Sie noch nichts wissen. Dieses ›Barsum‹. Ich habe mit einem gesprochen, der sich auskennt, und das Copyright ist wieder beansprucht worden.«

»Mensch, Oleg«, heulte Sam auf, »wenn Sie das vermiest haben –«

»Wieso vermiest? Alles ganz klar, kein Problem. Ich sage nur, daß der Stoff nicht frei ist.«

»Na schön«, rief Sam. »Was kann er kosten? Bieten Sie fünfzigtau – Bieten Sie fünfundzwanzig Prozent von meinem Anteil.

Fünfhundert Dollar für ein Option. Da machen sie mit. Wenn Sie so tüchtig sind, wie Sie behaupten, klappt es. Außerdem ist das nur der Anfang«, ereiferte er sich. »Wozu brauchen wir Chavez? Wenn Chavez mitmachen will, dann vielleicht auch Paramount. Cosby. Kubrick. Bei dem Potential, das in der Sache steckt, mit kostenloser Reklame im Wert von hundert Millionen –«

»Ja, ja!« unterbrach ihn Oleg. »Schau ihn dir an! Ein ›Vielleicht‹ von Chavez, und schon erklärt er mir meinen Beruf.« Aber es klang nicht feindselig, sondern beinahe einschmeichelnd. »Also gut, Sam. Wir sind gemeinsam dabei, und ich spiele mit. Und hören Sie, ich habe da etwas, was uns weiterhilft. Kennen Sie Dorfman, den Zoologen? Der beste Seehundfachmann im ganzen Land. Früher hat er die Tiere für das Marineland trainiert. Nun, und ich repräsentiere ihn.«

»Augenblick mal«, sagte Sam. Eine unlogische Panik strömte durch seine Adern. »Oleg, was wollen Sie mit der doofen Tiernummer?«

»Für Ihre Marswesen, meine ich.«

»Ich verstehe nicht, wovon Sie reden.«

»Tja, Sam. Vielleicht bekommen Sie die richtigen nicht, ja? Aber ich sehe eine Möglichkeit. Ich habe mir eben die Bilder im Fernsehen angesehen. Nehmen Sie die komischen kleinen Arme und die Zähne weg, und was haben Sie? Einen Seehund. Wenn es aber jemanden gibt, der einen Seehund so herrichten kann, daß er aussieht wie ein Marswesen, Sam, dann ist das dieser Dorfman –«

»Oleg!« kreischte Sam.

Es gab eine Pause.

»Oh«, sagte der Agent. »Sie wollen sagen, Sie wissen noch gar nicht, wie sie aussehen?« Wieder eine Pause. Dann sagte der Agent mit seiner normalen Gereiztheit: »Sam, ich habe eine Besprechung. Passen Sie auf. Fahren Sie heim, und schalten Sie den Fernseher ein, sehen Sie sich die Marsbewohner an, und rufen Sie zurück. Falls Sie dann noch einen Grund dazu haben.«

Der neue Führende des Kustodenteams knetete gereizt den Lehm seiner Übersommerungshütte und überdachte gewisse unerfreuliche Aspekte seiner Zukunft. Als der Untergebene zurückkehrte, hörte er sich den Bericht über das Verhalten des menschlichen Musterexemplars stumm an.

Die anderen Kustoden warteten auf seine Reaktion. Sie warteten nicht geduldig, weil sie nie ungeduldig gewesen waren. Sie warteten einfach.

Nach geraumer Zeit verkündete der Führende seine Erkenntnisse: »Voraussage bestätigt. Muster verifiziert. Betreffende Rasse entspricht nicht den Mindestanforderungen.«

Die untergebenen Kustoden begannen untereinander zu murmeln.

Der Führende trat in den Befehlsstatus: »Anweisungen: Vorbereitung des synoptischen Berichts. Vorschlag zur zufallsgemäßen Verteilung. Übertragung von Daten und Vorschlag an –« Er vollendete den Satz nicht, sondern hob nur mehrere seiner Augen nach oben.

Die untergebenen Kustoden begaben sich sofort an ihre verschiedenen Aufgaben. Die mit solcher Angelegenheit Beauftragten stellten holographische Darstellungen von Sam Harcourt und einer Reihe von Personen her, die mit ihm in Verbindung standen, auch von dem Straßenkehrer in Benares und dem rumänischen Parteifunktionär; von verschiedenen terranischen Artefakten, die Jenen von Interesse erscheinen mochten, einschließlich der ›Elizabeth II‹, einer Atlas-V-Rakete und einem Transistorradio; von den Marsbewohnern, die jetzt im Einsatzraum des Luftwaffenstützpunktes Patrick am Südrand des Kennedy-Raumflughafens mit trägen Kuhaugen in die Fernsehkameras starrten. Sie fügten viele Zusatzunterlagen hinzu, eine demographische Karte des Mars mit den primitiven Siedlungen, aus denen die Marsbewohner gekommen waren, und ein Anzahl von Mars-Artefakten. Als die Grundliste abgehakt war, überlegten sie, was noch von Bedeutung sein mochte. Das war eine recht wichtige Frage. Angenommen, Jene folgten ihrem Vorschlag, und es war undenkbar, daß Sie es nicht tun würden, dann würde dieses Sammelsurium für alle Ewigkeit das einzig verbliebene Dokument über die dann verschwundenen Wesen des Sonnensystems der Erde sein. Schließlich wählten sie die Reproduktion einiger Zeichnungen von Tragbeuteln und Bikinihöschen aus einem Versandkatalog und den gesamten Bestand der Eremitage in Leningrad und hielten ihre Arbeit für getan.

Zu diesem Zeitpunkt machten sich diejenigen, die den Auftrag hatten, die Informationen in Binärbits zu verpacken, an ihre Tätigkeit, und die mit der Übertragung Beauftragten orientierten ihr Raumfahrzeug um, das in der weiten Bahn zwischen Merkur und Saturn dahinglitt, um zu senden.

Und so sprang eine Schwingungsserie informationstragender Partikeln in den Weltraum, mit Lichtgeschwindigkeit dorthin eilend, wo Jene, Welche sie beaufsichtigten, ihren Existenzort hatten.

Die Botschaft verkündete ausführlich und gerecht – bis zu dem Grad, in dem diese Begriffe bei Jenen, Welche die Galaxis und ihre Diener leiteten, Bedeutung besaßen – alles, was über die Menschheit zu sagen war.

Von nun an würde der Prozeß automatisch und unausweichlich ablaufen. Der Vorschlag, das gesamte Leben im Sonnensystem zu vernichten, würde von höherstehenden Intelligenzen an die allerhöchsten weitergereicht werden, und abgesehen von dem unwahrscheinlichen Ereignis, daß Jene sich dazu entschlossen, den Vorschlag Ihrer Untergebenen zu verwerfen, würde der Befehl, fortzufahren, augenblicklich erteilt werden.

Das Leben würde vernichtet werden. Erde, Mars, Südpol der Venus und Ganymeds, die vier Stellen, von denen man wußte, daß es dort autochthones intelligentes Leben gab, würden als erste betroffen sein, aber alles andere würde folgen, bis hinab zum einfachsten freien Formaldehydradikal in der fernsten solaren Gaswolke. Die Planeten der Sonne würden nackt und bereit zu einem Neubeginn dahinfliegen. Bombay und Beverley Hills würden eins sein mit Ninive und Tyrus.

Das Bonbon, das der Automat für den Test ausgespuckt hatte, saß vor seinem Fernsehgerät und starrte voll Zorn und Ekel auf das Bild. Ein vergessenes Glas Sodawasser in seiner Hand war warm und schal geworden.

Seehunde? Die Marsbewohner waren nicht einmal das. Er funkelte sie an, wie sie in Farbe vor ihm standen, und haßte sie. Soviel Mühe sich die Techniker auch geben mochten, sie sahen aus wie große, anthrazitgraue Nacktschnecken.

»Dejah Thoris«, schluchzte Sam. »Diese Gemeinheit!«

Wenn sie wenigstens nur häßlich gewesen wären ... Wenn sie wenigstens nur fremdartig gewesen wäre ... Aber sie waren abscheulich, widerlich und langweilig.

Sam Harcourt stellte das Glas ab, drückte auf den Knopf der Fernbedienung und ließ das Bild verblassen. Mit ihm verschwanden alle seine Träume von rothäutigen Schönen und Schlachten am Himmel Barsums. Nach langer Zeit klagte er dem dunklen Bildschirm sein Leid.

»Warum habt ihr nicht wenigstens nach irgend etwas aussehen können?«

Aber sie konnten nicht. Die Marsbewohner hatten sich einer Umwelt anpassen müssen, die rauher war als die unsrige. Sie waren träge, stumpf und abscheulich, nicht weil sie es sein wollten, sondern weil sie nichts anderes sein konnten als das, was ihre Umwelt zuließ. Wie bei Sam Harcourt auch.

Und während er so dasaß, verbreitete sich die Botschaft mit dem Todesurteil für die Erde durch die Ekliptik, eilte einem Ort in der Konstellation Schütze entgegen, wo eine Sternschlinge auf halbem Weg von der Erde durch die Galaxis schwebte.

Während Sam von der Tankstelle aus seinen Agenten anrief, kreuzte die Botschaft bereits die Marsbahn. Bevor er zu Hause ankam, übersprang sie den Asteroidengürtel und die Jupiterbahn. Sie zog am Saturn vorbei, während sein Fernsehgerät warm wurde, näherte sich dem Uranus, als er seinem Schicksal ins Gesicht starrte, jagte den Bahnen von Neptun und Pluto entgegen und darüber hinaus.

Die Kustoden murmelten vor sich hin, widmeten sich der Übersommerung, bereiteten sich auf die Anforderungen vor, die an sie gestellt werden würden, sobald die Antwort auf ihre Botschaft eintraf und die harte Arbeit, dem Leben auf allen Planeten der Sonne ein Ende zu setzen, beginnen würde. Dann würden sie dankbar sein für jede Ruhepause, wenngleich sie Zeit genug hatten, sich auszuruhen.

Der Wohnsitz Jener, Welche sie beherrschten, war nach Erdmaßstäben einunddreißigtausend Lichtjahre entfernt. Die Botschaft würde einunddreißigtausend Jahre brauchen, ihr Ziel zu erreichen, die Antwort für den Rückweg ebenso lange. Das Urteil war gefällt. Der Tag der Vollstreckung stand fest. Im Jahr 64000 A. D., das eine oder andere Jahrhundert nicht gerechnet, würde das Schicksal der Menschheit besiegelt sein.

Nennt mich Million

Wenn man Charley DiSalle, der ich ist, so ansieht, hält man ihn nicht für etwas Besonderes. Du, zum Beispiel, der BeauLee Cartworth gewesen ist, hielt ihn für einen schnarchenden Betrunkenen. Ihr, die ihr Mr. und Mrs. Ripton Gilvey gewesen seid, habt ihn an der Mauer um den Hyde Park stöhnen und sich erbrechen sehen.

»Er ist Amerikaner«, sagte euer männlicher Teil. Der weibliche sagte: »Er gehört zu den Amerikanern, die zu meiden wir Titusville verlassen haben. Gehen wir.«

Aber weit seid ihr nicht gekommen, wie? Nicht, daß ihr selber so besonders gewesen wäret, Mr. und Mrs. G. Ihr seid ein Imbiß gewesen, den man hinunterschlingt und vergißt, Diätplanleute, nicht sehr nahrhaft.

Aber Charley DiSalle ist nicht ungerecht, und er räumt ein, daß er schon damals nicht viel hergemacht hat. Jetzt sieht er schlimmer aus. Er ist fett und fünfzig. Die Handrücken zeigen kleine, braune Flecken. Sein Gesicht sieht aus, als sei er eben aufgewacht. Er würde sich ordentlich anziehen, wenn er könnte, aber das vergißt er dauernd.

Man kann ihm das alles eigentlich nicht übelnehmen, weil er nichts dafür kann, daß er alt wird, und es beschäftigt ihn viel. Wie ihr eigentlich wissen müßtet, ihr alle.

Als Charley DiSalle schlank und zwanzig war, mit Koteletten bis zu den Ohrläppchen und langem Haar, zog man ihn ein. Rasierte ihm den Nacken. Gab ihm ein Gewehr. Charley war in keiner Weise ein Hippie oder halbstark, und als politisch konnte man ihn ganz gewiß nicht bezeichnen. Als man ihn nach Vietnam schickte, war der Grund dafür, daß ihm das verhaßt war, einfach der: Er wollte nicht, daß sein Ich getötet wurde.

Jetzt, wenn er dreißig Jahre auf den kleinen, verängstigten Burschen zurücksah, der aus der Globemaster in die Hitze von Tan Son Nhut hinausgesprungen war, muß er zugeben, daß er es auch anders hätte bewältigen können. Er hätte eine Lücke für sich finden können. Er war einfach zu dumm, zu jung und zu unerfahren, um sich an einen Feldwebel heranzumachen oder mit Hasch erwischt zu werden oder dergleichen mehr. Klüger und älter, hätte er sich zur Presseabteilung oder in einen Stab versetzen lassen. So schlau war er nicht. Statt dessen beschloß er, zu desertieren. Beim ersten Angriff blieb er zurück, warf seine Waffe weg und verschwand im Dschungel. Er erinnert sich noch, wie angsterregend und einsam ihm das vorkam, als er dasaß und darauf wartete, daß die Vietcong erschienen und ihn gefangennahmen.

Die Zeit verging. Er hörte, was er für Schlangen hielt, und spürte, was er als Insekten kannte. Charley machte in dieser Nacht seine Hose naß, zumal da in ein paar Hundert Meter Entfernung geschossen wurde.

Aber er blieb, wo er war. Und blieb. Und kurz bevor es hell wurde, blinzelte er, öffnete die Augen, und da stand der kleine, braune Mann mit einem Messer in der Hand. Aber er wollte nicht, daß Charley sich ergab. Er wollte sein Leben.

Angst? Ihr wißt, daß Charley Angst hatte. Der Vietcong berührte ihn mit einer Hand, während er mit dem Messer ausholte, und das war der erste, den Charley aß.

Jetzt, tausend oder zehntausend schmackhafte Bissen später, kann er sich noch immer an den scharfen, schweißigen Geschmack erinnern. Der leere Vietcong richtete sich auf und wankte davon. Was wichtig an ihm war, blieb zurück in Charley DiSalle. Charley kann euch nicht genau erklären, wie das gewesen ist. Er glaubt, es muß etwa so gewesen sein, als sei man schwanger, als berge man in sich jenes andere Leben, das nicht dein Leben ist. Oder er meint, es könnte so ähnlich sein, als schreibe man ein Stück.Versteht ihr? Wo alle die Romeos und Julias und Mercutios in einem frei herumlaufen, ohne zu existieren, außer durch einen selbst? Aber am ehesten war es so, als schlucke man eine ganze große Portion von etwas Mildem, besonders Feinem.

Spürt irgend jemand von euch das auch, wenn es bei einem Neuen passiert? Charley kann es nicht sagen. Er fühlt nicht, was ihr fühlt. Er greift ab und zu hinein, um euch zu berühren, und manche von euch sind teilnahmslos und betäubt, andere jammern, anderen ist alles gleichgültig. Aber was ihr darüber hinaus denkt oder empfindet, weiß er nicht.

Er entschied also, daß er vielleicht doch nicht zu desertieren brauchte, kehrte nachdenklich zum Sammelpunkt zurück und wurde ein paar Monate später aus dem Militärdienst entlassen. Man versuchte, ihm Drogenmißbrauch anzuhängen und wurde ihn schließlich unter Paragraph 8 los. Es war sehr mühsam für sie, da Klarheit zu bekommen. Alle Feinde von Charley starben. Sie wankten davon, nachdem er sie verzehrt hatte – was natürlich niemand wußte oder auch nur hätte glauben können –, und was von ihnen übrigblieb, lebte selten noch eine ganze Stunde. Für die Moral der Einheit war das ganz schlecht. Aber wie konnte man ihn aufhalten? Und wo steht in den Vorschriften, daß man das, was Charley tat, nicht tun soll? Nirgends. Sie gaben auf und warfen ihn hinaus.

Dann kamen schöne Jahre. Geld? Charley hatte alles Geld, das er brauchte, aus den Taschen und Börsen derer, die er aß. Frauen? Es war das Einfachste auf der Welt, zu Frauen zu kommen. Er fragte einfach. Manchmal sagten sie nein zu dem, was er verlangte, aber auf die eine oder andere Weise bekam er immer etwas, was er wollte. Freunde? Nun, nein, damit stand es nicht so gut. Freunde hatte er nicht. Es gab für Charley keinen Weg, zu Freunden zu kommen, wenn man bedachte, wieviel er unterwegs war. Aber er war auch nicht direkt einsam, jedenfalls nicht in dem Sinn, daß ihm die Gesellschaft einer Schar von Gleichgestellten fehlte. Ihr Lieben, er hatte euch.

Und euch und euch und euch. Einen nach dem anderen, fünf auf einmal, manchmal mehr. In einem Schlafwagen der Union Pacific aß er einen ganzen Waggon voll und sprang am Morgen ab, während der Steward fassungslos durch den Gang taumelte. In der Nähe von Nashville knabberte er einen ganzen Kindergarten, Vier- und Fünfjährige, lauter Farbige. Sie waren glatt und süß und nicht erschrocken. Auf der Fähre von Zadar über die Adria lockte er eine mollige blonde Jugoslawin in seine Kabine, nahm sie und nahm sie noch einmal auf eine Weise, die sie verblüffte; dann aß er der Reihe nach das gute Dutzend italienischer junger Männer, die am Schiffsschwimmbecken mit ihren Muskeln protzten, den Steward, der ihm die Kabine verschafft hatte, und die halbe Mannschaft. Das Schiff brauste mit Volldampf voraus in den Hafen von Ancona, während das Nebelhorn vor Entsetzen tutete, und Charley mußte über Bord springen und an Land schwimmen, so groß war die Aufregung; danach bemühte er sich um mehr Diskretion. Diese Jahre! Diese endlosen Leckereien! Hollywood-Hippies und römische Huren und ein Taxifahrer im Nebel am Berkeley Square. Hoch über dem Planalto aß er einen Flugsteward, süß und langsam, und starrte die ganze Zeit zum Fenster hinaus, während die blutroten Flüsse unten ockerfarben und veilchenfarben wurden und mit dem Blau der Seen verschmolzen. Einen Kellner in Venedig, einen ganzen Strand voller Jugendlicher in Venice, Kalifornien. Eine Intourist-Angestellte in Leningrad und einen Straßenbahnfahrer in der Powell Street. Er liebte euch alle sehr, jeden einzelnen und alle, aber es gab immer ein solches Theater. So viel Lärm und Panik. Solche Schlagzeilen in den Zeitungen, solches Geschrei im Fernsehen.

Interpol jagte ihn, der Sicherheitsrat diskutierte über ihn, aber er war zu unfaßlich, um von der Verfolgung durch vernünftig denkende Menschen viel fürchten zu müssen. Niemand konnte begreifen, was vorging. Am allerwenigsten Charley DiSalle.

Aber er versuchte es; man muß es ihm lassen, er versuchte es. Er versuchte herauszufinden, was er war und ob er einmalig war. Bevor er die rothaarige Bibliothekarin von der Bibliotheque Nationale aß, befragte er sie stundenlang. Er erkundigte sich bei einem Mönch im Vatikanischen Museum. Er verbrachte eine Woche bei einem Meskal-Trinker in Yucatan. Niemand konnte ihm etwas mitteilen, was ihm von Nutzen gewesen wäre. Er aß sie alle.

Geld sammelte sich in seinen Taschen, und er fand eine andere Verwendung dafür, als Flugkarten zu kaufen und Hotelrechnungen zu bezahlen. Er legte etwas auf die Bank, baute eine Identität auf, schrieb Briefe. Ein Journalist gab ihm die Anschrift eines Psychologen in Honolulu, und Charley konsultierte ihn, tausend Dollar auf den Tisch des Hauses und zweihundert Dollar pro Tag; der Preis war so hoch, weil seine Briefe so merkwürdig gewesen waren. Sie vereinbarten, sich im Foyer eines Hotels am Strand von Waikiki zu treffen, weil Charley Sekretärinnen, die sich Gesichter merken konnten, scheute. Charley kann ihn noch immer vor sich sehen, die Augen geschlossen, den Kopf an eine Schnitzerei gelehnt, ein problematisch gekleideter amerikanischer Akademiker mit einem

Sakko aus Rom, einem Hemd aus London und Socken, die nicht zueinander paßten. Er wirkte schläfrig, aber Charley sah, daß seine Finger trommelten und trommelten.

»Nicht nervös sein«, sagte Charley, und der Mann schlug die Augen auf und sagte: »Ich bin derjenige, der so etwas sagt. Setzen Sie sich.«

Charley machte es so, daß er ihm das Ganze als eine hypothetische Frage vorlegte. Wahrscheinlich erkannte der Psychologe den alten Trick sofort. Natürlich tat er das. Er saß da, sah Charleys Schläfenadern pulsieren und lächelte vor sich hin. Es mußte aber doch ein Problem für ihn gewesen sein, und vielleicht kam er zu der Ansicht, daß es doch kein Trick war, da Charleys Lage wirklich sehr hypothetisch klingen mußte. Oder glaubte er, daß das alles wahr sei? Auf jeden Fall wurde er engagiert und verdiente sich sein Geld. Er hörte ohne Widerspruch bis zum Ende zu und sagte dann: »Nein, Sir. Was Sie beschreiben, wird in der Literatur nicht erwähnt. Es gibt keinen Fall, daß jemand davon lebt, die Persönlichkeiten anderer Menschen in sich aufzunehmen. Oder auch die Seelen, wenn Ihnen das lieber ist. Wie ein Vampir, meinen Sie? Nein. Denken Sie auf der anderen Seite an das Vorhandensein vieler Persönlichkeiten in einem Geist? Ja, grob gesprochen, in laienhaften Ausdrücken, so etwas gibt es. Es rührt nicht daher, daß die Persönlichkeit von einer Person auf die andere übertragen wird, aber ich kann Ihnen davon erzählen, wenn es das ist, was Sie wissen wollen.« Charley hörte sich geduldig alles an, was der Mann mitzuteilen hatte, aber es stellte sich heraus, daß es durchaus nicht das war, was er hatte wissen wollen. Der Psychologe hatte noch nie von so etwas gehört, ging hin und durchforschte für ein zusätzliches Honorar die gesamte Literatur und hatte dann noch immer nichts davon gehört. Es war entmutigend, und als Charley ihn dann schließlich aß, hatte er nicht viel Spaß dabei.

Armer Charley, ärmster Charley, er war so allein, und das war ihm so zuwider. Das dachte er damals jedenfalls. Aber um wieviel mehr verabscheute er es, als er ein bißchen später dahinterkam, daß er letztlich doch nicht einmalig war.

Nun, Charley kann nicht von *euch* verlangen, daß er euch leid tut. Um ehrlich zu sein, nicht einmal mir tut er richtig leid, obwohl ich er bin. Seit mehr als zehn Jahren, und jetzt, während er durch die schrumpfende Welt zieht, spürt er diese anderen irgendwo in der Nähe. In Denver wankte eine Kellnerin in einem Café hinter der Theke hervor und starb; sie war verzehrt worden, aber nicht von Charley. Diese Meldungen in den Zeitungen über Nairobi und die Berichte aus China – Charley ist nie in Afrika oder in China gewesen; diese Schrecken waren nicht er. Und dann, als die Meldungen aufhörten, weil die Zeitungen aufhörten, begannen die Opfer zuerst hier, dann dort, dann immer häufiger aufzutauchen: Charley glaubt, daß er einen wie sich selbst im Busbahnhof in Boston gesehen hat, und er ist sicher, daß er beobachtet worden ist.

All die Jahre hindurch haben sie einander gemieden, alle die Kinder, die zu Charleys heranwuchsen. Aber wie viele müssen es inzwischen sein. Es gibt nur einen Maßstab, nämlich, wie wenige noch zum Verzehr übriggeblieben sind. Lange kann es nicht mehr dauern, dann wird alles Eßbare verbraucht sein, und die Charleys wenden sich einander zu. Was für eine Stunde wird das sein, wenn Charley einen wie sich selbst trifft und der beiläufige Imbiß sich als einer entpuppt, der auch verschlingt; und wenn er stirbt, wird er, glaube ich, mit eurer ganzen Million Kehlen schreien.

Shaffery unter den Unsterblichen

Jeremy Shaffery hatte ein Gehirn, das dem von Einstein glich, wenn auch vielleicht nicht in der Beziehung, auf die es vor allem ankam. Als Einstein zum erstenmal erkannte, daß Licht Masse besitzt, setzte er sich hin, um einem Freund darüber zu berichten, und beschrieb den Gedanken als ›amüsant und ansteckend‹. Shaffery hätte das auch gedacht, aber natürlich wären ihm wohl die Konsequenzen der Maxwellschen Gleichungen von vornherein gar nicht klargeworden.

Shaffery sah ein bißchen aus wie Einstein. Er half nach, vor allem beim Haar, bis es ihm ausfiel. Da Einstein gerne gesegelt war, hatte er am Steg des Observatoriums einen Fünfmetertrimaran liegen. Die Seekrankheit hinderte ihn daran, das Boot öfter zu benutzen. Unter den Dingen, um die er Einstein beneidete, waren die spiegelglatten Schweizer Seen, in dieser Beziehung so viel angenehmer als die Untere Karibische See. Nach einem Tag, an dem er mit einem Wechselkomparator zwei Sternaufnahmen verglichen oder versucht hatte, bisher unbekannte chemische Verbindungen im interstellaren Raum an Hand eines Spektrums festzustellen, schwamm er manchmal in seinem kleinen, gelben Schlauchboot in der Bucht herum. Es war erholsam, und seine Frau kam dorthin nie mit. Für Shaffery war das wichtig. Sie war eine schwierige Frau, chronisch beleidigt, weil seine Laufbahn unablässig in die falsche Richtung ging. Falls sie je ein richtiger Kamerad gewesen war, jetzt konnte sie keiner mehr sein. Shaffery bezweifelte es von Grund auf, denn er entsann sich, daß es ihre unfreundlichen Bemerkungen gewesen waren, die ihn veranlaßt hatten, das andere Kennzeichen des Meisters, die Geige, aufzugeben.

Zu dem Zeitpunkt, da Shaffery Direktor des Carmine-Nuccio-Observatoriums auf den Kleinen Antillen geworden war, sah er weniger wie Einstein und mehr wie Edgar Kennedy aus. In den Nächten, in denen die Sicht gut war, erforschte er gnadenlos die Himmelsgegenden durch den 22-Zoll-Reflektor, gegen alle Hoffnung Ruhm erhoffend. Untertags, wenn er nicht schlief, wanderte er wie ein Gespenst durch die Kuppel, fuhr mit den Fingern über die Tische, um nach Staub zu suchen, stibitzte eingemachte Pilze aus Mr. Nuccios selbstgemachten Vorräten, bemühte sich, seinen beiden Gehilfen einzuschärfen, daß sie die Kuppelöffnung schließen mußten, wenn es regnete. Sie beachteten ihn kaum. Sie wußten, wo die Muskeln waren, nämlich nicht bei Shaffery. Er hatte wenig Freunde. Die meisten der weißen Bewohner konnten seine Frau nicht ertragen, manche hielten es auch mit Shaffery selbst nicht aus. Es gab eine nette, alte, trunkene Dame aus England in einem hübschen, kleinen Haus am Strand, eine Art Hippie-Kommune auf der anderen Seite der Insel und einen New Yorker Fernseh-Showman, der nur am Wochenende mit dem Flugzeug kam. Wenn sie nüchtern, nicht angeturnt beziehungsweise anwesend waren, unterhielt sich Shaffery manchmal mit ihnen. Das kam nicht oft vor. Der einzige, mit dem er wirklich öfter zusammen sein wollte, war der Mann vom Fernsehen, aber da gab es Hindernisse. Das große Hindernis war, daß der Fernsehmann fast seine ganze Freizeit mit Sporttauchen verbrachte. Das andere Hindernis war: Shaffery hatte herausbekommen, daß der Fernsehmann gelegentlich mit Mrs. Shaffery schlief; was ihn störte, war nicht das Moralische, sondern der Zweifel an der geistigen Gesundheit des anderen. Er sprach den Fernsehmann nie darauf an, zum einen, weil er nicht recht wußte, was er sagen wollte, und zum anderen, weil der Mann halb versprochen hatte, Shaffery einmal in seiner Sendung vorzustellen. Irgendwann.

Man mußte Shaffery gegenüber gerecht sein und zugeben, daß er kein schlechter Mensch war. Er hatte eben nur sehr oft Pech.

Die Einstein-Methode, die er viele Jahre hindurch gründlichst studiert hatte, bestand darin, eine hübsche Theorie aufzustellen und dann zu sehen, ob nicht zufällig die Beobachtung von Ereignissen in der realen Welt sie zu bestätigen schien. Shaffery billigte diese Methode aufs höchste. Nur schien sie bei ihm nicht zu wirken. Beim Astronomentreffen in Dallas hielt er einen einstündigen Vortrag über sein neues Prinzip der Relevanztheorie. Das war eine typisch Einsteinsche Idee, schmeichelte er sich. Er hatte sogar einfache Erläuterungen für das Laienpublikum zusammengestellt, wie Einstein mit dem Sitzen auf einem heißen Ofen oder dem Händchenhalten mit einem hübschen Mädchen. »Relevanztheorie«, so erklärte er lächelnd den kleinen Wellen in der Bucht, »bedeutet nur, daß Beobachtungen, die sich auf nichts beziehen, auch nicht vorhanden sind. Ich erspare Ihnen die mathematischen Formeln« – hier ein leises, selbstkritisches Lachen – »weil ich sogar meine Einkommensteuererklärung nicht ausfüllen kann, ohne Fehler zu machen.« Nun, er hatte die mathematischen Formeln ausgearbeitet, Zeichen und Operatoren erfunden, genau wie Einstein. Aber irgendwo schien ihm ein Fehler unterlaufen zu sein. Vor den Wissenschaftlern, die unruhig waren und miteinander flüsterten, stützte er seinen wissenschaftlichen Ruf auf die Voraussage, daß das Marsspektrum bei der nächsten Opposition eine geringe, aber wahrnehmbare Verschiebung von etwa 150 Ångström zum Violett zeigen würde. Davon war leider keine Rede. Unter den Zuhörern war ein Assistent aus Princeton, der dringend nach dem Thema für eine Doktorarbeit suchte. Er verließ sich auf Shaffery, machte die Beobachtung und schickte mit zorniger Befriedigung den Beweis an ihn, daß der Mars störrisch im Rot geblieben war.

Im nächsten Jahr gestanden ihm die Kuratoren der Internationalen Astrophysikalischen Union nach langem Hin und Her endlich zwanzig Minuten für die Verlesung einer kurzen Einführung in die Allgemeine Betrachtung gewisser elektromagnetischer Abweichungen zu. Er offerierte einunddreißig Seiten Berechnungen, gipfelnd in der Behauptung, daß sich die nächste Mondfinsternis um zweiundvierzig Sekunden verspäten würde. Sie tat es nicht. Sie fand pünktlich statt. Bei der Tagung des Weltraumsymposiums erklärte man ihm voll Bedauern, daß sein Beitrag infolge der Überbelegung der verfügbaren Zeit nicht mehr gebracht werden könne, und zur nächsten Tagungsrunde wurde er schon gar nicht mehr eingeladen.

Inzwischen hatten die anderen Leute große Erfolge. Shaffery verfolgte wehmütig die Karriere seiner Zeitgenossen. Da war Hoyle, der mit seiner Stetigkeitshypothese noch immer Wirkung erzielte, da war Gamov mit seinem großen Knall, und neue Leute wie Dyson und Ehricke und Enzmann kamen mit allen möglichen Einfällen daher, die, wenn man sie genau betrachtete, nicht besser waren als die seinen, meinte Shaffery, abgesehen von der Kleinigkeit, daß die anderen immer das Glück zu haben schienen, irgendwo eine Bestätigung für ihre Theorien zu finden. Er empfand das nicht als gerecht. War er nicht Mitglied von Mensa? War er nicht ebenso gebildet wie die Erfolgreichen, mit Doktortiteln ebenso geehrt, in den Nachrichtenmagazinen ebenso fotogen, in den Fernsehsendungen ebenso unterhaltend? Immer vorausgesetzt, daß Larry Nesbit sich je dazu verstand, ihn in seiner Sendung vorzustellen. Weshalb setzten sie sich durch, und er fiel auf die Nase? Die Theorie seiner Frau hatte er geprüft und verworfen. »Das Problem bei dir ist, Jeremy«, pflegte sie zu ihm zu sagen, »daß du ein ausgemachter Trottel bist.« Aber er wußte, daß es nicht daran lag. Wer wollte behaupten, Isaac Newton sei nicht auch ein Trottel gewesen, wenn man seine unsinnigen theologischen Ansichten und seine nervösen Zusammenbrüche berücksichtigte? Und was hatte er dafür erreicht!

Shaffery hielt also weiter Ausschau nach dem Einfall, der ihn großmachen würde. Er schaute sich überall um. Manchmal prüfte er Keplers Analyse der Marsbahn mit einer Rechenmaschine und suchte nach Rechenfehlern. Er fand ein halbes Dutzend, aber sie glichen einander wieder aus, was beweist, wie schwer es ist, sich zu irren, wenn man eine Glückssträhne hat. Manchmal bot er den Kindern in der Gegend fünf Dollar, wenn sie neue Sterne entdekken würden, die sich als Shafferys Nova oder jedenfalls Shafferys Komet verwerten ließen. Kein Glück. Ein ehrgeiziger Plan, Stellarbahnen analog zur Aktivität freier Radikale in Enzymmolekülen darzustellen, scheiterte, als keiner der Biochemiker, die er anschrieb, seine Briefe auch nur beantwortete.

Die Liste der Mißerfolge wuchs. Eine ganze Schrankschublade war angefüllt mit Neufassungen der in der Vergangenheit aus den Angeln gehobenen Großtheorien – ›Phlogiston, neu gesehen‹, unfertig, weil es wirklich nichts zu sehen gab, wenn man es genau betrachtete; ein Manuskript mit dem Titel ›Die Erde als Scheibe, eine neuerliche Untersuchung‹, das niemand verlegen wollte; dreihundert Seiten Zeichnungen immer winzigerer und absonderlicherer Kreise, um herauszufinden, ob die kopernikanischen Epizykel nicht auf irgendeine Weise das Verhalten des Planeten Merkur erklären konnten, das Einstein als Beweis für die Relativität aufgefaßt hatte. Von Zeit zu Zeit drängte es ihn von neuem zu dem Versuch, eine wissenschaftliche Grundlage für Astrologie und Handlesekunst zu finden oder die Bahnen von geladenen Teilchen in einer Nebelkammer mit Hilfe von Schafgarbenstengeln vorauszusagen.

Aus alledem wurde nichts. Wenn er der Verzweiflung besonders nahe war, nahm er sich manchmal vor, lieber in der Industrie als in der reinen Wissenschaft Eindruck zu machen, daher das Bündel Skizzen für einen atomgetriebenen Kraftwagen, die Experimente mit Duftovision, bei denen die Riechnerven seines linken Nasenlochs auf Dauer geschädigt worden waren, der Versuch, Mr. Nuccios Pilze durch Bestrahlung im Röntgenzimmer seines Zahnarzts zu konservieren. Er wußte, daß sich solche Dinge für einen Mann mit so vielen akademischen Graden eigentlich nicht schickten, aber tatsächlich hatte er auch hier nicht mehr Erfolg als anderswo. Manchmal träumte er davon, wie es wäre, Mount Palomar oder Jodrell Bank zu leiten, mit fünfzig ausgebildeten Gehilfen, die seine Inspirationen mit Beweisen zu untermauern vermocht hätten. Soviel Glück hatte er nicht. Er hatte nur Cyril und James.

Es war aber nicht allzu schlimm, weil er nicht viel Einmischung zu befürchten hatte. Dem Observatorium, an dem er angestellt war – es war das letzte und geringste von elf, die ihm seit seiner letzten Doktorarbeit eine Stellung geboten hatten –, war egal, was er trieb, solange er niemanden störte. Andererseits bot man ihm auch nicht viel Unterstützung.

Wahrscheinlich hätte man gar nicht gewußt, wie man das anstellen sollte. Das Observatorium gehörte der sogenannten ›Spielautomaten GmbH & Co. KG Kleine Antillen‹ und war, wie Shaffery einmal von dem einzigen alten Kommilitonen, der noch eine Art Freundschaft mit ihm aufrechterhielt, erfahren hatte, im Grunde ein Steuerhinterziehungsinstrument für ein Kasinosyndikat in Las Vegas. Shaffery störte das nicht sehr, wenngleich er es von Zeit zu Zeit überbekam, sich anhören zu müssen, die einzigen bedeutsamen Astronomen seien Giovanni Schiaparelli und Galileo Galilei. Das war nur ein kleines Ärgernis. Die große, krebsig wuchernde Qual war, daß er jedes Jahr ein Jahr älter wurde und der Ruhm sich nicht einstellen wollte.

An den periodisch wiederkehrenden Tiefpunkten der Mutlosigkeit – er hatte sogar versucht, sie mit den Jupiteroppositionen, mit Meteorschauern und mit den Perioden seiner Frau in Verbindung zu bringen, aber auch daraus war nichts geworden – spielte er mit dem Gedanken, alles hinzuwerfen und einen einfacheren Beruf zu wählen. Bankgeschäft. Handelsrecht. Wenn er in die Politik gehen würde, klang ›Präsident Shaffery‹ genau richtig. Aber dann schleppte er sein Schlauchboot zum Wasser, legte zwei Sechserpakkungen dänisches Dosenbier auf seinen Bauch und schwamm davon. Nach der ersten Packung pflegte sein Mut zurückzukehren, und bei der zweiten befaßte er sich schon ausführlich mit einem Plan, Schwerkraftwellen durch die statistische Analyse von 40 000 Gichtkranken ausfindig zu machen, indem die Art ihrer Schmerzzustände telefonisch einem Zentralcomputer übermittelt wurde.

In einer solchen Nacht trug er sein kleines Schlauchboot zum Strand der Bucht, zog seine Sandalen aus, krempelte die ausgestellten Hosenbeine hoch und lief vom Stapel. Es war zu Beginn des Jahres, dem Winter so nah, wie auf der Insel überhaupt möglich, was hauptsächlich bedeutete, daß es früher dunkel wurde. Es war eine schlechte Zeit für ihn, denn am nächsten Tag sollte die jährliche Aufsichtsratssitzung stattfinden. In den ersten Jahren hatte er sich auf die Sitzungen als vermeintlich gute Gelegenheit gefreut. So hoffnungsfroh war er nun nicht mehr. Sein Ziel bei der jetzigen Sitzung bestand allein darin, sie zu überleben, und es war von einem angeheirateten Neffen die Rede, der im zehnten Semester Astronomie studierte, so daß sogar diese Hoffnung verdunkelt erschien.

Shafferys Gefährt war eigentlich gar kein richtiges Schlauchboot, sondern ein Spielzeug von der Sorte, mit dem jedes Jahr an den Badestränden ein Dutzend Neunjährige ertrinken. Es war nicht ganz eineinhalb Meter lang. Wenn er sich hineingezwängt und -gewunden hatte, den Rücken am gerippten Boden, den Kopf an dem einen aufgeblasenen Ende, während die Füße im Wasser baumelten, war es ganz so, als schwimme man in einem stillen Meer, ohne dabei naß zu werden. Er öffnete die erste Bierdose und begann aufzuatmen. Die kleinen Wellen schaukelten und drehten ihn; die schwache Brise konkurrierte mit den minimalen Gezeiten der Insel, und beide gemeinsam führten ihn mit etwa drei Metern pro Sekunde ziellos vom Ufer fort. Das machte nichts. Er befand sich noch immer in der Bucht, die an der Öffnung durch Inselchen oder Sandbänke zum Teil abgesperrt war. Wenn durch ein plötzliches meteorologisches Wunder aus dem funkelnden Himmel ein Sturm aufspringen sollte, konnte der Wind ihn nirgends anders hintreiben als zurück zum Ufer oder in die Nähe einer Insel. Und einen Sturm konnte es natürlich gar nicht geben. Er konnte zurückpaddeln, wann immer es ihm beliebte, und zwar so mühelos, wie er in der Badewanne seine Seifenschale herumschob, was er immer tat, wenn er badete – und das wiederum tat er mindestens einmal täglich und, wenn seine Frau besonders schwierig war, bis zu sechsmal. Das Badezimmer war sein zweites Refugium. Seine Frau ging ihm nie nach, weil sie zu gut erzogen war, um das Risiko einzugehen, ihn bei einer Ferkelei zu ertappen.

Oben auf den flachen Bergen konnte er die verwitterte Kupferkuppel des Observatoriums sehen. Eine Lichtsichel verriet, daß sein Assistent die Kuppel geöffnet hatte, aber das Licht zeigte, daß er sie nicht für irgendeinen astronomischen Zweck gebrauchte. Das war leicht zu enträtseln. Cyril hatte das Licht eingeschaltet, damit die Putzfrau für die Sitzung alles saubermachen konnte, und die Kuppel geöffnet, weil das bewies, daß das Teleskop in Gebrauch war. Shaffery knickte die Dose zu einem V, zwängte sie neben sich säuberlich in das Schlauchboot und öffnete die nächste. Er war noch nicht ganz ruhig, aber es tat ihm nirgends mehr auffällig weh. Cyril würde das Teleskop wenigstens nicht dazu benutzen, die Fenster des Hotels ›Bon Repos‹ auf der anderen Seite der Bucht zu studieren, weil er beim letztenmal die Höhenrichtmaschine beschädigt hatte und man das Teleskop seitdem nicht mehr in Horizontnähe drehen konnte. Shaffery schob ein unerwünschtes, flüchtiges Bild von Idris, der dienstältesten und schlauesten Reinemachefrau, wie sie den Teleskopspiegel mit ›Glasrein‹ polierte, beiseite, schlürfte sein Bier, dachte wehmütig an die Relevanztheorie und daran, wie nah er der Sache mit den Epizykeln gekommen war, und machte sein Gehirn für konstruktive Gedanken frei.

Die Sonne war ganz untergetaucht, nur in Richtung Venezuela sah man noch ein schwaches, rötliches Glühen am Himmel. Nahezu genau über ihm standen die drei hellen Sterne von Orions Gürtel und drehten sich langsam wie die Lichtsignale an einer Eisenbahnstrecke, während Sirius und Prokyon sie scheinwerferhell begleiteten. Als seine Augen sich an die Dunkelheit gewöhnten, konnte er die Sterne in Orions Schwert ausmachen, selbst den schwachen Lichtfleck der großen Gaswolke. Er war so weit vom Ufer entfernt, daß der Schall nicht bis dorthin tragen konnte, und rief leise die Namen der Sterne erster Größe rings um die Konstellation: »Hallo, Beteigeuze. Na, Bellatrix. Was gibt's Neues, Rigel? Freut mich, dich wiederzusehen, Saiph.« Er schaute vorbei am roten Aldebaran zu den nah beieinanderstehenden Sternen der Plejaden, kehrte zum Orion zurück, begann anzugeben und zählte die Sterne des Gürtels auf: »He, Alnitak! Ho, Alnilam! Wie steht's, Mintaka?«

Das Problem beim Biertrinken im Schlauchboot war, daß der Kopf auf den Brustkorb hinuntergedrückt wurde, was das Aufstoßen erschwerte, aber Shaffery bäumte sich ein wenig auf, wodurch ein bißchen Wasser hereinkam, was ihn aber nicht störte, wurde die überflüssige Luft los, öffnete eine Dose Bier und schaute zufrieden zum Orion hinauf. Es war ein überzeugendes Sternbild. Es war befriedigend, daß er soviel darüber wußte. Er dachte kurz daran, daß die Araber die Gürtelsterne Jauzah, also die Goldenen Nüsse, genannt hatten, daß sie den Chinesen wie ein Wiegebalken erschienen waren und daß die Grönländer sie Siktut riefen, die auf dem Meer verschollenen Seehundjäger. Während er sich erinnerte, was die australischen Ureinwohner davon gehalten hatten – sie fanden, sie glichen drei jungen Männern beim Korroborri-Tanz –, zuckten seine Gedanken zu den verschollenen Seehundjägern zurück. Hm, dachte er. Er hob den Kopf und schaute zum Ufer.

Es war jetzt über hundert Meter entfernt. Das war weiter weg, als er eigentlich sein wollte, und so stieß er das Gummifloß herum, orientierte sich nach den Sternen und begann zurückzupaddeln. Es war einfach und angenehm zu bewerkstelligen. Er gebrauchte eine platschende Auf- und Abbewegung altmodischer Art, aber da sein ganzes Gewicht vom Schlauchboot getragen wurde, kam er schnell voran. Es machte ihm Spaß, Zehen und Finger im lauen Meer zu bewegen, zu sehen, wie das Wasser aufschimmerte, wo er platschte, und auf einmal stießen ganz ohne Vorwarnung die Fingerspitzen einer Hand hart und entschieden gegen etwas, was massiv und fest war, wo nur Wasser hätte sein sollen, etwas, was sich störrisch bewegte, etwas was wie eine Feile an ihnen entlangraspelte. O Gott, dachte Shaffery. Was für ein Pech. Sie kamen so selten derart nah ans Ufer. Er hatte nicht einmal an sie gedacht. Wie tragisch für einen Mann, der Einstein hätte sein können, unvollendet und unerfüllt als Haikot zu enden.

Er war im Grunde kein schlechter Mensch, und es war der Verlust für die Wissenschaft, der ihn zuerst beschäftigte, und erst danach der Gedanke, wie es wohl ist, wenn man zerfleischt und verschluckt wird.

Shaffery zog seine Hände zurück und verschränkte sie auf seiner Brust, legte die Füße an den Knöcheln übereinander, spreizte die Knie. Nun befand sich nichts im Wasser, was ein Hai als Köder empfinden mochte. Auf der anderen Seite gab es dann keine Möglichkeit für Shaffery, ans Ufer zurückzukehren. Er konnte schreien, aber der Wind wehte in der falschen Richtung. Er konnte warten, bis er in die Nähe einer der Inseln getrieben wurde. Wenn er sie jedoch verfehlte, würde er auf offenem Meer sein, bevor er sich umsah.

Shaffery war nahezu ganz davon überzeugt, daß Haie selten ein Boot angriffen, und sei es auch nur aus Gummi. Selbstverständlich, so fuhr er mit seiner Analyse fort, bedeutete das, was darüber bekannt geworden war, nichts. Sie konnten ein Gummifloß wie dieses spielend umkippen. Wenn dieser Hai ihn aus seiner Halbschale verspeisen würde, gab es niemanden, der davon zu berichten vermochte.

Immerhin, es gab auch ermutigende Überlegungen. Angenommen, es war wirklich ein Hai. Angenommen, er war fähig, das Boot zu kippen oder ihn mitsamt dem Boot zu verschlingen. Sie waren dumme Tiere, und was konnte einen von ihnen veranlassen, in Abwesenheit von Blut, Geplansche, Lärm, durchs Wasser gezogenen Objekten oder irgendeinem der anderen Dinge, von denen Haie bekanntermaßen angelockt wurden, in der Nähe zu bleiben? Er mochte inzwischen schon wieder eine Viertelmeile entfernt sein. Er war es aber nicht, denn in diesem Augenblick hörte Shaffery, wie etwas Großes einen Viertelmeter von seinem Kopf entfernt aus dem Wasser schoß.

Shaffery hätte den Kopf drehen und hinsehen können, aber er tat es nicht; er blieb regungslos liegen und lauschte den plätschernden Geräuschen, bis sie von einer Art saugendem Geräusch und einer Stimme übertönt wurden. Einer menschlichen Stimme. Sie sagte: »Jetzt hab' ich Sie aber zu Tode erschreckt, was? Na, Shaffery? Soll ich Sie zum Ufer zurückschleppen?«

Es war nicht das erstemal, daß Shaffery Larry Nesbit beim Tauchen in der Bucht begegnet war, nur das erstemal in der Nacht. Shaffery verrenkte sich im Boot und starrte in Nesbits grinsendes Gesicht und auf die nackenlangen Haarsträhnen. Es dauerte einige Zeit, bis er den Übergang vom sechs Meter langen Hai zum einsfünfundachtzig Meter langen Fernsehstar geschafft hatte.

»Na los«, fuhr Nesbit fort, »was meinen Sie dazu? Wissen Sie was? Ich schleppe Sie ab, und Sie geben mir was von Nuccios Scotch, und ich höre mir an, wie Sie die Antischwerkraft erfinden werden, während wir uns besaufen.«

Dieser Nesbit hatte so seine Art. Das Endergebnis von der ganzen Geschichte war, daß Shaffery am nächsten Tag einen gräßlichen Kater hatte; nicht nur Kopfschmerzen, sondern die Luxusausgabe; er war ständig unterwegs zur Toilette, nicht fähig, mehr als kleine Schlückchen Ginger Ale zu sich zu nehmen, von dem Wunsch beseelt, sterben zu können, oder jedenfalls nicht weit davon entfernt. Aber das natürlich nicht, bevor er das eine Unsterbliche vollbracht hatte. Was immer es sein mochte.

Der Kater war keine Vollkatastrophe. Am nächsten Vormittag gab es viel zu tun, und es war ganz gut, daß er nicht im Weg stand. Wenn der Aufsichtsrat sich zusammensetzte, um die astronomischen Ereignisse des Jahres zu besprechen oder was immer man nachmittags besprach – wozu Shaffery keinesfalls eingeladen wurde –, gab es immer viel zu tun. Die Direktoren trafen getrennt ein, jeder mit zwei Mitarbeitern. Eines nach dem anderen erreichten große Kajütboote den Landungssteg und entluden kleine, dicke Männer mit kurzgeschorenen Haaren und Alohahemden. Der Wagen der Sternwarte, den das Personal nie benutzen durfte, war poliert und aufgetankt und wurde zu Rundfahrten zwischen dem Landungskai in Jubila, auf der anderen Seite der Insel, und Coomray Hill und der Sternwarte verwendet. Shaffery verbarg sich in seiner privaten Zuflucht. Er hatte seiner Frau nie erzählt, daß er während der Sitzungen nicht in das Observatorium durfte, so daß sie ihn nicht suchte. Er verbrachte den Vormittag in der Hütte aus Teerpappe, wo man früher Photomaterial aufbewahrt hatte, bis er dahintergekommen war, daß die Feuchtigkeit die Emulsion vom Papier löste. Jetzt war die Hütte sein zweites Zuhause. Er hatte sie mit Schreibtisch, Stuhl, Kühlbox, Kaffeetopf und Bett ausgestattet.

Shaffery achtete nicht auf das Treiben draußen, nicht einmal, als die Mitarbeiter der Direktoren, die methodisch das Gebüsch und die Bananenhaine rings um die Sternwarte absuchten, seine Hütte erreichten, die Tür öffneten, ohne anzuklopfen, und hineinstarrten. Sie kannten ihn von früheren Tagungen, betrachteten ihn aber eine Weile stumm, bevor sie in der Tür einander zunickten und ihn allein ließen. Keine Manieren, dachte Shaffery, aber dafür beherrschten sie zweifellos ihr Metier, egal, worin es bestehen mochte. Er vermied es entschlossen, an die Sitzung oder an die erschreckenden, verleumderischen Dinge zu denken, die Larry Nesbit ihm in der vergangenen Nacht auf seine halb witzelnde, stichelnde Art gesagt hatte, während er den Whisky des Aufsichtsratsvorsitzenden trank und Shafferys Essen verschlang. Shaffery dachte ein wenig über die mulmige Verfassung seines Unterleibs nach, weil er nicht anders konnte, aber hauptsächlich dachte er an de Fermats Letztes Theorem.

Da wartete auf jemanden eine Art unbedeutende, abgeleitete Unsterblichkeit. Viel war es nicht, aber Shaffery fing an zu verzweifeln. Es war eines jener berühmten mathematischen Probleme, mit denen ältere Studenten sich ein, zwei Monate vergnügten, während Amateure sich ihr Leben lang vergeblich abmühten. Einfach genug sah es ja zunächst aus. Es begann mit einem so elementaren Grundsatz, daß ihn jeder Oberschüler vor Erreichen der Pubertät beherrschte. Im rechtwinkligen Dreieck entsprach die Summe der Quadrate der beiden Seiten dem Quadrat der Hypotenuse.

Nun, das war schön und gut und so leicht zu verstehen, daß Geometer seit Jahrhunderten danach rechte Winkel konstruierten. Ein Dreieck, dessen Seiten zum Beispiel 3 und 4 Fuß lang waren, während die Hypotenuse 5 Fuß ausmachte, mußte einen rechten Winkel ergeben, weil $3^2 + 4^2 = 5^2$, und so war es immer schon gewesen, seit Pythagoras, 500 v. Chr. $a^2 + b^2 = c^2$. Der Haken dabei war der, daß bei jedem Exponenten außer 2 die Gleichung nie mit ganzen Zahlen aufging, $a^3 + b^3$ ergab nie c^3, und aus $a^{27} + b^{27}$ wurde nie c^{27}, egal, welche Zahlen man für a, b und c verwendete. Jedermann wußte, daß es so war. Niemand hatte je bewiesen, daß es so sein mußte, nicht mit mathematischen Beweisen, außer daß de Fermat eine rätselhafte kleine Notiz hinterlassen hatte, die nach seinem Tod unter seinen Papieren entdeckt wurde und in der er behauptete, er habe einen ›wahrhaft wunderbaren‹ Beweis gefunden, nur sei am Seitenrand des Buches, das er schreibe, nicht genug Platz, ihn ganz niederzuschreiben.

Shaffery war kein Mathematiker. An diesem Vormittag jedoch, als die Revolution in seinem Magen und der Donner in seinem Kopf begannen, hatte er eingesehen, daß das in Wirklichkeit eine Stärke war. Erstens: Alle Mathematiker von drei oder vier Jahrhunderten hatten sich die Zähne an dem Problem ausgebissen, also war es offenkundig durch die übliche Mathematik gar nicht zu lösen. Zweitens: Einstein war auch ein mäßiger Mathematiker gewesen und hatte sich davon nicht beirren lassen, sondern seine eigene Mathematik erfunden.

So verbrachte er den Vormittag – zwischen Spurts über den Parkplatz zur Personaltoilette – damit, Papier mit mathematischen Zeichen und Operatoren eigener Erfindung zu bedecken. Gewiß, eine Lösung schien sich nicht einzustellen. Eine Weile dachte er an eine andere Methode, nämlich eine eigene ›wahrhaft wunderbare‹ Lösung zu erfinden und behauptete, er finde keinen Platz, sie auf dem Rand von etwa der letzten Ausgabe der ›Mathematik heute‹ unterzubringen, aber ein Rest von Vernunft machte ihm klar, daß man sie vielleicht nie finden und wenn doch, vielleicht verlachen würde, und außerdem war das eine rein postume Berühmtheit, und er wollte sie genießen, solange er am Leben war. Er machte eine Mittagspause, kam mit Schwindelgefühl und Übelkeit zurück, sorgte sich wegen der Sitzung und beschloß, ein Schläfchen zu halten, bevor er wieder zu arbeiten begann.

Als Cyril erschien, um ihm mitzuteilen, daß die Direktoren seine Anwesenheit wünschten, war es dunkel, und Shaffery fühlte sich scheußlich.

Coomray Hill war nicht höher als ein kleines Bürogebäude, aber es hob das Spiegelteleskop aus der Feuchtigkeit in Meereshöhe zum größten Teil heraus. Die Sternwarte klebte auf dem Hügel wie eine Kugel Pistazieneis, halbkugelförmiges, grünes Kupferdach und kreisrunde Wände, grün gestrichen. Im Innern standen die Fundamente des Teleskops. Das Gerät war geschwenkt, so weit es eben noch ging, um Platz für die Direktoren und ihre Ausrüstung zu schaffen. Sie waren alle zur Stelle und betrachteten ihn mit stummem Abscheu, als er hereinkam.

Die Innenseite der Kuppel war – von Cyrils begabter Halbschwester – mit einer großen Marskarte bemalt, die Schiaparellis berühmte Kanäle in allen Einzelheiten zeigte; mit einem Blick auf die Bucht von Neapel und einer Zeichnung des Sternbilds Skorpion, zufällig jenes, unter dem der Vorsitzende geboren worden war. Man hatte eine Reihe von Klapptischen aufgestellt und mit grünem Stoff überzogen. Sechs Plätze waren hergerichtet, jeder mit Aschenbecher, Notizblock, drei gespitzten Bleistiften, Eis, Glas und einer Flasche John Begg. Auf einer zweiten Tischreihe an der Wand war das kalte Büfett aufgebaut, von Cyril nach den Verheerungen der vergangenen Nacht wieder ergänzt, aber jetzt von den Personen, für die es gedacht war, beträchtlich dezimiert. Sechs Zigarren brannten, ein paar andere glommen in den Aschenbechern vor sich hin. Shaffery versuchte, nicht zu atmen. Selbst bei offener Tür und weitgeöffnetem Beobachtungsspalt wirkte die Luft bläulich. Bei einer Gelegenheit hatte Shaffery schüchtern darauf hingewiesen, welche Auswirkung der Zigarrenrauch auf die polierte Oberfläche des 22-Zoll-Spiegels habe. Das war bei der ersten Jahressitzung gewesen. Der Vorsitzende hatte kein Wort gesagt, sondern ihn nur angestarrt. Dann hatte er seinem rechten Nachbarn, einem Mr. DiFirenzo, zugenickt, der eine Packung Papiertaschentücher herauszog und sie Shaffery zuwarf. »Dann wischen Sie das verdammte Ding ab«, hatte er gesagt. »Und die Aschenbecher können Sie auch gleich ausleeren, ja?«

Shaffery tat sein Bestes, seine Direktoren anzulächeln. Hinter sich spürte er die Gegenwart ihrer Mitarbeiter, die in weiten elliptischen Bahnen um die Sternwarte patroullierten, um das Perigäum an der Drahtgittertür zu erreichen, wo sie hineinstarrten. Sie hatten Shaffery gründlich gemustert, als er über den Parkplatz gegangen war, und unter ihren scharfen Blicken hatte er darauf verzichtet, einen Umweg über die Personaltoilette zu machen, was er jetzt bedauerte.

»Okay, Shaffery«, sagte Mr. DiFirenzo, nachdem er den Vorsitzenden angesehen hatte. »Jetzt kommen wir zu Ihnen.«

Shaffery verschränkte in seiner Einstein-Haltung die Hände hinter dem Rücken und sagte lebhaft: »Nun, für das Observatorium war es ein besonders produktives Jahr. Sie haben zweifellos meine Berichte über die Leonid-Meteoritenzählung gelesen, und –«

»Gut«, sagte Mr. DiFirenzo, »aber wovon wir hier geredet haben, das sind die Weltraumstarts. Mr. Nuccio hat seiner Meinung Ausdruck gegeben, daß das hier eine strategisch bedeutsame Lage ist, weil sie die Raketen von Kap Kennedy hier vorbeischießen. Sie müssen direkt über uns hinweg, und wir wollen da beteiligt werden.«

Shaffery trat von einem Bein auf das andere.

»Ich habe schon in meinem Vorjahresbericht betont –«

»Nein, Shaffery. Dieses Jahr. Weshalb bekommen wir keine staatlichen Zuschüsse, für Flugbahnüberwachung zum Beispiel?«

»Aber es hat sich doch nichts geändert, Mr. DiFirenzo. Wir verfügen nicht über die erforderlichen Geräte, und außerdem hat die NASA ihre eigenen –«

»Das haut nicht hin, Shaffery. Wissen Sie, wieviel Sie von uns voriges Jahr für Geräte bekommen haben? Ich habe die Zahlen hier. Und jetzt wollen Sie uns weismachen, Sie hätten nicht, was wir brauchen, um ein paar Kröten zu verdienen?«

»Tja, Mr. DiFirenzo, sehen Sie, die Apparaturen, die wir haben, dienen ausschließlich wissenschaftlichen Zwecken. Für Arbeit jener Art braucht man ganz andere Geräte, und im übrigen –«

»Das will ich nicht hören.« DiFirenzo sah den Vorsitzenden an und fuhr fort: »Also weiter. Was ist mit dem Kometen, den Sie entdecken wollten?«

Shaffery lächelte nachsichtig.

»Das kann man mir nun wirklich nicht zur Last legen. Ich habe nicht ausdrücklich erklärt, daß wir einen finden werden. Ich sagte nur, die fortgesetzte Suche nach Kometen sei Teil unseres Grundprogramms. Ich habe natürlich alles versucht –«

»Das genügt nicht, Shaffery. Außerdem hat Ihr Gehilfe Mr. Nuccio erzählt, wenn Sie einen Kometen fänden, würden Sie ihn nicht den Mr.-Carmine-Nuccio-Kometen nennen, wie Mr. Nuccio es wollte.«

Shaffery spürte, wie er innerlich ganz hohl wurde, aber er sagte tapfer: »Das hängt doch nicht allein von mir ab, oder? Es ist Astronomenbrauch, daß der Name des Entdeckers –«

»Dieser Brauch paßt uns nicht, Shaffery. Drittens, jetzt kommen wir zu ganz üblen Dingen, auf die Sie sich leider eingelassen haben, Shaffery. Wir hören, daß Sie die privaten Angelegenheiten dieser Institution und von Mr. Nuccio mit diesem Kerl Nesbit bereden. Schnauze, Shaffery«, sagte er warnend, als Shaffery den Mund öffnen wollte. »Wir wissen genau Bescheid. Dieser Nesbit setzt sich ganz arg in die Nesseln. Er hat in seiner blöden Fernsehsendung ein paar rassistische Dinge über Mr. Nuccio gesagt, die ihn eine Stange Geld kosten werden, wenn Mr. Nuccios Anwälte mit ihm fertig sind. Das ist sehr schlimm, Shaffery, und außerdem ist viertens noch das hier.«

Er hob etwas hoch, was wie eine zerknüllte Serviette aussah. Es stellte sich heraus, daß sie ein Gerät verhüllte, das einem großen Transistorradio glich.

Shaffery erkannte es nach kurzem Nachdenken; er hatte es schon einmal gesehen, bei Larry Nesbit.

»Das ist ein Tonbandgerät«, sagte er.

»Getroffen, Shaffery. Die Frage ist jetzt nur: Wer hat es hier eingeschmuggelt? Ich meine nicht, hier stehenlassen, wie man seine Gummistiefel stehenläßt, Shaffery. Ich meine, hier untergebracht, mit einem Trickschalter, damit es lief, als sich ein paar von unseren Mitarbeitern umsahen und es unter einem Tisch fanden.«

Shaffery schluckte krampfhaft, aber trotzdem klang seine Stimme seinen eigenen Ohren fremd, als er wieder sprechen konnte.

»Ich – ich versichere Ihnen, Mr. DiFirenzo! Ich hatte nichts damit zu tun.«

»Nein, Shaffery, das weiß ich, denn so schlau sind Sie nicht. Mr. Nuccio hat sich über diese ungesetzlichen Abhörmethoden sehr geärgert, bereits ein paar Telefongespräche geführt und mit einigen Leuten gesprochen, und wir wissen schon ziemlich genau, wer es hier aufgestellt hat, und er wird nicht bekommen, was er sich einbildet, um es in seiner Sendung vorzuführen. Es sieht also so aus, Shaffery: Mr. Nuccio ist mit Ihrer Arbeit hier nicht zufrieden und nimmt Ihre fristlose Kündigung an. Ein Ersatzmann für Sie ist schon unterwegs. Wir würden es begrüßen, wenn Sie bis morgen verschwinden könnten.«

Es gibt Situationen, in denen nicht viel Raum für Würde bleibt. Ein Mann von Mitte Fünfzig, der eben die schlechteste Stellung, die er je hatte, verloren hat, findet wenig Gelegenheit, Schlußsätze anzubringen, wie man sie seinen Biographen hinterlassen möchte.

Shaffery entdeckte, daß er noch viel schlimmer dran war; er war, ganz offen gesagt, krank. Der Aufruhr in seinem Bauch wurde schlimmer. Die kleinen Speichelpumpen unter seiner Zunge überschwemmten seinen Mund schneller, als er schlucken konnte, und er wußte, daß eine weitere Peinlichkeit zu der schon überwältigenden Last kommen würde, wenn er nicht auf der Stelle die Personaltoilette erreichte. Er drehte sich um und ging hinaus. Er marschierte. Er lief. Als er Bauch, Blase und Darm völlig entleert hatte, saß er auf dem Rand der Schüssel und dachte darüber nach, was er hätte sagen können. »Hören Sie, Nuccio, von Wissenschaft vestehen Sie nun aber wirklich nichts.« Oder: »Nuccio, Schiaparelli war mit seinen Marskanälen völlig im Irrtum.« Es war zu spät dafür. Es war zu spät, die Frage zu stellen, die er von seiner Frau hören würde, nach einer Abfindung, nach Pensionszahlungen, nach allen den Dingen, die er sich nie hatte schriftlich geben lassen. »Machen Sie sich da mal keine Gedanken, Shaffery«, hatte es geheißen. »Mr. Nuccio sorgt immer für seine Freunde, aber er läßt sich nicht gern ärgern.« Er versuchte einen Plan für die Zukunft zu entwerfen, aber ohne Erfolg. Er bemühte sich sogar, einen Plan für seine Gegenwart auszudenken. Auf jeden Fall sollte er doch Larry Nesbit anrufen, fordern, klagen und warnen – ›Pst! Das Tonbandgerät ist entdeckt! Alles verloren! Rette sich, wer kann!‹ –, aber so weit wagte er sich von der Toilette nicht fort. Nicht gerade in diesem Augenblick. Und einen Augenblick später war es zu spät. Eine halbe Stunde danach, als einer der Leibwächter das kleine Schloß aufsprengte und hineinschaute, lag der Mann, der hätte Einstein sein können, am Boden, die Hose an den Knien, ohne Würde, ohne davon betroffen zu sein, tot.

Ah, Shaffery! Wie enttäuscht wäre er von seinem Nachruf in der ›Times‹ gewesen, zwei Absätze, ganz verloren unter dem Überhang des Nachrufs für einen Popsänger. Aber hinterher . . .

Das erste Opfer war Larry Nesbit, während des ganzen Rückflugs nach New York luftkrank, Zusammenbruch bei der Aufnahme seiner Sendung, tot am nächsten Tag. Die nächsten Opfer waren die Direktoren, ohne Ausnahme. Sie begaben sich auf die

Heimreise, mit dem Flugzeug, mit dem Schiff. Manche schafften es, alle starben: unterwegs oder in Las Vegas, Detroit, Los Angeles, New York und Long Branch, New Jersey. Einige der Mitarbeiter starben, andere kamen davon. Für kurze Zeit. Der Ursprung der neuen Seuche wurde rasch festgestellt, in Mr. Nuccios kaltem Büfett, vor allem in den Pilzkonserven, die Shaffery sich für sein Experiment ausgeborgt hatte.

Das Botulingift war seit langem als das gefährlichste dem Menschen bekannte Gift identifiziert worden. Die mutierte Version, die Shaffery und die Röntgenstrahlen seines Zahnarztes hervorgebracht hatten, wirkte nicht viel tödlicher, aber sie besaß eine neue Eigenschaft, die alles änderte. Der alte, bekannte Botulinus clostridium ist ein Organismus, der sich nur mühsam am Leben hält; man setze ihn dem Licht und der Luft aus, und er stirbt. Botulinus shafferia war widerstandsfähiger. Er wuchs, wo er sich befand. In allem. In Mr. Nuccios kaltem Büfett, in einem Salat in einer Restaurantküche, in Mamas Apfelkuchen auf dem Fensterbrett, im menschlichen Verdauungstrakt. In den ersten fünf Tagen gab es neun Tote und dann eine Weile keine mehr. Die Seuchenforscher hätten sich wegen einer so kleinen Verlustliste nicht die Köpfe zerbrochen, wäre nicht die Persönlichkeit mancher Opfer gewesen. Aber die Bakterien vermehrten sich. Das Erbrochene unter der hölzernen Strandpromenade von Long Branch vertrocknete; die Bakterien wurden zu Sporen und vom Wind verweht, bis sie auf etwas Feuchtes, Fruchtbares stießen. Dort pflanzten sie sich fort. Das beschmutzte Papiertaschentuch, auf der Straße vom Flugplatz O'Hare nach Evansville aus einem Cadillac geworfen, das Niesen beim Umsteigen auf dem Flughafen Miami, Auswurf an zehn, zwölf Orten – alles trug dazu bei. Aus Urin und Kot der Betroffenen, aus ihrem Schweiß, sogar von ihrer Bettwäsche und ihrer Kleidung gerieten Bakterien in die Luft, wurden eingeatmet, gegessen, getrunken, von Schnittwunden aufgenommen, wanderten auf tausend Arten in die wartenden Leiber von Hunderten, dann Tausenden und schließlich zahllosen Millionen menschlicher Wesen.

Nach der zweiten Woche wurden Detroit und Los Angeles zu Katastrophengebieten erklärt. Nach der vierten beherrschte die Seuche alle Großstädte in Amerika und hatte die Ozeane übersprungen. Wenn sie überhaupt eine barmherzige Eigenschaft besaß, dann die, daß sie schnell zuschlug: Magenbeschwerden, Schweißausbrüche, ein bißchen Schmerzen und dann der Tod. Niemand war dagegen gefeit. Wenige überlebten. Von hundert Menschen kamen vielleicht drei davon. Aber inzwischen forderten Hungersnot, Unruhen und kleinere Nöte ihren Zoll, und von den Milliarden, die auf der Erde gelebt hatten, als Shaffery die Pilze bei seinem Zahnarzt bestrahlte, starben alle bis auf zehn oder zwanzig Millionen beim Ausbruch der Seuche, genannt Shafferys Syndrom, die die Welt nie vergessen wird.

Die Kaufleute auf der Venus

1

Mein Name: Audee Walthers. Mein Beruf: Flugrumpfpilot. Mein Zuhause: auf der Venus, meistens in einer Hitschi-Hütte, ansonsten, wenn ich schläfrig bin, überall und nirgends.

Bis ich fünfundzwanzig war, lebte ich auf der Erde, meist in Amarillo Central. Mein Vater war stellvertretender Gouverneur von Texas. Er starb, als ich noch aufs College ging, hinterließ aber soviel, daß ich das Studium beenden, das Verwaltungsdiplom machen und das Gehilfenexamen für Stenotypisten und Angestellte bestehen konnte. Ich war also für mein Leben gesichert.

Nachdem ich es ein paar Jahre probiert hatte, entdeckte ich aber, daß mir dieses Leben nicht gefiel. Nicht einmal so sehr aus den üblichen Gründen; Smoganzüge stören mich nicht, ich komme mit den Nachbarn aus, selbst wenn es 800 pro Quadratmeile sind, ertrage Lärm, kann mich gegen die jungen Kriminellen verteidigen. Es war nicht die Erde, die ich nicht mochte, sondern das, was ich dort trieb, und so verkaufte ich meinen Gehilfenausweis, verpfändete meine Pension und kaufte ein Ticket zur Venus, einfach. Nichts Seltsames dabei. Was sich eigentlich jeder Junge vornimmt. Aber ich machte es.

Es wäre wohl alles anders gekommen, wenn ich an richtiges Geld herangekommen wäre. Wenn mein Vater Vollgouverneur gewesen wäre, statt Beamtenklient. Wenn zur Hinterlassenschaft unbegrenzte Krankenversorgung gehört hätte. Wenn ich oben gewesen wäre, statt in der Mitte, von beiden Seiten zusammengepreßt. So war es aber nicht, also stieg ich aus und jagte schließlich an der Spindel Terry-Touristen, um sie auszunehmen.

Jeder hat Bilder von der Spindel, dem Kolosseum und den Niagarafällen gesehen. Wie alles, was auf der Venus sich anzusehen lohnte, war die Spindel ein Überbleibsel der Hitschi. Es war noch keiner dahintergekommen, was die Hitschi mit einer unterirdischen Kammer in Spindelform von dreihundert Metern Länge angestellt hatten, aber da war sie, also benutzten wir sie auch; sie war das einzige auf der Venus, was einem Times Square oder den Champs Elysées nahekam. Alle Terry-Touristen suchen sie als erstes auf. Da nehmen wir sie dann aus.

Mein Flugrumpfvermietungsunternehmen ist einigermaßen legitim – wenn man unberücksichtigt läßt, daß es auf der Venus wirklich nicht viel zu sehen gibt, was nicht die Hitschi unter der Oberfläche zurückgelassen hätten. Die anderen Touristenfallen in der Spindel sind einigermaßen Schwindel. Den Terrys macht das nichts aus, obwohl sie merken müssen, daß sie abgekocht werden; sie beladen sich alle mit Hitschi-Gebetsfächern und Puppenköpfen und mit den Briefbeschwerern aus durchsichtigem Kunststoff, in denen eine Konturen-Venus in einer Art orange-braunem Schneegestöber aus nachgemachter Flugasche, Blutdiamanten und Feuerperlen schwimmt. Nichts davon ist die Kosten des Rücktransports zur Erde wert, aber für einen Touristen, der den Passagierpreis zahlen kann, spielt das wohl keine Rolle.

Für Leute wie mich, die gar nichts bezahlen können, spielen die Touristenfallen eine große Rolle. Wir leben von ihnen. Ich meine damit nicht, daß wir unser frei verfügbares Einkommen von ihnen beziehen; ich meine, daß wir durch sie Essen und Schlafen bezahlen können, und wenn wir dazu nicht in der Lage sind, sterben wir. Es gibt auf der Venus nicht sehr viele Möglichkeiten, Geld zu verdienen. Diejenigen, bei denen richtiges Geld herausschaut – na, in der Lotterie gewinnen; in den Hitschi-Höhlen einen reichen Fund machen; zufällig über eine gutbezahlte Stellung stolpern; dergleichen, etwa –, sind eher Luftschlösser. Für die Butter auf das Brot verlassen sich auf der Venus alle auf die Terry-Touristen, und wenn wir sie nicht melken, sind wir erledigt.

Natürlich gibt es Touristen und Touristen. Drei Sorten, um genau zu sein. Der Unterschied zwischen ihnen rührt von der Himmelsmechanik her.

Da ist die schnelle, schmutzige Sorte. Auf der Erde sind sie nur wohlhabend; sie erscheinen alle sechsundzwanzig Monate zur Hohmann-Umlaufbahn-Zeit, auf dem Minimalenergierundflug von der Erde. Wegen der kritischen Zeiten eines Hohmann-Umlaufs können sie auf der Venus nie länger bleiben als drei Wochen. Sie erscheinen also auf Pauschaltouren, entschlossen, das meiste aus der

Viertel-Million-Dollar Kabinenpassage zu machen, die ihnen ihre reichen Großeltern zum Schulabschluß geschenkt oder die sie sich für die zweiten Flitterwochen gespart haben. Das Unangenehme dabei ist, daß sie nicht viel Geld haben, weil sie alles für Reisekosten ausgeben müssen. Das Schöne daran ist, daß sie sehr viele sind. Solange sie auf der Venus sind, bleiben alle Mietzimmer belegt. Manchmal teilen sich sechs Paare in eine abgeteilte Kammer, zwei Paare pro Schicht, Wechsel alle acht Stunden, damit die Betten nie kühl werden. Dann kriechen Leute wie ich in Hitschi-Hütten auf der Oberfläche unter und vermieten unsere Zimmer darunter, womit wir vielleicht soviel Geld verdienen, daß wir wieder ein paar Monate leben können.

Bis zur nächsten Hohmann-Umlaufbahn-Zeit kann man aber nicht genug verdienen, um sich am Leben zu erhalten, so daß wir einander, wenn die Touristen der Klasse II erscheinen, die Gurgel durchzuschneiden versuchen.

Sie waren mittelreich. Was man die armen Millionäre nennen könnte; diejenigen, deren Jahreseinkommen knapp eine siebenstellige Zahl erreicht. Sie konnten es sich leisten, gesteuerte Flugbahnen zu fliegen, so daß die Reise an die hundert Tage dauerte, statt der langen, langsamen Hohmann-Drift. Das kostete eine Million Dollar und mehr, also gab es nicht allzu viele davon, aber zu Zeiten einigermaßen günstiger Bahnkonjunktionen kamen sie etwa jeden Monat. Sie gaben auch mehr Geld aus. Ebenso die anderen Mittelreichen, die vier- oder fünfmal je Jahrzehnt auftauchten, wenn die Planetenbahnen eine Konfiguration niedriger Energie bildeten, wonach drei Planeten so zueinander standen, daß nicht viel mehr Energie aufzubringen war als für die direkte Strecke Erde-Venus. Zuerst erschienen sie bei uns, wenn wir Glück hatten, dann flogen sie weiter zum Mars. Ging es anders herum, fielen für uns nur die Reste ab, und das war nicht viel.

Aber die ganz Reichen – ah, die ganz Reichen! Sie kamen, wann sie wollten, in der Orbitalsaison und außerhalb.

Als mein Tipgeber auf dem Landeplatz die privat gecharterte ›Jurij Gagarin‹ meldete, erschnupperte meine Nase Geld. Es war für alle außer die ganz Reichen keine Saison; mich beschäftigte nur die eine

Frage, wie viele meiner Konkurrenten versuchen würden, mir für die Passagiere den Hals abzuschneiden, während ich ihn ihnen abschnitt.

Flugrumpfvermietung erfordert viel mehr Kapital, als einen Gebetsfächerstand zu eröffnen. Ich hatte Glück gehabt und meinen Flugrumpf billig bekommen, als mein Brötchengeber gestorben war; viele Bewerber gab es nicht, und ein paar waren defekt, andere suchten sich eigene Hitschi-Höhlen.

Ich hatte die Passagiere der ›Gagarin‹ also praktisch für mich, wer sie auch sein mochten. Immer vorausgesetzt, daß man sie für einen Flug außerhalb der Hitschi-Tunnels interessieren konnte.

Ich mußte unterstellen, daß sie interessiert sein würden, weil ich das Geld dringend brauchte. Ich war nämlich ein bißchen leberkrank, wissen Sie. Die Leber war nahe daran, völlig zu versagen. So, wie die Ärzte mir das klarmachten, hatte ich drei Möglichkeiten: Ich konnte auf die Erde zurückkehren und mich eine Weile mit externen Hilfsgeräten fretten; oder ich konnte das Geld für eine Organverpflanzung beschaffen. Oder sterben.

2

Der Mann, der die ›Gagarin‹ gechartert hatte, hieß Boyce Cochenour. Alter: anscheinend vierzig. Größe: zwei Meter. Herkunft: irisch-amerikanisch-französisch.

Er gehörte zu den Leuten, die das Befehlen gewöhnt sind. Ich sah ihn in die Spindel hereinkommen, als gehöre sie ihm und er sei eben dabei, sie zu verkaufen. Er setzte sich in Sub Vastras Boulevard-Hitschi-Straßencafé-Imitation.

»Scotch«, sagte er, und Vastra beeilte sich, John Begg über supergekühltes Eis zu gießen und ihm das Glas zu geben, knisternd vor Kälte, so daß einem die Lippen gefroren.

»Zigarette«, sagte er, und das Mädchen, das ihn begleitete, zündete sofort eine an und gab sie ihm.

»Mieses Lokal«, sagte er, und Vastra fiel fast hin vor Eifer, ihm recht zu geben.

Ich setzte mich in ihre Nähe – nicht an ihren Tisch, und ich blickte sie auch nicht an. Ich konnte aber hören, was sie sagten.

Vastra blickte mich auch nicht an, aber natürlich hatte er mich hereinkommen sehen und wußte, daß ich ein Auge auf sie hatte. Ich mußte meine Bestellung aber bei seiner dritten Frau aufgeben, weil Vastra seine Zeit nicht mit mir vergeudete, wenn er einen Charterschiff-Terry an seinem Tisch hatte.

»Das Übliche«, sagte ich zu ihr und meinte Reinalk in einem Glas Limonade. »Und eine Kopie von deinem Auftrag«, fügte ich leise hinzu. Ihre Augen blinzelten mich über ihren Flirtschleier hinweg an. Nettes kleines Ding. Ich tätschelte freundschaftlich ihre Hand und ließ einen zusammengerollten Geldschein darin; dann ging sie.

Der Terry betrachtete seine Umgebung, einschließlich meiner Person. Ich erwiderte seinen Blick, höflich, aber distanziert, er nickte mir kaum merklich zu und wandte sich wieder an Subhash Vastra.

»Da ich schon mal hier bin«, sagte er, »kann ich mir ja ansehen, was so geboten wird. Was tut man hier?«

Sub grinste breit, wie ein großer, magerer Frosch.

»Ah, was immer Sie wollen, Sir! Unterhaltung? In unseren privaten Räumen haben wir die besten Artisten von drei Planeten, Natsch-Tänzer, Musik, erste Komiker –«

»Davon gibt es in Cincinnati genug. Ich bin nicht wegen einer Varieténummer auf die Venus gekommen.« Er konnte es nicht wissen, versteht sich, aber das war klug von ihm; Subs private Räume standen auf der Liste der Nachtlokale hier ganz unten, und auch die besseren taugten nichts.

»Selbstverständlich, Sir! Vielleicht denken Sie an eine Tour?«

»Ach.« Cochenour schüttelte den Kopf. »Wozu? Sieht es anderswo vielleicht anders aus als am Landeplatz?«

Vastra zögerte; ich konnte verfolgen, wie er die Mittelsmannkonsequenzen berechnete und die Chance, daß der Terry eine Oberflächentour unternehmen würde, gegen das abwog, was er von mir als Provision bekommen konnte. Er schaute nicht in meine Richtung. Die Ehrlichkeit siegte – das heißt, Ehrlichkeit, verstärkt durch schnelle Einschätzung von Cochenours Leichtgläubigkeit.

»Nicht viel anders, nein, Sir«, gab er zu. »Auf der Oberfläche ist es überall ziemlich heiß und trocken, jedenfalls auf den nächsten tausend Kilometern. Aber ich dachte nicht an die Oberfläche.«

»Sondern?«

»Ah, die Hitschi-Tunnels, Sir! Es gibt viele Meilen davon allein unter dieser Siedlung. Man könnte einen Führer finden –«

»Kein Interesse«, knurrte Cochenour. »Nicht an etwas in solcher Nähe.«

»Sir?«

»Wenn uns ein Führer alles zeigen kann, heißt das, daß sämtliche Tunnels erforscht sind«, erklärte Cochenour. »Und das heißt, daß man sie ausgeplündert hat. Wo bleibt da der Spaß?«

»Natürlich«, sagte Vastra sofort. »Ich verstehe, was Sie meinen, Sir.« Er wirkte merklich zufriedener, und ich spürte, wie sein Radar prüfte, daß ich auch zuhörte, obwohl er nicht zu mir herübersah. »Die Chance, neue Kammern unter der Oberfläche zu finden, besteht natürlich immer«, sagte er, »vorausgesetzt, man weiß, wo man suchen muß. Habe ich recht, wenn ich annehme, daß Sie das interessieren würde?«

Die Dritte von Vastras Haus brachte mir mein Getränk und einen kleinen Zettel.

»Dreißig Prozent«, flüsterte ich ihr zu. »Sag Sub Bescheid. Aber kein Feilschen, keinen zweiten Bieter –« Sie nickte und zwinkerte mir zu; sie hatte ebenfalls gelauscht und war so sicher wie ich, daß der Terry an der Angel hing. Ich hatte die Absicht gehabt, bei dem einen Glas zu bleiben, solange ich konnte, aber vor mir zeichnete sich Wohlhabenheit ab; ich hatte Lust zu feiern; ich trank einen großen, zufriedenen Schluck.

Aber der Köder war ohne Haken. Ganz unerwartet zuckte der Terry die Achseln.

»Sicher Zeitverschwendung«, murrte er. »Ist doch wahr. Wenn ihr wüßtet, wo man suchen muß, warum habt ihr euch dann da noch nicht umgesehen, wie?«

»Ah, Mister«, rief Vastra, »aber es gibt Hunderte von Tunnels, die noch nicht erforscht sind! Tausende! Und in ihnen – wer weiß – unbezahlbare Schätze!«

Cochenour schüttelte den Kopf.

»Lassen Sie nur«, sagte er. »Bringen Sie noch ein Glas. Vielleicht mit richtig kaltem Eis diesmal.«

Ziemlich erschüttert stellte ich mein Glas weg, drehte mich ein wenig, um meine Hand vor den Terrys zu verbergen, und schaute mir die Faksimilekopie von Subs Bericht über sie an, um festzustellen, ob daraus hervorging, weshalb Cochenour das Interesse verloren hatte.

Das war nicht der Fall. Sie verriet mir aber einiges. Das Mädchen in Cochenours Begleitung hieß Dorotha Keefer. Sie reiste schon zwei Jahre mit ihm, und zum erstenmal hatten sie jetzt die Erde verlassen; es gab keinen Hinweis auf eine Heirat oder auf die Absicht dazu, jedenfalls nicht von seiner Seite. Sie war Anfang Zwanzig – echtes Alter, nicht durch Drogen oder Transplantationen simuliert. Cochenour selbst war weit über neunzig.

Er sah natürlich nicht danach aus. Ich hatte ihn an den Tisch treten sehen, und er bewegte sich für einen Mann seiner Größe leichtfüßig und gewandt. Sein Geld stammte von Grundbesitz und Petro-Nahrung; nach der Synopse über ihn war er einer der ersten Ölmillionäre gewesen, die vom Verkauf von Erdöl als Treibstoff für Fahrzeuge und Heizanlagen auf Nahrungsmittelproduktion umgestiegen waren, im Rohöl Algen züchteten und sie in verarbeiteter Form für den menschlichen Verzehr verkauften. Er hatte aufgehört, ein bloßer Millionär zu sein und sich in etwas viel Größeres verwandelt.

Das erklärte auch sein Aussehen. Er hatte volle Medi-Versorgung, mit allen Extras. Nach dem Bericht war sein Herz aus Titan und Kunststoff. Seine Lunge war von einem Zwanzigjährigen übertragen, der bei einem Hubschrauberabsturz den Tod gefunden hatte. Haut, Muskeln und Fette – gar nicht zu reden von seinen Drüsen – wurden durch Hormone und Zellaufbaustoffe gekräftigt, die am Tag mindestens tausend Dollar kosten mußten. Danach zu urteilen, wie er das Mädchen neben sich streichelte, schien sich der Aufwand zu lohnen. Er sah aus und benahm sich wie ein Vierzigjähriger – wenn man vielleicht vom Ausdruck seine blaßblauen, diamanthellen, müden und illusionslosen Augen absah.

Was für ein ideales Opfer! Ich leerte mein Glas und gab der Dritten durch ein Nicken zu verstehen, daß sie nachfüllen sollte. Es mußte einen Weg geben, ihn dazu zu bringen, daß er meinen Flugrumpf mietete.

Ich mußte ihn nur finden.

Vor dem Geländer von Vastras Café dachte natürlich die Hälfte der Leute in der Spindel das gleiche. Es war die schlimmste Zeit außerhalb der Saison, die Hohmann-Touristen kamen erst in drei Monaten; uns allen begann das Geld auszugehen. Meine Lebertransplantation war nur ein Anreiz mehr; von den hundert Labyrinthläufern, die ich aus dem Augenwinkel sehen konnte, mußten neunundneunzig so dringend wie ich diesem reichen Touristen Geld abknöpfen, nur um am Leben bleiben zu können.

Wir konnten es nicht alle schaffen. Zwei von uns, drei, vielleicht sogar ein halbes Dutzend konnten soviel herausholen, daß es ins Gewicht fiel. Mehr nicht. Und zu diesen wenigen mußte ich gehören.

Ich trank einen großen Schluck aus meinem zweiten Glas, gab Vastras dritter Frau großzügig – und auffällig – Trinkgeld und drehte mich lässig herum, bis ich die Terrys genau vor mir hatte.

Das Mädchen sprach mit einer Gruppe von Souvenirverkäufern, mit interessierter, aber unsicherer Miene.

»Boyce?« sagte sie über die Schulter.

»Ja?«

»Wozu ist das da?«

Er beugte sich über das Geländer und schaute genauer hin.

»Sieht aus wie ein Fächer«, sagte er.

»Hitschi-Gebetsfächer, richtig!« rief der Händler. Ich kannte ihn, Booker Allemang, ein Veteran hier in der Spindel. »Ich habe ihn selbst gefunden, Miss! Er erfüllt Ihnen jeden Wunsch, jeden Tag bekomme ich Briefe von Leuten, die wunderbare Erfolge –«

»Touristentand«, knurrte Cochenour. »Kauf ihn, wenn du willst.«

»Aber was macht man damit?«

Er lachte. »Was man mit jedem Fächer macht. Man kühlt sich.« Er sah mich grinsend an.

Ich leerte mein Glas, nickte, stand auf und trat an ihren Tisch.

»Willkommen auf der Venus«, sagte ich. »Kann ich Ihnen behilflich sein?«

Das Mädchen sah Cochenour an, um sich Zustimmung zu holen, bevor sie sagte: »Ich finde ihn sehr hübsch.«

»Sehr hübsch«, gab ich zu. »Kennen Sie die Geschichte der Hitschi?«

Cochenour deutete auf einen Stuhl. Ich setzte mich und fuhr fort: »Sie haben diese Tunnels vor ungefähr einer Viertelmillion Jahren gebaut. Sie lebten ungefähr zwei Jahrhunderte hier, genau weiß man das nicht. Dann verschwanden sie wieder. Sie hinterließen eine Menge Zeug, und manches war kein Gerümpel; unter anderem haben sie viele solcher Fächer zurückgelassen. Ein Schlaukopf wie Booker hier kam auf die Idee, sie ›Gebetsfächer‹ zu taufen und an die Touristen zu verkaufen, damit sie sich damit etwas wünschen sollten.«

Allemang hing an meinen Lippen, um herauszubekommen, worauf ich hinauswollte.

»Du weißt, daß es stimmt«, sagte er.

»Aber ihr beide seid zu klug, um darauf hereinzufallen«, fuhr ich fort. »Aber sehen Sie sie sich an. Sie sind hübsch genug, daß man sie auch ohne die Geschichte besitzen möchte.«

»Unbedingt!« rief Allemang. »Sehen Sie, wie der hier funkelt, Miss! Und die schwarzen und grauen Kristalle passen wunderbar zu Ihrem blonden Haar!«

Das Mädchen entrollte den Kristallfächer. Er war zusammengerollt wie eine Schriftrolle, nur kegelförmig. Es bedurfte nur eines geringen Daumendrucks, um ihn offenzuhalten, und er sah wirklich sehr hübsch aus, als sie ihn ein paarmal bewegte. Wie alle Hitschi-Fächer wog er nur etwa zehn Gramm, und das Kristallgeflecht fing das Licht von den leuchtenden Hitschi-Wänden ebenso auf wie das von den Leuchtstoffröhren, die wir Labyrinthläufer eingebaut hatten, und warf es in schillernden Funken zurück.

»Der Bursche hier heißt Booker Allemang«, sagte ich. »Er verkauft das gleiche Zeug wie die anderen, aber er beschwindelt Sie nicht so arg.«

Cochenour sah mich mürrisch an, dann winkte er Vastra und bestellte noch eine Runde.

»Also gut«, sagte er. »Wenn wir kaufen, dann bei Ihnen, Allemang. Aber nicht jetzt.« Er wandte sich mir zu. »Und was wollen Sie mir verkaufen?«

»Mich und meinen Flugrumpf, wenn Sie neue Tunnels suchen wollen. Wir sind beide mit das Beste, das Sie bekommen können.«

»Wieviel?«

»Eine Million Dollar«, sagte ich sofort. »Eingeschlossen alle Funde.«

Er antwortete nicht sofort, aber es tat mir gut, zu sehen, daß ihn der Preis nicht zu erschrecken schien. Er wirkte so freundlich oder jedenfalls so ohne Zorn wie immer.

»Trinken Sie«, sagte er, als Vastra und seine Dritte uns die Gläser brachten, und wies mit dem Glas auf die Spindel. »Wissen Sie, wofür das gedacht war?« fragte er.

»Sie meinen, weshalb die Hitschi sie gebaut haben? Nein. Sie waren ziemlich klein, also war die Höhe nicht notwendig. Und als man die Kammer fand, war sie völlig leer.«

Er blickte tolerant auf die geschäftige Szenerie, Galerien, in die schrägen Wände gehauen, mit Eß- und Trinklokalen wie das Café von Vastra, Reihen von Souvenirständen, die meisten um diese Jahreszeit unbesetzt. Aber an die zweihundert Labyrinthratten waren doch da, und ihre Zahl hatte ständig zugenommen, seitdem Cochenour und das Mädchen sich an den Tisch gesetzt hatten.

»Nicht viel zu sehen, was?« meinte er. »Ein Loch im Boden und eine Menge Leute, die versuchen, mir mein Geld abzunehmen.«

Ich zuckte die Achseln.

Er grinste wieder. »Weshalb bin ich dann hergekommen, meinen Sie? Na ja, das ist eine gute Frage, aber da Sie sie nicht gestellt haben, brauche ich sie nicht zu beantworten. Sie wollen eine Million Dollar. Mal sehen. Hundert K für den Flugrumpf. Hundertachtzig für die Ausrüstung pro Woche. Minimum zehn Tage, drei Wochen kommt wohl eher hin. Essen, Vorräte, Genehmigungen, noch einmal fünfzig K. Wir sind also fast bei siebenhunderttausend, ohne Ihr Honorar und das, was Sie dem Wirt hier als seinen Anteil dafür geben, daß er Sie nicht hinauswirft. Stimmt's, Walthers?«

Ich hatte einige Schwierigkeiten, hinunterzuschlucken, was ich im Munde hatte, aber schließlich brachte ich heraus: »Ziemlich genau, Mr. Cochenour.« Ich hielt es nicht für sinnvoll, ihm mitzuteilen, daß mir die Ausrüstung wie der Flugrumpf schon gehörten, obwohl es mich nicht gewundert hätte, zu erfahren, daß er das auch schon wußte.

»Also abgemacht. Und ich möchte starten, so schnell es geht, möglichst morgen um diese Zeit.«

»In Ordnung«, sagte ich und stand auf, wobei ich es vermied, Sub Vastra anzusehen, der wie vom Donner gerührt war. Ich hatte viel zu tun und mußte nachdenken. Er hatte mich aus dem Gleichgewicht gebracht, was sehr ungünstig ist, wenn man sich keinen Fehler leisten kann. Ich wußte, es war ihm nicht entgangen, daß ich ihn mit seinem Namen angeredet hatte. Das ging in Ordnung; er hatte gewußt, daß ich mir sofort Klarheit über ihn verschafft hatte. Es war aber ein wenig verwunderlich, daß er den meinen kannte.

3

Als erstes mußte ich meine Ausrüstung überprüfen, als zweites zum Gewerkschaftsbüro, einen Vertrag abschließen und mich mit Vastra einigen, als drittes meinen Arzt aufsuchen. Die Leber hatte mir einige Zeit keine Schwierigkeiten gemacht, aber ich hatte auch keinen Alkohol mehr getrunken.

Es dauerte ungefähr eine Stunde, mich zu vergewissern, daß alles, was ich für die Expedition brauchte, in Ordnung war, zusammen mit den Ersatzteilen, die zu benötigen ich fürchten mußte. Der Arzt lag auf meinem Weg zum Gewerkschaftsbüro, so daß ich zuerst ihn besuchte. Es dauerte nicht lange. Die Nachrichten waren nicht schlimmer, als ich erwartet hatte. Dr. Morius studierte gründlich die Meßergebnisse. Die Untersuchung kostete hundertfünfzig Dollar, und der Arzt sprach die Hoffnung aus, daß ich drei Wochen außerhalb seiner Praxis überleben würde, vorausgesetzt, ich nahm alles ein, was er mir gab, und wich nicht zu sehr von der vorgeschriebenen Diät ab.

»Und wenn ich zurückkomme?« fragte ich.

»Etwa dasselbe, Audee«, sagte er fröhlich. »Völliger Zusammenbruch in – äh – vielleicht neunzig Tagen danach.« Er sah mich an. »Ich höre, Sie haben einen an der Angel«, fuhr er fort. »Soll ich Sie für eine Übertragung vormerken?«

»Was hört man über seine Finanzkraft?« erkundigte ich mich.

»Na, der Preis bleibt derselbe«, erwiderte er humorvoll. »Zweihundert K, dazu das Krankenhaus, Narkosearzt, Vor-Op-Psychologe, Medikamente – die Zahlen haben Sie ja schon.«

Ich hatte sie, und ich wußte, daß ich mit dem Profit von Cochenour, zuzüglich dem, was ich auf die hohe Kante gelegt hatte, zuzüglich eines kleinen Darlehens auf den Flugrumpf so eben alles würde bezahlen können. Hinterher würde ich zwar pleite, aber am Leben sein.

»Also gut«, sagte ich. »Morgen in drei Wochen.« Als ich ging, machte er ein zufriedenes Gesicht, wie ein burmesischer Hydro-Reis-Hersteller, der eine gute Ernte einbringt. Lieber Papa. Warum hatte er mich nicht Mediziner werden lassen, statt mich zu bilden?

Es wäre schön gewesen, wenn die Hitschi die Größe von Menschen gehabt hätten, aber statt dessen waren sie ungefähr vierzig Prozent kleiner gewesen. In den kleineren Tunnels, wie dem, der zum Büro der Gewerkschaft führte, mußte ich ganz geduckt gehen.

Der Sekretär erwartete mich. Er hatte einen der wenigen guten Posten, die nicht direkt von den Touristen abhängig waren.

»Subhash Vastra hat angerufen«, sagte er. »Sie wären mit dreißig Prozent einverstanden, sagte er, und außerdem hätten Sie bei seiner dritten Frau Ihre Barrechnung nicht bezahlt.«

»Stimmt beides.«

»Und mir sind Sie auch eine Kleinigkeit schuldig, Audee. Dreihundert für eine Fak-Kopie des Berichts über Ihre goldene Gans. Hundert für den gültigen Vertrag mit Vastra. Und wenn Sie eine Führerlizenz haben wollen, die kostet sechzehnhundert.«

Ich gab ihm meine Kreditkarte, und er übertrug die Gesamtsumme von meinem Konto auf das des Gewerkschaftsbüros. Dann unterschrieb und stempelte ich den Vertrag. Vastras dreißig Prozent gingen nicht von der ganzen Million, sondern von meinem Nettoertrag ab; trotzdem konnte er nahezu soviel verdienen wie ich, jedenfalls in bar, weil ich alle überschießenden Beträge für Ausrüstung und Darlehen zurückerstatten mußte. Die Faktoren stützten jeden, bis er Erfolg hatte, aber dann verlangten sie ihr Geld. Sie wußten, wie lange es dauern konnte, bis er wieder zum Schuß kam.

»Danke, Audee«, sagte der Sekretär und nickte. »Kann ich sonst etwas für Sie tun?«

»Nicht bei Ihren Preisen«, gab ich zurück.

»Ach, Sie machen wohl Witze.« Er sah mich prüfend an. »›Boyce Cochenour und Dorotha Keefer, Erde- Ohio, mit der *Juri Gagarin,* Heimathafen Odessa, Charterflug. Keine anderen Passagiere.‹ Keine anderen Passagiere«, wiederholte er, aus dem Bericht zitierend. »Sie werden ein reicher Mann sein, Audee, wenn Sie es richtig anstellen.«

»Das ist mehr, als ich verlange«, meinte ich. »Ich möchte nur ein lebendiger sein.«

Aber das stimmte nicht ganz. Ich hatte eine kleine Hoffnung – nicht viel, nicht genug, um darüber zu sprechen, und ich hatte auch nie einem Menschen etwas davon gesagt – daß ich am Ende besser dastehen würde als nur mit meinem Leben.

Es gab aber ein Problem.

Nach dem üblichen Führungsvertrag und den Flugrumpfmietbedingungen bekomme ich nämlich mein Geld und nicht mehr. Wenn wir einen Typ wie Cochenour mit auf die Suche nach neuen Hitschi-Tunnels nehmen und er etwas Wertvolles findet – das kommt vor, wenn auch nicht oft, so daß sie die Hoffnung nie ganz aufzugeben brauchen –, dann gehört es ihm. Wir arbeiten nur für ihn.

Auf der anderen Seite hätte ich jederzeit allein losziehen und suchen können, und dann hätte alles mir gehört, was ich gefunden hätte.

Offenkundig würde also jeder, der Verstand hat, allein losziehen, wenn er wirklich der Meinung ist, daß er etwas finden kann. In meinem Fall war das aber keine sehr gute Idee. Wenn ich eine Soloexpedition finanzierte und verlor, hatte ich nicht nur Zeit und vielleicht fünfzig K an Vorräten und Abnutzung verloren. Wenn ich keinen Erfolg hatte, war ich tot.

Ich brauchte, was ich an Cochenour verdienen konnte, um am Leben zu bleiben. Egal, ob wir etwas Interessantes fanden oder nicht, mein Honorar würde dafür sorgen.

Zum Nachteil für meinen Seelenfrieden hatte ich das Gefühl, daß ich wüßte, wo man etwas sehr Interessantes finden könnte, und mein Problem bestand darin, daß ich mir nicht leisten konnte, es zu finden, solange ich einen Exklusivvertrag mit Cochenour hatte.

Der letzte Zwischenhalt war in meinem Schlafraum. Unter dem Bett, im Gestein eingebaut, befand sich ein garantiert einbruchsicherer Safe mit Papieren, die ich von jetzt an in der Tasche haben wollte.

Als ich seinerzeit auf der Venus gelandet war, hatte mich nicht die Landschaft interessiert. Ich wollte ein Vermögen machen.

Damals und während der folgenden zwei Jahre sah ich von der Oberfläche der Venus nicht viel. Man sieht kaum etwas in den Raumfahrzeugen, die auf der Venus landen können; ein Oberflächendruck von 20 000 Millibar bedeutet, daß man schon etwas Stabileres braucht als die Kugelschiffe, die zum Mond oder zum Mars fliegen oder auch weiter hinaus, und die Konstruktion läßt nicht viel Raum für Fenster. Es spielte keine große Rolle, weil man außer an den Polen sowieso nicht viel sehen kann. Alles, was auf der Venus sich zu sehen lohnt, ist *in* der Venus, und es hat ausnahmslos einmal den Hitschi gehört.

Nicht, daß wir viel über die Hitschi wüßten. Wir kennen nicht einmal ihren Namen richtig – ›hitschi‹, so hat es einmal jemand aufgeschrieben, als er über eine Feuerperle strich, und da das wirklich der einzige Laut war, den man mit ihnen in Verbindung bringen konnte, wurde ein Name daraus.

Die Hesperologen wissen nicht, woher die Hitschi gekommen sind, obwohl es ein paar Zeichen auf den Fetzen dessen gibt, was die Hitschi als Papier verwendet haben, anscheinend eine Sternkarte – verblaßt, unvollständig, ziemlich unleserlich; wenn wir die genaue Position jedes einzelnen Sterns in der Milchstraße vor 250 000 Jahren wüßten, könnten wir sie danach vielleicht orten. Immer vorausgesetzt, daß sie aus dieser Galaxis stammen. Sonst gibt es im ganzen Sonnensystem keine Spur von ihnen, außer vielleicht auf Phobos; die Fachleute streiten sich immer noch darüber, ob die Wabenzellen in diesem Marsmond natürlichen oder künstlichen Ursprungs sind, und wenn das letztere zutrifft, stammen die Artefakte eindeutig von den Hitschi. Aber mit den unseren haben sie nicht viel Ähnlichkeit.

Ich frage mich manchmal, was sie gewollt haben. Flucht von einem sterbenden Planeten? Politische Flüchtlinge? Touristen, die irgendwo auf der Reise einen Defekt hatten und lange genug geblieben sind, um herzustellen, was sie brauchten, damit sie weiterfliegen konnten? Ich glaubte einmal, daß sie vielleicht hergekommen waren, um die Entwicklung der Menschen auf der Erde zu verfolgen, als eine Art strahlender Stiefväter, aber damals können wir noch nichts Besonderes gewesen sein, zwischen den Australopithecinen und den Cro-Magnon-Menschen.

Obwohl sie fast alles einpackten, als sie abzogen, und nur leere Tunnels und Kammern zurückließen, gab es doch hier und dort ein paar Dinge, die mitzunehmen sich entweder nicht gelohnt hatte oder die übersehen worden waren; alle diese ›Gebetsfächer‹, so viele leere Behälter dieser und jener Art, daß es aussah wie auf einem Picknickplatz, wenn der Sommer vorbei ist, diverse Kleinigkeiten und Plunder. Das Bekannteste unter dem ›Plunder‹ ist wohl der anisokinetische Hieb, der Kohlekristall, der einen Schlag im Winkel von neunzig Grad überträgt; damit hat jemand ein paar Milliarden verdient, nur weil er das Glück hatte, einen zu finden, und den Verstand, ihn zu analysieren und nachzubauen. Es muß Dinge gegeben haben, die millionenmal soviel wert waren wie dieser Kram.

Hatten sie alles, wirklich alles, mitgenommen?

Niemand wußte es. Ich wußte es auch nicht, aber ich glaubte, etwas zu wissen, was im Zusammenhang damit stand.

Ich glaubte zu wissen, wo das letzte Hitschi-Raumschiff gestartet war, und die Stelle befand sich nicht in der Nähe der schon erforschten Tunnels.

Ich machte mir nichts vor. Ich wußte, daß das keine Garantie für irgend etwas sein konnte.

Aber es war ein Anhaltspunkt. Vielleicht waren sie ungeduldig geworden, als dieses letzte Schiff startete, vielleicht waren sie beim Aufräumen nicht mehr gar so gründlich gewesen.

Und das war es auch, worum es beim Aufenthalt auf der Venus ging. Welchen anderen Grund konnte es sonst geben, daß man sich dort abquälte? Das Leben einer Labyrinthratte war bestenfalls mühsam. Man brauchte fünfzigtausend im Jahr, nur um am Leben zu bleiben. Wenn man weniger hatte, konnte man weder Luftsteuer noch Kopfsteuer, weder Wassergebühren noch auch nur sein Essen bezahlen. Wenn man mehr als einmal in der Woche Fleisch essen wollte und eine eigene Schlafzelle verlangte, kostete es noch mehr.

Eine Führerlizenz kostet soviel wie eine Woche Lebensunterhalt;

wenn einer von uns sie erwarb, ging er davon aus, daß er das durch den Gewinn würde aufholen können, entweder von den Terry-Touristen oder von den Funden, ja, daß er soviel verdienen konnte, um auf die Erde zurückzukehren – wo niemand hungerte, wo niemand an Luftmangel starb, niemand in den Hochdruckverbrennungsofen der venusischen Atmosphäre hinausgestoßen wurde. Nicht einfach so auf die Erde zurückzukehren. In dem Stil zurückzukehren, den jede Labyrinthratte sich zum Ziel gesetzt hatte, als sie Richtung Sonne aufgebrochen war: mit soviel Geld, daß man das erfüllte Leben eines Menschen mit Total-Medi-Versorgung leben konnte.

Genau das wollte ich auch. Den großen Treffer.

4

Es war kein Zufall, daß ich an diesem Abend als letztes den Saal der Entdeckungen besuchte.

Die Dritte von Vastras Lokal zwinkerte mir über ihrem Flirtschleier zu und wandte sich an ihre Begleiterin, die sich umsah und nickte.

Ich trat zu ihnen.

»Hallo, Mr. Walthers«, sagte sie.

»Ich dachte mir, daß ich Sie hier finde«, erklärte ich, was der Wahrheit entsprach, weil Vastras Dritte mir versprochen hatte, sie hierherzubugsieren. Ich wußte nicht, wie ich sie anreden sollte. ›Miss Keefer‹ war korrekt; ›Mrs. Cochenour‹ diplomatisch; ich umging es, indem ich sagte: »Da wir ziemlich viel beisammen sein werden – wie wär's mit den Vornamen?«

»Audee, nicht wahr?«

Ich lächelte sie so an, daß man mindestens zwölf Zähne sah.

»Meine Mutter war schwedischer Abstammung, mein Vater Texaner. Den Namen gibt es in unserer Familie schon sehr lange.«

Der Saal der Entdeckungen soll die Terrys in die richtige Gemütsverfassung versetzen; er enthält von jedem etwas, von den Plänen der erforschten Tunnels über eine Mercatorkarte der Venus bis hin zu Proben aller wesentlichen Funde. Ich zeigte ihr die Kopie des anisokinetischen Hiebs und das Original-Halbleiter-Piezophon, das seinen Entdecker beinahe ebenso reich gemacht hatte wie den des Hiebs. Es gab ungefähr ein Dutzend Feuerperlen, hinter Panzerglas, auf Kissen, die ihr kaltes, milchiges Licht verströmten.

»Sie sind schön«, sagte sie. »Aber warum werden sie so gesichert? Ich habe viel größere auf einer Theke in der Spindel liegen sehen, ohne daß jemand auch nur darauf geachtet hätte.«

»Das ist etwas anderes, Dorotha«, meinte ich. »Die hier sind echt.«

Sie lachte laut auf. Es war ein sehr hübsches Lachen. Keine Frau sieht schön aus, wenn sie laut lacht, und Mädchen, die immer schön sein wollen, tun das nie. Dorotha Keefer sah aus wie ein munteres, hübsches Mädchen, das sich amüsierte, und wenn man es genau nimmt, sieht ein Mädchen so am besten aus.

Sie sah aber nicht so gut aus, daß sie zwischen mich und eine neue Leber hätte treten können, deshalb richtete ich meine Aufmerksamkeit wieder lieber auf das Geschäftliche.

»Die kleinen, roten Murmeln da drüben sind Blutdiamanten«, erklärte ich. »Sie sind radioaktiv und bleiben immer warm. Daran kann man übrigens die echten von den falschen Steinen unterscheiden: Alles über drei Zentimeter Durchmesser ist unecht. Ein echter Stein von dieser Größe erzeugt zuviel Hitze und schmilzt.«

»Dann waren also die Steine, die Ihr Freund mir verkaufen wollte –«

»– unecht. Stimmt.«

Sie nickte lächelnd. »Und was ist mit dem, was Sie uns verkaufen wollen, Audee? Echt oder unecht?«

Die Dritte von Vastras Haus hatte sich diskret entfernt, und außer mir und dem Mädchen war niemand im Saal. Ich atmete tief ein und sagte ihr die Wahrheit. Nicht die ganze Wahrheit vielleicht, aber nichts als die Wahrheit.

»Alles, was Sie hier sehen, ist in hundert Jahren Ausgrabungen gefunden worden«, sagte ich. »Viel ist es nicht. Der Hieb, das Piezophon und zwei oder drei andere Dinge, die funktionieren; ein paar kaputte Dinge, mit denen man sich noch befaßt; und ein bißchen Plunder. Das ist alles.«

»So habe ich es auch gehört«, erwiderte sie. »Und noch etwas.

Keines von den Entdeckungsdaten hier ist jünger als fünfzig Jahre.«

Sie war klug und besser informiert, als ich erwartet hatte.

»Und die Schlußfolgerung ist, daß der Planet leergeschürft ist«, gab ich zu. »Sie haben recht, den Indizien nach. Die ersten Leute, die hier gegraben haben, fanden alles, was es zu finden gab – bis jetzt.«

»Sie glauben, es könnte noch mehr geben?«

»Ich hoffe es. Passen Sie auf. Nummer eins. Die Tunnels. Sie sehen, daß sie alle gleich sind – die blauen Wände, völlig glatt; das Licht, das sie ausströmen, verändert sich nie; die Härte. Was glauben Sie, wie die so geworden sind?«

»Tja, ich habe keine Ahnung –«

»Ich auch nicht. Niemand weiß es. Aber alle Hitschi-Tunnels sind gleich, und wenn man von außen durchbohrt, stößt man auf Unterschichtgestein, dann auf eine Grenzschicht, die sozusagen halb Mauer, halb Unterschicht ist, und schließlich auf die Mauer selbst. Schlußfolgerung: Die Hitschi haben die Tunnels nicht gegraben und dann ausgekleidet, sie hatten etwas, was unter der Oberfläche herumkroch wie ein Regenwurm und diese Tunnels zurückließ. Und noch etwas: Sie haben zuviel gegraben. Soll heißen, sie gruben Tunnels, die sie nicht brauchten, viele sogar, ohne Ziel, ohne Nutzen. Sagt Ihnen das etwas?«

»Es muß einfach und billig gewesen sein?« meinte sie.

Ich nickte. »Es war also wahrscheinlich eine Maschine, und irgendwo auf dem Planeten müßte man wenigstens eine davon finden können. Nummer zwei. Die Luft. Sie haben Sauerstoff geatmet wie wir, und irgendwo müssen sie ihn herbekommen haben. Woher?«

»Aber in der Atmosphäre gibt es doch Sauerstoff –«

»Sicher. Ungefähr ein halbes Prozent. Und über fünfundneunzig Prozent Kohlendioxyd. Auf irgendeine Weise haben sie das halbe Prozent aus der Mischung herausholen können, und zwar auf einfache und billige Weise – denken Sie an die zusätzlichen Tunnels, die sie gefüllt haben! –, zusammen mit genügend Stickstoff oder einem anderen inaktiven Gas, um eine atembare Mischung zu erzeugen. Aber wie? Tja, ich weiß es nicht, aber wenn es eine Maschine dafür gegeben hat, möchte ich sie gerne finden. Nummer drei. Flugzeuge. Die Hitschi sind über der Venus herumgeflogen, wie sie wollten.«

»Das tun Sie doch auch, Audee! Sind Sie nicht Pilot?«

»Gewiß, aber sehen Sie sich an, was Sie hier für Voraussetzungen finden. Eine Oberflächentemperatur von zweiundsiebzig Grad Celsius, und nicht genug Sauerstoff, daß eine Zigarette brennen würde. Deshalb hat mein Flugrumpf zwei Treibstofftanks, einen für Kohlenwasserstoffe, einen für Oxydationsmittel. Und – haben Sie schon einmal den Namen Carnot gehört?«

»Ein Wissenschaftler aus der alten Zeit, nicht wahr? Der Carnotsche Kreisprozeß?«

»Ganz recht.« Das war das dritte Mal, daß sie mich überrascht hatte. »Der Wirkungsgrad einer Maschine nach Carnot wird durch ihre Maximaltemperatur ausgedrückt – sagen wir, von der Verbrennungswärme – gegenüber der Wärme der Auspuffgase. Nun, diese Temperatur kann nicht geringer sein als die Temperatur dessen, was hineinfließt – sonst betreibt man keinen Motor, sondern einen Kühlschrank. Und mit der Lufttemperatur von zweiundsiebzig Grad hat man es auch zu tun, so daß man im Grunde eine miserable Maschine hat. Jede Wärmemaschine auf der Venus ist miserabel. Haben Sie sich schon gefragt, weshalb es so wenige Flugrümpfe gibt? Mir macht es nichts aus; es ist gut, wenn man beinahe ein Monopol hat. Aber der Grund dafür ist, daß es so teuer ist, sie zu betreiben.«

»Und die Hitschi konnten das besser?«

»Ich glaube es jedenfalls.«

Sie lachte wieder, unerwartet und wieder sehr anziehend. »Na, Sie armer Kerl«, sagte sie, »Sie glauben an das, was Sie verkaufen, nicht wahr? Sie glauben, daß Sie eines Tages den Haupttunnel finden und alle diese Geräte herausholen können.«

Na ja, ich war nicht gerade erfreut darüber, wie sich die Sache anließ; ich hatte mit Vastras dritter Frau vereinbart, das Mädchen ohne ihren Freund hierherzulocken, damit ich sie in Ruhe ausquetschen konnte. Dazu war es nicht gekommen. So, wie es aussah, gelang es ihr, sich mir als Person bemerkbar zu machen, was an sich schon schlimm genug war, und, schlimmer noch, mich zu veranlassen, daß ich mich selbst gründlich unter die Lupe nahm.

Nach einer Weile sagte ich: »Sie könnten recht haben. Aber versuchen möchte ich es trotzdem.«

»Sie sind zornig, nicht?«

»Nein«, log ich, »aber vielleicht ein bißchen müde. Und morgen haben wir eine lange Reise vor uns. Ich bringe Sie wohl besser nach Hause, Miss Keefer.«

5

Mein Flugrumpf lag am Raumflugplatz und war auf demselben Weg zu erreichen wie dieser. Lift zur Bodenschleuse, Traktorwagen über die trockene, gequälte Venus-Oberfläche, gepeitscht von dem Wind mit knapp dreihundert Kilometern in der Stunde. Normalerweise befand sich der Rumpf natürlich unter einem Schaumgehäuse. Man läßt auf der Venus-Oberfläche nichts frei und offen stehen, nicht einmal, wenn es aus Chromstahl ist. Ich hatte den Schaum entfernen lassen, als ich am Vormittag alles überprüft und die Vorräte verladen hatte. Jetzt war der Flugrumpf bereit. Ich konnte ihn durch die Bullaugenfenster des Kettenfahrzeugs im grün-gelben Nebel sehen. Cochenour und das Mädchen hätten ihn auch sehen können, wenn sie gewußt hätten, wo sie hinschauen mußten, aber sie hätten ihn vielleicht nicht erkannt.

Cochenour kreischte mir ins Ohr: »Hatten Sie und Dorrie Streit?«

»Keinen Streit«, brüllte ich zurück.

»Ist mir auch egal. Ihr braucht euch nicht zu mögen, sondern nur zu tun, was ich verlange.« Er schwieg einen Augenblick, um seine Kehle zu schonen. »Mensch, was für ein Wind!«

»Das ist ein Zephyr«, erklärte ich ihm. Mehr sagte ich nicht; er würde schon dahinterkommen. Die Gegend um den Raumflugplatz ist nach venusischen Maßstäben eine Art windstillen Bereichs. Der orographische Hub schleudert die übelsten Winde hoch hinauf über den Landeplatz, und wir bekommen nur noch ein paar Wirbel ab. Das Gute daran ist, daß Starten und Landen relativ einfach sind. Das Schlimme, daß sich einige der schweren Metallverbindungen, die in der Atmosphäre enthalten sind, auf dem Platz ablagern. Was auf der Venus als Luft gilt, hat in den unteren Bereichen Schichten von rotem Quecksilbersulfid und Quecksilberchlorid, und wenn man über sie in die hübschen, flockigen Wolken gelangt, stellt man fest, daß sie zum Teil aus Salzsäure und Flußsäure bestehen.

Aber da gibt es auch Tricks. Die Navigation über der Venus ist dreidimensional. Es ist ziemlich einfach, von Punkt zu Punkt zu gelangen; die Transponder verbinden einen mit dem Peilbereich und übertragen die Position ständig auf die Karten. Was schwer zu finden ist, ist die richtige Höhe, und deshalb waren mein Flugrumpf und ich Cochenour eine Million Dollar wert.

Wir erreichten den Rumpf, und die ausfahrbare Schnauze des Kettenfahrzeugs näherte sich der Schleuse. Cochenour starrte zum Bullauge hinaus.

»Keine Tragflächen!« schrie er, so als hätte ich ihn hereingelegt.

»Auch keine Segel oder Schneeketten«, brüllte ich. »Gehen Sie an Bord, wenn Sie sich unterhalten wollen! Im Rumpf ist es leichter.«

Wir kletterten durch die kleine Schnauze, ich öffnete den Eingang, und wir gelangten ohne größere Schwierigkeiten an Bord.

Wir hatten nicht einmal die Probleme, die ich mir selbst hätte schaffen können. Ein Flugrumpf ist auf der Venus nämlich ein großes Ding. Ich konnte von Glück sagen, daß ich ihn hatte erwerben können, und, na ja, ich will nicht um den Brei herumreden, man könnte behaupten, daß ich ihn heiß und innig liebte. Der meine hätte, ohne Ausrüstung, zehn Personen aufnehmen können. Mit dem, was Sub Vastras Einkaufsbüro uns verkauft hatte und was vom Gewerkschaftsbüro als unbedingt erforderlich bezeichnet worden war, wurde es sogar zu dritt eng. Cochenour schaute sich aber nur lange genug um, bis er die beste Koje entdeckt hatte, ging darauf zu und belegte sie mit Beschlag. Das Mädchen war keine Spielverderberin, und da stand ich nun, ganz auf Widerspruch eingestellt, ohne daß er kam.

Im Rumpf war es viel ruhiger. Man hörte den Wind noch gut, aber er war nur noch störend. Ich verteilte Ohrpfropfen, und mit ihnen belästigte einen der Lärm kaum noch.

»Hinsetzen und anschnallen«, befahl ich. Als sie verstaut waren, startete ich.

Bei 20 000 Millibar sind Tragflächen nicht nur nutzlos, sondern Gift. Mein Flugrumpf hatte allen Auftrieb, den er brauchte, durch seine muschelförmige Konstruktion. Ich jagte die beiden Treibstoffe in die Thermodüsen, wir hopsten über den einigermaßen ebenen Boden am Raumflugplatz – er wurde einmal in der Woche mit dem Bulldozer geebnet –, und wir jagten in das wirbelnde Gelbgrün, einen Augenblick später in das wirbelnde Gelbgrau, nach einer Strecke von kaum fünfzig Metern.

Cochenour hatte sich locker angegurtet, um es bequem zu haben. Es machte mir Spaß, ihn brüllen zu hören, als er herumgeworfen wurde. Lange dauerte es nicht. In tausend Meter Höhe fand ich die halbpermanente atmosphärische Inversion der Venus, und die Turbulenz ließ so weit nach, daß ich den Gurt abnehmen und aufstehen konnte.

Ich zog die Ohrstöpsel heraus und bedeutete Cochenour und dem Mädchen, das gleiche zu tun.

Er rieb sich den Kopf, wo er an ein Kartengestell geprallt war, grinste aber ein bißchen.

»Recht aufregend«, gab er zu und kramte in seiner Tasche. Dann fiel ihm ein, daß er fragen sollte. »Kann ich rauchen?«

»Es ist Ihre Lunge.«

Er grinste breiter. »Jetzt schon«, sagte er und zündete sich eine Zigarette an. »Sagen Sie, warum haben Sie uns die Stöpsel nicht schon im Traktor gegeben?«

Es gibt sozusagen ein Auf und Ab im Leben der Fremdenführer; man läßt sich entweder von Fragen überfluten und bringt die ganze Zeit damit zu, zu erklären, was die komischen kleinen Meßskalen bedeuten, oder man macht seine Arbeit und kommt zu seinem Vermögen. Es lief auf folgendes hinaus: Würde ich am Ende Cochenour und seine Freundin leiden können oder nicht?

Wenn ja, dann sollte ich höflich zu ihnen sein. Mehr als höflich. Da wir zu dritt drei Wochen lang in einem Raum zusammenleben mußten, der ungefähr so groß war wie eine Kochnische, mußten sich alle anstrengen, zueinander nett zu sein, und weil ich derjenige war, den man dafür bezahlte, sollte ich eigentlich auch ein Beispiel geben. Andererseits sind die Cochenours dieser Welt manchmal einfach nicht sympathisch. Wenn das der Fall war, empfahl es sich, so wenig wie möglich zu reden; Fragen wie diese tat man am besten damit ab, daß man sagte: ›Hab' ich vergessen.‹

Aber er war eigentlich nicht unfreundlich gewesen, und seine Freundin hatte sich sogar Mühe gegeben, liebenswürdig zu sein.

»Ja, das ist interessant«, sagte ich deshalb. »Man hört nämlich durch Unterschiede im Luftdruck. Während wir starteten, haben die Stöpsel einen Teil des Schalls – die Druckwelle – weggefiltert, aber als ich Ihnen zurief, sich anzuschnallen, ließen die Stöpsel den Überdruck meiner Stimme durch, und Sie konnten sie verstehen. Es gibt aber eine Grenze. Über etwa hundertzwanzig Dezibel – das ist eine Schallmeßeinheit –«

»Ich weiß, was ein Dezibel ist«, knurrte Cochenour.

»Gut. Über hundertzwanzig Dezibel reagiert das Trommelfell einfach nicht mehr. Im Kettenfahrzeug war es also zu laut; mit den Stöpseln hätten Sie gar nichts gehört.«

Dorotha hatte zugehört, während sie ihre Lidschatten nachzog. »Was gab es denn zu hören?«

»Ach«, sagte ich, »eigentlich nichts. Abgesehen von, na ja –« Dann entschloß ich mich, sie als Freunde zu behandeln, wenigstens vorerst einmal. »Abgesehen von einem Unfall. Wenn wir eine Bö erwischt hätten, wäre das Kettenfahrzeug einfach umgeflogen. Manchmal kommen auch größere Gegenstände über die Hügel geflogen und treffen einen. Oder –«

Sie schüttelte den Kopf. »Verstehe. Herrliche Gegend, die wir da besuchen, Boyce.«

»Ja. Wer steuert das Ding übrigens?« fragte er.

Ich stand auf und schaltete die Virtuellbildkugel ein.

»Darauf wollte ich eben kommen. Im Augenblick ist der Autopilot in Betrieb, und wir fliegen in Richtung dieses Quadranten hier. Wir müssen ein genaues Ziel bestimmen.«

»Das soll die Venus sein?« fragte das Mädchen. »Sieht aber nicht nach viel aus.«

»Diese Linien sind nur Peilbereichsmarkierungen; Sie sehen sie nicht, wenn Sie zum Fenster hinausschauen. Die Venus hat keine Meere und ist nicht in Länder aufgeteilt, so daß eine Karte ganz anders aussieht als auf der Erde. Der helle Punkt hier sind wir.« Ich legte die Maskonmarkierungen über das Peilnetz und die Konturenfarben. »Diese Kreise sind Maskons. Wissen Sie, was ein Maskon ist?«

»Eine Konzentration von Masse. Ein Klumpen schwerer Materie«, sagte sie.

»Sehr gut. Jetzt sehen Sie sich die bekannten Hitschi-Tunnels an.« Ich trug sie als goldene Muster auf.

»Sie sind alle in den Maskons«, sagte Dorotha sofort. Cochenour sah sie mit tolerantem Wohlwollen an.

»Nicht alle. Sehen Sie hier; der kleine da nicht, und der da auch nicht. Aber fast alle. Warum? Ich weiß es nicht. Niemand weiß es. Die Massekonzentrationen sind meistens älteres, dichteres Gestein - Basalt und so –, und vielleicht fiel es den Hitschi leichter, dort zu graben. Oder es gefiel ihnen dort einfach.« In meinem Briefwechsel mit Professor Hegramet auf der Erde, damals, als ich noch keine kaputte Leber gehabt und mich für abstraktes Wissen interessiert hatte, waren wir auch auf die Idee gekommen, daß die Grabgeräte der Hitschi nur in dichtem Gestein oder in Gestein einer bestimmten chemischen Zusammensetzung funktioniert haben mochten. Aber darüber gedachte ich mit ihnen nicht zu diskutieren.

»Sehen Sie hier, wo wir jetzt sind –« Ich drehte die Virtuellbildkugel, indem ich einen Bedienungsknopf berührte. »Das sind die großen Gewölbe, aus denen wir eben kommen. Sie erkennen die Form der Spindel. Das ist übrigens ein Umriß, der häufig vorkommt. Man sieht ihn auch bei anderen, wenn man genau hinschaut, und es gibt Tunnels, bei denen man ihn erst bemerkt, wenn man an Ort und Stelle ist. Der Maskon, in dem sich die Spindel befindet, heißt Serendip; er wurde durch Zufall von einer hesperologischen –«

»Hesperologischen?«

»– einer geologischen Gruppe entdeckt, die auf der Venus arbeitete, wodurch sie eine hesperologische wurde. Man nahm Bohrproben und stieß auf die Hitschi-Tunnels. Die anderen Tunnels in den nördlichen Gegenden befinden sich alle in der Nähe von zusammenhängenden Maskons. Sie sind durch Zwischenschichten weniger dichten Gesteins verbunden, aber nur, wo unbedingt notwendig.«

»Sie sind im Norden, und wir fliegen nach Süden«, sagte Cochenour scharf. »Wieso?«

Es war interessant, daß er die Navigationsinstrumente ablesen konnte, aber das sagte ich nicht. Ich sagte nur: »Das hat keinen Sinn. Sie sind erforscht worden.«

»Sie sehen noch größer aus als die Spindel.«

»Wesentlich größer, richtig. Sie enthalten aber nicht viel, oder es besteht jedenfalls nicht viel Aussicht, daß man etwas Lohnendes finden würde. Vor hunderttausend Jahren sind sie durch Untergrundflüssigkeiten aufgefüllt worden, vielleicht ist es sogar länger her. Eine Menge tüchtiger Leute ist pleite gegangen, weil sie sie auspumpen und ausschachten wollten, ohne etwas zu finden. Fragen Sie mich. Ich war einer davon.«

»Ich wußte nicht, daß es auf oder unter der Venus flüssiges Wasser gibt«, wandte Cochenour ein.

»Ich habe nicht ›Wasser‹ gesagt, oder? Aber um genau zu sein, ein Teil davon war sogar Wasser oder vielmehr eine Art Schlamm. Anscheinend kocht Wasser aus dem Gestein und hat eine Durchdringungszeit zur Oberfläche von einigen tausend Jahren, bevor es herausquillt, verkocht, in Wasserstoff und Sauerstoff aufgespalten wird und verschwindet. Falls Sie es nicht gewußt haben, unter der Spindel ist auch Wasser. Sie haben es getrunken und eingeatmet.«

»Boyce«, sagte Dorotha, »das ist alles recht interessant, aber ich bin schmutzig und verschwitzt. Kann ich mal kurz das Thema wechseln?«

Cochenour bellte; es war eigentlich kein Lachen.

»Unterschwelliger Reiz, finden Sie nicht auch, Walthers? Und wohl auch etwas altmodische Prüderie. Sie will nämlich ins Badezimmer.«

Mit ein bißchen Ermunterung von ihr wäre ich vielleicht etwas verlegen geworden, aber sie sagte nur: »Wenn wir drei Wochen in dem Ding hier leben müssen, möchte ich wissen, was es zu bieten hat.«

»Gewiß, Miss Keefer«, sagte ich.

»Dorotha. Dorrie, wenn Ihnen das lieber ist.«

»Gewiß, Dorrie. Tja, Sie sehen ja, was wir haben. Fünf Kojen; man kann sie in zehn Schlafplätze aufteilen, aber das brauchen wir ja nicht. Zwei Duschkabinen. Sie sehen nicht so groß aus, als könnte man sich darin abseifen, aber es geht, wenn man sich Mühe gibt. Drei chemische WC. Die Küche dort drüben – na ja. Suchen Sie sich eine Koje aus, Dorrie. Wenn man sich umziehen will und so, kann man eine Wand herunterklappen, auch dann, wenn Sie uns mal eine Weile nicht sehen wollen.«

»Los, Dorrie, mach schon«, sagte Cochenour. »Walthers soll mir inzwischen zeigen, wie man das Ding da fliegt.«

Es war kein schlechter Anfang. Ich hatte schlimme Dinge erlebt, Gäste, die betrunken an Bord kamen und noch mehr soffen, Paare, die ständig stritten, solange sie wach waren, und sich nur zusammentaten, wenn es gegen mich ging. Diesmal sah es gar nicht übel aus, abgesehen von der Tatsache, daß mir der Ausflug das Leben retten sollte.

Es ist nicht besonders schwer, einen Flugrumpf zu steuern, zumindest nicht, ihn in die gewünschte Richtung zu lenken. In der Venusatmosphäre gibt es Auftrieb mehr als genug. Man braucht sich keine Sorgen wegen des Überziehens zu machen, und außerdem nehmen einem die automatischen Geräte die meiste Arbeit ab.

Cochenour lernte schnell. Es stellte sich heraus, daß er auf der Erde alles geflogen hatte, was es gab, und daß er sogar Einmannunterseeboote gesteuert hatte. Er begriff sofort, als ich es ihm erklärte, daß das Schwierigste beim Steuern war, die richtige Flughöhe zu wählen und zu erkennen, wann man sie ändern mußte. Aber er sah auch ein, daß er nicht alles an einem Tag lernen konnte. Oder auch nur in drei Wochen.

»Ach was, Walthers«, sagte er fröhlich. »Ich kann den Rumpf wenigstens dahin bringen, wohin ich will, wenn Sie in einem Tunnel steckenbleiben oder von einem eifersüchtigen Ehemann erschossen werden.«

Ich zeigte das Lächeln, das die Bemerkung wert war, kein großes.

»Was ich noch kann, ist Kochen«, fuhr er fort. »Es sei denn, Sie verstünden wirklich etwas davon? Nein, das dachte ich mir. Ich habe zuviel für diesen Magen bezahlt, um ihn mit Ragout zu füllen, also bereite ich die Mahlzeiten zu. Das ist etwas, was die kleine Dorrie nie gelernt hat. Wie ihre Großmutter. Die schönste Frau der Welt, aber sie war der Meinung, das genüge.«

Ich merkte mir das für später; er war voller unerwarteter Dinge, dieser neunzigjährige junge Athlet.

»Also, während Dorrie das ganze Wasser in der Dusche verbraucht –«, sagte er.

»Keine Sorge, es wird umgewälzt.«

»Egal. Während sie sich frisch macht, beenden Sie Ihren kleinen Vortrag über unser Ziel.«

»In Ordnung.« Ich drehte die Kugel ein wenig. Der helle Punkt, der uns darstellte, hatte sich schon ein Dutzend Grade weiterbewegt. »Sehen Sie die Anhäufung von Punkten, wo unser Kurs diese Gittermarken schneidet?«

»Ja. Fünf große Maskons nah beieinander, und keine Tunnels zu sehen. Wollen wir dorthin?«

»Grob gesprochen, ja.«

»Wieso grob gesprochen?«

»Tja, da ist noch etwas, wovon ich Ihnen nichts gesagt habe«, meinte ich. »Ich nehme an, daß Sie deshalb nicht unwirsch werden, denn sonst müßte ich auch unwirsch werden und Ihnen sagen, Sie hätten sich die Mühe machen sollen, mehr über die Venus zu erfahren, bevor Sie sie erforschen wollen.«

Er betrachtete mich einen Augenblick lang prüfend. Dorrie kam in einem langen Mantel aus der Dusche, um den Kopf ein Handtuch gewunden, und blieb vor ihm stehen.

»Es kommt darauf an, was Sie mir verschwiegen haben«, sagte er.

»Auf den meisten dieser Maskons steht ›Zutritt verboten‹«, erklärte ich. Ich schaltete die Pilotierplanpause darüber, und rings um die Anhäufung traten kirschrote Warnlinien hervor. »Das ist das Südpolsperrgebiet«, fuhr ich fort. »Da haben die Militärs den Raketenschießplatz und den größten Teil ihrer Waffenentwicklungsanlagen. Und wir dürfen nicht hinein.«

»Aber es gibt nur einen winzigen Teil von einem Maskon, der nicht gesperrt ist«, sagte er rauh.

»Und da wollen wir hin«, gab ich zurück.

6

Für einen Mann, der über neunzig Jahre auf dem Buckel hatte, war Boyce Cochenour lebhaft und beweglich. Ich meine, er sah nicht nur gesund aus, wie das bei Total-Medi-Versorgung natürlich ist, weil man einfach ersetzt, was sich abnützt oder verbraucht aussieht. Man kann aber nicht gut das Gehirn ersetzen, so daß man bei den sehr reichen alten Leuten gewöhnlich einen gebräunten, kräftigen Körper findet, der zittert und zögert und stolpert und alles fallen läßt. In dieser Beziehung hatte Cochenour Glück gehabt.

Er würde in den drei Wochen ermüdende Gesellschaft sein. Er hatte darauf bestanden, daß ich ihm zeigte, wie der Rumpf geflogen wurde. Als ich beschloß, das Kühlsystem vorzeitig zu überprüfen, half er mir, die Deckel herunterzuheben, die Kühlmittelmengen zu prüfen und die Filter zu reinigen. Dann nahm er sich vor, für uns zu kochen.

Dorotha wurde an seiner Stelle meine Gehilfin, während ich die Vorräte teilweise umräumte, um die Autoschallsonden herauszuholen. Bei dem Geräuschpegel im Innern eines Flugrumpfs konnte ein mit normaler Lautstärke geführtes Gespräch nicht bis zu Cochenour dringen, der nicht ganz drei Meter entfernt war, und ich überlegte mir, ob ich sie nach ihm ausfragen sollte. Ich entschied mich dagegen. Es war bei mir nur Neugier. Ich wußte, daß er mir schon den Preis für eine neue Leber bezahlte. Ich brauchte nicht zu wissen, was er und das Mädchen dachten, wenn sie übereinander nachdachten.

Unser Gespräch befaßte sich deshalb damit, wie die Sonden Ladungen abschießen und das Echo messen würden und wie groß die Aussichten seien, etwas wirklich Großartiges zu finden, und was mich überhaupt dazu veranlaßt hatte, auf die Venus zu gehen. Ich erwähnte den Namen meines Vaters, aber sie hatte nie von ihm gehört. Zu jung, auf jeden Fall schon einmal. Sie war in Süd-Ohio geboren und aufgewachsen, wo Cochenour als Junge gearbeitet hatte und wohin er als Milliardär zurückgekehrt war. Er hatte dort eine neue Verarbeitungsanlage gebaut, und es hatte Ärger gegeben – Ärger mit den Gewerkschaften, Ärger mit den Banken, Ärger, großen Ärger mit der Regierung –, so daß er beschlossen hatte, sich ein paar Monate freizumachen und sich zu erholen. Ich schaute hinüber zu ihm – er rührte eben eine Sauce an – und sagte: »Er erholt sich auf anstrengendere Weise als jeder andere, den ich kenne.«

»Er ist arbeitssüchtig. Dadurch ist er wohl auch so reich geworden.« Der Flugrumpf schwankte, und ich ließ alles fallen, um an die Steuerung zu springen. Ich hörte Cochenour hinter mir aufheulen, aber ich war damit beschäftigt, die richtige Transithöhe zu finden. Bis ich tausend Meter geklettert war und den Autopiloten wieder eingeschaltet hatte, rieb er sich das Handgelenk und funkelte mich an.

»Tut mir leid«, sagte ich.

»Es macht mir nichts aus, wenn Sie mir die Haut verbrühen, die kann ich mir nachkaufen, aber ich hätte beinahe die Sauce verschüttet«, knurrte er.

Ich überprüfte die Virtuellbildkugel. Der helle Punkt hatte zwei Drittel des Weges zu unserem Ziel zurückgelegt.

»Ist sie bald fertig?« fragte ich. »In einer Stunde sind wir da.«

Zum erstenmal war er erstaunt.

»So bald? Ich dachte, Sie hätten gesagt, der Rumpf fliege mit Unterschallgeschwindigkeit.«

»Stimmt. Sie sind auf der Venus, Mr. Cochenour. In dieser Höhe hat der Schall eine Geschwindigkeit von etwa fünftausend Kilometern in der Stunde.«

Er machte ein nachdenkliches Gesicht, sagte aber: »Na, wir können jeden Augenblick essen.« Später, als wir aufräumten, meinte er: »Ich glaube, ich weiß vielleicht doch nicht so viel über den Planeten, wie ich dachte. Wenn Sie uns den üblichen Vortrag halten wollen, wir hören Ihnen zu.«

»Tja, die Umrisse sind Ihnen ja bekannt«, sagte ich. Sie sind übrigens ein großartiger Koch, Mr. Cochenour. Ich habe zwar alles eingekauft, aber was ich da esse, weiß ich nicht mal.«

»Wenn Sie mich in Cincinnati in meinem Büro besuchen, können Sie Mr. Cochenour verlangen«, sagte er, »aber solange wir so eng aufeinandersitzen, können Sie mich ruhig Boyce nennen. Und warum essen Sie nicht, wenn es Ihnen schmeckt?«

Die Antwort darauf war: Weil es mich umbringen könnte – aber ich wollte mich nicht auf eine Diskussion einlassen, die dazu führen mochte, weshalb ich dieses Honorar so dringend brauchte.

»Befehl vom Arzt, ich muß einige Zeit Fett meiden. Er nimmt wahrscheinlich an, daß ich zuviel wiege.«

Cochenour sah mich abschätzend an, sagte aber nur: »Der Vortrag?«

»Also, fangen wir mit dem Wichtigsten an«, meinte ich und goß Kaffee ein. »Während wir im Rumpf sind, können Sie tun, was Sie wollen, herumgehen, essen, trinken, rauchen, falls Sie was da haben, alles. Das Kühlsystem ist für mehr als die dreifache Anzahl von Personen eingerichtet, einschließlich ihrer Koch- und sonstigen Geräte, mit einem doppelten Sicherheitsfaktor. Luft und Wasser haben wir mehr, als wir für zwei Monate brauchen würden. Treibstoff genug für drei Flüge hin und zurück, und Manövrierreserven. Wenn etwas schiefginge, würden wir um Hilfe rufen, jemand käme und würde uns in ein paar Stunden holen – wahrscheinlich das Militär, und bei dem gibt es Überschallflugrümpfe. Das Schlimmste wäre, daß der Rumpf bricht und die ganze Venusatmosphäre auf einmal hereinmöchte. Wenn es ganz schnell ginge, wären wir tot. Es geht aber nie schnell. Wir hätten Zeit, die Anzüge anzuziehen, und in denen halten wir es dreißig Stunden aus. Man würde uns lange vorher holen.«

»Immer vorausgesetzt, daß nicht auch dem Funkgerät etwas zustößt«, sagte Cochenour.

»Stimmt. Umkommen kann man überall, wenn genug Unfälle auf einmal passieren.«

Er schenkte sich eine zweite Tasse Kaffee ein, gab einen Schuß Kognak dazu und sagte: »Weiter.«

»Außerhalb des Rumpfes wird es etwas heikler. Man hat nur den Anzug, und darin kann man, wie gesagt, nur dreißig Stunden am Leben bleiben. Es ist eine Frage der Kühlung. Man kann Luft und Wasser mitnehmen, soviel man will, und das Essen ist auch kein Problem, aber es bedarf großer kompakter Energie, die diffuse Energie rings um einen loszuwerden. Die Kühlsysteme brauchen Treibstoff, und wenn der verbraucht ist, tut man gut daran, wieder im Rumpf zu bleiben. Die schlimmste Todesart ist der Hitzetod nicht. Man wird ohnmächtig, bevor es weh zu tun anfängt. Aber das Endergebnis ist, daß man tot ist.

Die andere Sache ist die: Man muß seinen Anzug jedesmal, wenn man ihn anlegt, genau überprüfen. Man setzt ihn unter Druck und stellt fest, ob etwas ausläuft. Ich prüfe nach, aber verlassen Sie sich nicht auf mich. Es ist Ihr Leben. Und die Sichtscheiben sind ziemlich stabil. Man kann Nägel mit ihnen einschlagen, ohne sie zu zerbrechen, aber sie gehen trotzdem kaputt, wenn sie fest genug gegen etwas ganz Hartes knallen. Auch dann ist man tot.«

»Eine Frage«, sagte Dorrie leise. »Haben Sie schon einen Touristen verloren?«

»Nein.« Aber dann fügte ich hinzu: »Andere schon. Jedes Jahr kommen fünf oder sechs um.«

»Solche Risiken gehe ich ein«, meinte Cochenour. »Das war übrigens nicht der Vortrag, den ich gemeint habe, Audee. Sicher, ich möchte natürlich wissen, wie ich am Leben bleiben kann, aber ich nehme an, daß Sie uns das vor dem Verlassen des Schiffes sowieso klargemacht hätten. Eigentlich wollte ich wissen, warum Sie sich gerade diesen Maskon ausgesucht haben.«

Der alte Knabe mit dem Muskelprotzkörper wurde mir langsam unangenehm. Er hatte die störende Angewohnheit, gerade jene Fragen zu stellen, die ich nicht beantworten wollte. Es gab einen Grund dafür, weshalb ich diese Stelle ausgewählt hatte; er hing zusammen mit fünf Jahren Studium, vielen Grabungen und Korrespondenz im Wert von einer Viertelmillion Dollar an Weltraumpostgebühren mit Leuten wie Professor Hegramet auf der Erde.

Aber ich wollte ihm nicht alle meine Gründe verraten. Es gab etwa ein Dutzend Stellen, die ich tatsächlich erforschen wollte. Wenn dies eine der Fundstellen sein sollte, würde er am Ende reicher abfliegen als ich – das steht in den Verträgen: 40 Prozent für den Charterer, 25 Prozent für den Führer, der Rest an den Staat – und das sollte ihm genügen. Zahlte es sich nicht aus, dann wollte ich verhindern, daß er mit einem anderen Führer eine der übrigen Stellen aufsuchte, die ich mir vorgemerkt hatte.

Also sagte ich nur: »Nennen wir es eine begründete Vermutung. Ich habe Ihnen einen guten Versuch versprochen, einen bisher nicht erforschten Tunnel unter die Lupe zu nehmen, und ich hoffe, daß ich mein Versprechen halten kann. Und jetzt machen wir hier endgültig sauber. In zehn Minuten sind wir da.«

Als alles festgezurrt war und wir uns angegurtet hatten, sanken wir aus den relativ ruhigen Schichten wieder in die Stürme hinab.

Wir befanden uns über dem großen Zentralmassiv im Süden, etwa in derselben Höhe wie das Gebiet um die Spindel. Dort ist auf der Venus am meisten los. Unten in den Tiefebenen und den Tiefschluchten erreicht der Druck 50 000 Millibar und mehr. Mein Flugrumpf hielt dergleichen nicht sehr lange aus, und ein anderer auch nicht, abgesehen von einigen Forschungs- und Militärmodellen. Zum Glück hatten die Hitschi das Tiefland auch nicht geschätzt. Unter 20 000 Millibar war von ihnen nie etwas gefunden worden. Das bedeutete natürlich nicht, daß nichts da war.

Jedenfalls prüfte ich unsere Position auf der VB-Kugel und auf den Einzelkarten und warf die Autoschallsonden ab. Der Wind verstreute sie in alle Richtungen. Es kommt nicht darauf an, wohin sie fliegen, jedenfalls in großem Rahmen nicht, und das ist ein Vorzug. Zuerst stürzten sie wie Speere, dann flogen sie herum wie Strohhalme, bis die kleinen Düsen fauchten und sie zu Boden gelenkt wurden.

Sie gruben sich alle ein. Soviel Glück hat man nicht immer; es war ein guter Anfang. Ich prüfte ihre Verteilung auf den Detailkarten; sie bildeten ungefähr ein gleichseitiges Dreieck, und so sollte es sein. Dann schaltete ich das Peilgerät ein und begann zu kreisen.

»Was denn jetzt?« schrie Cochenour. Ich bemerkte, daß Dorrie die Ohrstöpsel wieder hineingesteckt hatte, aber er wollte sich nichts entgehen lassen.

»Jetzt warten wir darauf, daß die Sonden nach Hitschi-Tunnels suchen. Es wird zwei Stunden dauern.« Während ich das sagte, lenkte ich den Flugrumpf durch die Oberflächenschichten hinab. Jetzt wurden wir umhergeworfen. Das Schütteln wurde ziemlich arg und der Lärm auch.

Ich fand aber, was ich suchte, eine Oberflächenformation von der Art eines blinden Trockentals, und steuerte uns hinein, ohne mehr als ein paar unangenehme Augenblicke überstehen zu müssen. Cochenour paßte genau auf, und ich grinste vor mich hin. Hier zählte der Pilot, nicht unterwegs oder auf den Landeplätzen um die Spindel. Wenn er das schaffte, kam er ohne einen wie mich aus.

Unsere Position schien mir in Ordnung zu sein. Ich feuerte vier Anker ab, Pflöcke mit Leinen, deren Explosivköpfe im Boden auseinanderflogen. Ich kurbelte sie alle fest, und alle hielten.

Das war auch ein gutes Zeichen. Einigermaßen zufrieden stand ich auf, nachdem ich die Gurte geöffnet hatte.

»Einen oder zwei Tage sind wir auf jeden Fall hier«, sagte ich. »Wenn wir Glück haben, länger. Wie hat Ihnen der Flug gefallen?«

Dorrie nahm die Stöpsel heraus. Die schützenden Wände des Tals hatten das Donnern zu einem bloßen Kreischen gesenkt.

»Ich bin froh, daß ich nicht luftkrank werde«, sagte sie.

Cochenour redete nicht, er dachte nach. Er betrachtete die Steuerkonsole, während er sich eine Zigarette anzündete.

»Eine Frage, Audee«, sagte Dorotha. »Weshalb konnten wir nicht oben bleiben, wo es ruhiger ist?«

»Das liegt am Treibstoff. Ich habe für dreißig Stunden Treibstoff – bei Höchstgeschwindigkeit – aber dann ist Schluß. Stört Sie der Lärm?«

Sie schnitt eine Grimasse.

»Daran gewöhnen Sie sich. Das ist genauso, wie wenn man in der Nähe eines Raumflughafens wohnt. Zuerst fragt man sich, wie jemand den Krach auch nur eine Stunde aushalten kann. Wenn man eine Woche da ist, fällt es einem auf, wenn er aufhört.«

Sie trat ans Bullauge und schaute nachdenklich auf die Landschaft hinaus. Wir waren auf die Nachtseite geraten, und es gab außer Staub und kleinen Objekten, die in unseren Scheinwerferstrahlen durcheinanderwirbelten, nicht viel zu sehen.

»Es ist die erste Woche, die mir Sorgen macht«, meinte sie.

Ich schaltete den Sondenmesser ein. Die kleinen Sprengköpfe feuerten ihre Ladungen ab und maßen die Echos, aber es war noch zu früh, um etwas erkennen zu können. Der Bildschirm zeigte kaum einen schattenhaften Umriß, mehr Löcher als Einzelheiten.

Cochenour richtete sich auf. »Wie lange dauert es, bis Sie darauf etwas ablesen können?« fragte er. Auch ein Punkt: Er fragte nicht, was das sei.

»Kommt darauf an, wie nah und wie groß etwas ist. In etwa einer Stunde kann man eine Vermutung anstellen, aber ich möchte immer möglichst viele Daten haben. Sechs oder acht Stunden, würde ich meinen. Es eilt nicht.«

»Aber ich habe es eilig, Walthers«, brummte er. »Denken Sie daran.«

»Was sollen wir tun, Audee?« warf das Mädchen ein. »Zu dritt Bridge spielen?«

»Was ihr wollt, aber ich würde raten, etwas zu schlafen. Ich habe Pillen, wenn jemand eine möchte. Wenn wir etwas finden –

und vergessen Sie nicht, beim ersten Versuch sind die Aussichten ganz gering –, müssen wir ja eine Weile hellwach sein.«

»Na gut«, sagte Dorotha und griff nach den Kapseln, aber Cochenour fragte scharf: »Und Sie?«

»Auch bald. Ich warte noch auf etwas.« Er fragte nicht, auf was. Wahrscheinlich weil er es schon wußte, dachte ich. Ich beschloß, nicht sofort eine Schlafpille zu nehmen, wenn ich mich hinlegte. Cochenour war nicht nur der reichste Tourist, den ich bisher geführt hatte, er war auch einer der bestinformierten, und darüber wollte ich eine Weile nachdenken.

Das, worauf ich wartete, blieb noch fast eine ganze Stunde aus. Die Burschen wurden ein bißchen nachlässig; sie hätten uns viel früher festnageln müssen.

Der Lautsprecher schnarrte und plärrte dann: »Unidentifizierter Flugkörper bei eins drei fünf, null sieben, vier acht und sieben zwei, fünf eins, fünf vier! Bitte melden!«

Cochenour sah vom Kartenspiel mit seiner Freundin fragend auf. Ich lächelte beruhigend.

»Solange sie bitte sagen, ist nichts zu befürchten«, erklärte ich und schaltete den Sender ein.

»Hier Pilot Audee Walthers, Flugrumpf Pappa Teer Neun Eins, von der Spindel. Wir haben eine Genehmigung, der Flugplan ist eingereicht. An Bord sind zwei Terry-Touristen, Absicht Ferienforschung.«

»Bestätigt. Bitte warten«, tönte es aus dem Gerät. Das Militär sendete stets mit größtmöglicher Lautstärke. Das kam wohl vom Kasernenhofdrill.

Ich schaltete das Mikrofon ab und sagte zu meinen Passagieren: »Sie überprüfen unseren Flugplan. Keine Sorge.«

Einen Augenblick später meldete sich der Sprecher wieder, so laut wie vorher.

»Sie befinden sich elf Komma vier Kilometer, Kurs eins acht drei Grad, von der Grenze eines Sperrgebiets entfernt. Beachten Sie das. Nach der Militärvorschrift eins sieben und eins acht, Absatz –«

»Ich weiß Bescheid«, warf ich ein. »Ich habe eine Führerlizenz, und die Passagiere kennen die Beschränkungen.«

»Bestätigt«, schrie der Lautsprecher. »Wir halten Sie unter Beobachtung. Wenn Sie Fahrzeuge oder Personen auf der Oberfläche sehen, das sind unsere Perimetertrupps. Behindern Sie sie nicht. Reagieren Sie sofort auf jedes Ersuchen, sich auszuweisen.« Das Summen der Trägerwelle verstummte.

»Sie wirken nervös«, meinte Cochenour.

»Nein. Sie sind daran gewöhnt, daß wir uns herumtreiben. Sie haben nichts anderes zu tun, das ist es.«

»Audee, Sie haben ihnen erklärt, Sie hätten uns die Beschränkungen klargemacht«, sagte Dorrie zögernd. »Daran kann ich mich aber nicht erinnern.«

»Erklärt habe ich sie schon. Wir halten uns von der Sperrzone fern, denn sonst schießen sie. Das ist alles.«

7

Ich stellte einen Wecker auf vier Stunden, und die anderen hörten mich rumoren und standen ebenfalls auf. Dorrie holte uns Kaffee aus dem Wärmer, wir standen herum, schlürften ihn und sahen uns die Muster an, die der Computer aufgezeichnet hatte.

Ich nahm mir einige Minuten Zeit dazu, obwohl schon der erste Blick Klarheit brachte. Es gab acht größere Anomalien, die Hitschi-Tunnels sein konnten. Eine davon befand sich fast unmittelbar vor unserer Tür. Wir würden den Rumpf nicht einmal verlegen müssen, um danach zu graben.

Ich zeigte ihnen die Anomalien der Reihe nach. Cochenour betrachtete sie nur nachdenklich. Dorotha fragte schließlich: »Sie meinen, das sind alles unerforschte Tunnels?«

»Nein. Wenn sie es nur wären. Aber erstens: Jeder oder alle könnten schon von jemandem erforscht worden sein, der sich nicht die Mühe gemacht hat, das mitzuteilen. Zweitens: Es brauchen keine Tunnels zu sein. Es können Verwerfungsbrüche oder Gangstöcke oder kleine Flüsse aus irgendeinem geschmolzenen Material sein, die irgendwo herausgelaufen, hart geworden und überdeckt worden sind, vor einer Milliarde Jahren, versteht sich. Das einzige, was wir bisher genau wissen, ist, daß es in diesem Gebiet außer an den acht Stellen keine unerforschten Tunnels geben dürfte.«

»Und was tun wir?«

»Wir graben. Und dann sehen wir, was wir erwischt haben.«

»Wo graben wir?« fragte Cochenour.

Ich deutete auf die Stelle neben dem leuchtenden Delta unseres Flugrumpfs.

»Genau hier.«

»Weil da die Aussichten am größten sind?«

»Tja, nicht unbedingt.« Ich überlegte mir, was ich ihm sagen sollte, und entschied, daß die Wahrheit am besten war. »Es gibt drei, die mehr versprechen als die anderen – hier, ich markiere sie.« Ich drückte auf eine Taste, und an den aussichtsreichsten Stellen tauchten sofort Buchstaben auf: A, B und C. »A verläuft unmittelbar unter dem Tal hier, also graben wir da zuerst.«

»Diese drei, weil sie am hellsten erscheinen?«

Ich nickte, ein wenig betroffen von seiner Schnelligkeit.

»Aber C hier drüben ist doch am hellsten. Warum graben wir nicht dort zuerst?«

Ich wählte meine Worte mit Bedacht.

»Weil wir den Flugrumpf verlegen müßten. Und weil es am äußersten Rand des Meßgebiets liegt; das bedeutet, daß die Resultate nicht so zuverlässig sind wie für die Stelle unmittelbar unter uns. Aber das sind nicht die wichtigsten Gründe. Der wichtigste Grund ist, daß C an der Linie liegt, von der wir uns fernhalten müssen.«

Cochenour lachte ungläubig. »Sie wollen mir erzählen, wenn Sie einen wirklich unberührten Hitschi-Tunnel finden, bleiben Sie weg, nur weil Ihnen irgendein Soldat mit einem Verbot kommt?«

»Das Problem stellt sich noch nicht«, sagte ich. »Wir haben sieben Anomalien zu untersuchen, bei denen es legal ist. Außerdem wird uns das Militär von Zeit zu Zeit überprüfen, vor allem in den nächsten beiden Tagen.«

»Na gut, angenommen, wir überprüfen sie und finden nichts«, meinte Cochenour störrisch. »Was machen wir dann?«

Ich schüttelte den Kopf. »Ich lasse mich auf nichts ein. Sehen wir uns die legalen Stellen an.«

»Aber nehmen Sie es einmal an.«

»Verdammt, Boyce! Woher soll ich das wissen?«

Er gab es auf, zwinkerte Dorrie zu und lachte in sich hinein.

»Was habe ich dir gesagt, Liebling? Er ist ein größerer Bandit als ich.«

In den nächsten beiden Stunden hatten wir nicht viel Zeit, über theoretische Möglichkeiten zu sprechen, weil wir uns mit konkreten Tatsachen beschäftigen mußten.

Die größte Tatsache war eine Unmenge heißes Schnellgas, das wir daran hindern mußten, uns umzubringen. Mein eigener Hitzeanzug war natürlich eine Sonderanfertigung, so daß nur die Tanks und Armaturen geprüft werden mußten. Boyce und das Mädchen hatten Mietanzüge. Sie hatten Höchstpreise dafür bezahlt, und die Anzüge waren gut, aber gut ist nicht vollkommen. Sie mußten sie ein dutzendmal an- und ausziehen, während ich die Paßform und die Straffheit prüfte, bis sie so gut saßen, wie nur irgend möglich. Wenn man auf der Venus-Oberfläche herumläuft, muß man eine Menge Hitze und Druck fernhalten. Die Anzüge waren zwölffach laminiert und erlaubten neun Grad Beweglichkeit an den wichtigsten Gelenken. Sie würden nicht versagen; nicht deshalb zerbrach ich mir den Kopf. Was mir Sorgen machte, war die Bequemlichkeit, denn ein ganz kleines Jucken oder Reiben kann ernst werden, wenn es keine Möglichkeit gibt, es abzustellen.

Aber schließlich taugten sie für einen ersten Versuch, und wir zwängten uns alle in die Luftschleuse und traten auf die Oberfläche der Venus hinaus.

Wir befanden uns noch auf der Nachtseite, aber von der Sonne kommt soviel Streulicht, daß es höchstens ein Viertel der Zeit richtig dunkel ist. Ich ließ sie rings um den Rumpf das Gehen üben, sich gegen den Wind stemmen, an den Griffen und der Rumpfwand sich festhalten, während ich die Grabung vorbereitete.

Ich schleppte unseren ersten Sofortiglu heraus und zündete ihn. Er blies sich auf und erzeugte rauchend eine leichte, zähe Asche, die rings um die Grabungsstelle emporwuchs und sich oben zu einer fugenlosen Kuppel vereinigte. Den Grabbrenner und die Kriechschleuse hatte ich schon aufgestellt; während die Asche wuchs, zerrte ich an der Schleuse, um sie anzuschließen, und erreichte auf Anhieb glatten Anschluß.

Dorrie und Cochenour hielten sich abseits, als sie mich winken sahen, blieben aber beieinander und sahen durch ihre Dreifachzylinder zu. Ich schaltete das Funkgerät ein.

»Wollen Sie hereinkommen und zusehen, wie ich anfange?« schrie ich.

Sie nickten in ihren Helmen.

»Dann los«, brüllte ich und wand mich durch die Kriechschleuse. Ich gab ihnen ein Zeichen, sie offen zu lassen, als sie mir folgten.

Mit uns dreien und den Grabgeräten war es im Iglu enger als im Flugrumpf. Dorrie und Cochenour wichen zurück, so weit sie konnten, während ich die Bohrer anließ, mich vergewisserte, daß sie in der Vertikale waren, und zusah, wie die ersten Bohrspiralen heraufkamen.

Der Schaumiglu schluckt mehr Schall, als er reflektiert. Trotzdem war der Lärm viel schlimmer als im heulenden Sturmwind draußen. Als mir schien, daß sie für den Augenblick genug gesehen hatten, scheuchte ich sie hinaus, folgte ihnen, dichtete die Kriechschleuse hinter uns ab und führte sie wieder in den Flugrumpf.

»So weit, so gut«, sagte ich, schraubte den Helm ab und öffnete den Anzug. »Wir haben noch vierzig Meter vor uns, denke ich. Warten können wir hier ebenso gut.«

»Wie lange dauert es?«

»Eine Stunde vielleicht. Ihr könnt tun, was ihr wollt. Ich dusche mich jetzt. Danach werden wir sehen, wie weit wir gekommen sind.«

Das war das Angenehme daran, daß nur drei Personen an Bord waren: Wir brauchten mit dem Wasser nicht übermäßig zu sparen. Es ist erstaunlich, wie sehr einen die Dusche belebt, wenn man aus einem Hitzeanzug steigt. Als ich fertig war, fühlte ich mich zu allem bereit.

Ich nahm mir sogar vor, etwas von Boyce Cochenours Gourmetgerichten zu essen, aber zum Glück war das nicht nötig. Dorrie hatte den Küchendienst übernommen, und was sie servierte, war einfach, leicht und relativ ungiftig. Bei Mahlzeiten dieser Art mochte ich vielleicht lange genug am Leben bleiben, um mein Charterhonorar zu kassieren. Ich überlegte kurz, was sie dazu bewogen hatte, etwas Leichtes zu kochen, aber dann fiel mir ein, daß sie natürlich allerhand Übung haben mußte. Bei all den Ersatzteilen in Cochenour hatte er wohl Diätprobleme, die viel schlimmer waren als meine.

Na ja, eigentlich nicht ›schlimmer‹, denn für ihn bestand wohl kaum Gefahr, daran zu sterben.

Den Autoschallsonden zufolge befand sich der höchste Punkt des Tunnels ›A‹ oder des Objekts, das ihren Druckwellen als Tunnel erschienen war, ganz in der Nähe des kleinen Sacktales, in dem ich aufgesetzt hatte.

Das war Glück. Es bedeutete, daß wir uns vielleicht direkt über dem Hitschi-Eingang selbst befanden.

Der Grund dafür, daß das ein Glück war, lag nicht darin, daß wir ihn würden benutzen können, wie die Hitschi es getan hatten. Es bestand nicht viel Aussicht, daß die Mechanismen eine Viertelmillion Jahre überstanden hatten, noch dazu, wo sie einen Großteil der Zeit dem Wind, der Ablation und der chemischen Korrosion ausgesetzt gewesen waren. Das Gute dabei war: Wenn der Tunnel hier bis an die Oberfläche gereicht hatte, würde es relativ einfach sein, sich zu ihm durchzubohren. Selbst eine Viertelmillion Jahre erzeugt kein wahrhaft hartes Gestein, vor allem nicht ohne Oberflächenwasser, das Feststoffe auflöst und kompakte Sedimente erzeugt.

Bis zu einem gewissen Punkt ergab sich alles so, wie ich gehofft hatte. An der Oberfläche gab es wenig mehr als Aschensand, und die Bohrer durchdrangen ihn sehr schnell. Zu schnell; als ich in den Iglu zurückkam, war er voller Bohrspäne, und ich hatte eine Heidenarbeit, die Maschinen dazu zu bringen, daß sie die Späne durch die Schleuse hinausbeförderten.

Es war langweilige, schmutzige Arbeit, aber sie dauerte nicht lange.

Ich ging nicht in den Flugrumpf zurück, sondern meldete über Funk, was vorging. Boyce und das Mädchen starrten durch die Bullaugen heraus. Ich teilte ihnen mit, daß wir der Sache schon näher kämen.

Aber ich sagte ihnen nicht, wie nah. Tatsächlich waren wir von der gemessenen Tiefe der Anomalie nur einen oder zwei Meter entfernt, so, daß ich mir nicht die Mühe machte, das ganze Bohrklein hinauspumpen zu lassen. Ich machte nur so viel Platz, daß ich mich bewegen konnte, dann lenkte ich die Bohrer um, und nach fünf Minuten kamen die Späne mit dem hellblauen Schimmer herauf, der einen Hitschi-Tunnel anzeigt.

8

Etwa zehn Minuten danach schaltete ich meinen Helmsender ein und schrie: »Boyce! Dorrie! Wir sind auf einen Tunnel gestoßen!«

Entweder hatten sie in ihren Anzügen herumgesessen, oder sie konnten sich schneller anziehen als jede Labyrinthratte. Ich öffnete die Kriechschleuse, zwängte mich hinaus, um ihnen zu helfen, und da kamen sie schon aus dem Rumpf und schwankten im Sturm auf mich zu.

Sie schrien beide Fragen und Glückwünsche, aber ich wehrte ab.

»'rein mit euch«, befahl ich. »Seht es euch selbst an.« So weit brauchten sie eigentlich gar nicht zu gehen. Sie konnten die Farbe sofort sehen, als sie sich hinknieten, um durch die Schleuse zu kriechen.

Ich folgte ihnen und verschloß die Schleuse. Der Grund dafür ist ziemlich einfach. Solange der Tunnel nicht durchstoßen ist, kommt es nicht darauf an, was man macht. Das Innere eines Hitschi-Tunnels, der unberührt geblieben ist, hat aber einen Druck, der nur knapp über dem Normaldruck der Erde liegt. Ohne die abgedichtete Kuppel würde in dem Augenblick, in dem man in den Tunnel durchstößt, die 20 000-Millibar-Atmosphäre der Venus hineinfauchen, mit Hitze, Ablation und allem anderen. Wenn der Tunnel leer ist oder nur einfache Dinge enthält, passiert vielleicht gar nichts. Wenn man aber den Haupttreffer macht, kann man in einer halben Sekunde zerstören, was eine Viertelmillion Jahre gewartet hat.

Wir versammelten uns um den Schacht, und ich deutete hinunter. Die Bohrer hatten einen glatten Schacht von siebzig zu etwas über hundert Zentimeter erzeugt, mit abgerundeten Kanten. Unten konnte man das kalte, blaue Glühen der Tunnelaußenseite sehen, nur von Bohrklein unterbrochen und befleckt, das ich noch nicht heraufgeholt hatte.

»Was jetzt?« fragte Boyce. Seine Stimme klang heiser vor Erregung, natürlich genug, wie mir schien.

»Jetzt schneiden wir ein Loch«, sagte ich.

Ich schob meine Klienten zurück, so weit es ging, und griff nach den Feuerdüsen. Ich hatte schon einen Scherenkran über den Schacht gehängt, und die Düsen glitten an ihrem Kabel ohne Widerstand hinunter, bis sie sich ein paar Zentimeter über der Tunnelrundung befanden. Dann schaltete ich ein.

Man möchte nicht glauben, daß man mit Menschenhand die Temperatur der Venus-Oberfläche zu verändern vermag, aber diese Feuerbohrer waren etwas ganz Besonderes. In dem kleinen Iglu flammte die Hitze hoch, und die Kühlsysteme unserer Hitzeanzüge waren im Nu überlastet.

Dorrie ächzte: »Oh! Ich – ich glaube, ich werde –«

Cochenour packte sie.

»Ohnmächtig werden kannst du, solange du willst«, zischte er, »aber werde mir nicht krank. Walthers! Wie lange dauert das?«

Es war für mich so qualvoll wie für sie; durch Übung gewöhnt man sich nicht daran, vor einem Schmelzofen mit geöffneter Tür zu stehen.

»Eine Minute vielleicht«, stieß ich hervor. »Durchhalten – es ist gleich soweit.«

Es dauerte sogar ein wenig länger, vielleicht neunzig Sekunden; meine Anzugwarngeräte schrillten über die Hälfte der Zeit. Sie waren aber für diese Belastung konstruiert, und solange wir nicht kochten, würden die Anzüge keinen dauernden Schaden davontragen.

Dann waren wir durch. Ein kreisrundes Stück von einem halben Meter Durchmesser sackte weg, fiel an einer Seite herunter und blieb hängen.

Ich stellte die Feuerdüsen ab, und wir atmeten alle eine Weile schwer, während die Anzugkühlung der Belastung langsam Herr wurde.

»Menschenskind«, sagte Dorotha. »Das war aber strapaziös.«

Ich sah Cochenour an. In dem Licht, das aus dem Schacht heraufdrang, war zu erkennen, daß er die Stirn runzelte. Ich sagte nichts. Ich ließ die Düsen noch einmal fünf Sekunden brennen, um das runde Stück ganz wegzuschneiden, und es fiel in den Tunnel. Wir konnten es klirren hören.

Dann schaltete ich den Helmfunk ein.

»Kein Druckunterschied«, sagte ich.

Das Stirnrunzeln blieb. Er sagte kein Wort.

»Das bedeutet, daß er bereits geöffnet worden ist«, fuhr ich fort. »Gehen wir zum Rumpf, und machen wir Pause, bevor wir etwas anderes unternehmen.«

»Audee!« schrie Dorotha. »Was ist los mit Ihnen? Ich möchte hinunter und sehen, was im Tunnel ist!«

Cochenour sagte bitter: »Halt den Mund, Dorrie! Hörst du nicht, was er sagt? Wir sind auf eine Niete gestoßen.«

Nun, es besteht immer die Chance, daß ein geöffneter Tunnel durch einen seismologischen Vorgang gesprengt worden ist, nicht durch eine Labyrinthratte mit einem Schneidbrenner, und wenn das hier zutraf, mochte er noch etwas Lohnendes enthalten. Ich brachte es nicht über mich, Dorries Begeisterung mit einem Schlag zu zerstören.

Wir schwangen uns also der Reihe nach am Kabel hinunter und schauten uns um.

Der Tunnel war, soweit wir sehen konnten, völlig leer, wie es die meisten sind. Sehr weit war das allerdings nicht, denn der zweite Haken bei einem geöffneten Tunnel ist, daß man gut ausgerüstet sein muß, wenn man ihn erforschen will. Wegen der Überlastung, der unsere Anzüge ausgesetzt worden waren, würden sie nur noch ein paar Stunden funktionieren, und nachdem wir den Tunnel eine halbe Meile weit durchwandert hatten, ohne etwas zu finden, waren Dorrie und Cochenour bereit, umzukehren und in den Flugrumpf zurückzugehen.

Wir säuberten uns und machten uns etwas zu trinken. Selbst das Duschen heiterte uns kaum auf.

Wir mußten essen, aber Cochenour gab sich keine Mühe mit seinen Kochkünsten. Dorotha warf stumm Pakete in den Radarofen, und wir verschlangen düster unsere Notrationen.

»Na ja, das war schließlich erst der erste«, sagte sie. »Und wir haben erst den zweiten Tag.«

»Sei still, Dorrie«, sagte Cochenour. »Das einzige, was ich nicht bin, ist ein guter Verlierer.« Er starrte das Sondenbild an. »Walthers, wie viele Tunnels sind unverzeichnet, aber leer wie dieser?«

»Wie kann ich eine solche Frage beantworten? Wenn sie unverzeichnet sind, gibt es keine Unterlagen darüber.«

»Diese Sondenresultate bedeuten also gar nichts. Wir könnten in den nächsten drei Wochen jeden Tag einen aufgraben und nichts als Nieten erwischen.«

Ich nickte. »Durchaus, Boyce.«

Er sah mich aufmerksam an. »Und?«

»Und das ist noch nicht einmal das Schlimmste. Ich habe Leute geführt, die schon vor Freude wahnsinnig geworden wären, wenn sie einen geöffneten Tunnel gefunden hätten. Es ist durchaus möglich, wochenlang jeden Tag zu graben und niemals auf einen echten Hitschi-Tunnel zu stoßen. Beschweren Sie sich nicht. Sie haben für Ihr Geld wenigstens etwas erlebt.«

»Ich sagte schon, ich bin kein guter Verlierer, Walthers. Zweiter zu sein, das taugt nichts.« Er dachte eine Weile nach, dann knurrte er: »Sie haben diese Stelle ausgesucht. Wußten Sie, was Sie taten?«

Wußte ich es? Die einzig richtige Art, diese Frage zu beantworten, bestand natürlich darin, einen richtigen Tunnel zu finden. Ich hätte Cochenour von der monatelangen Lektüre der Unterlagen seit den ersten Landungen erzählen können. Ich hätte erwähnen können, wieviel Mühe ich mir gemacht und gegen welche Vorschriften ich verstoßen hatte, um die militärischen Vermessungsunterlagen zu bekommen, oder wie weit ich gereist war, um mit den Soldaten zu sprechen, die an den frühen Grabungen teilgenommen hatten. Ich hätte ihm klarmachen können, wie schwer es gewesen war, den alten Jorolemon Hegramet zu finden, der jetzt in Tennessee exotische Archäologie lehrte, und wie oft wir miteinander korrespondiert hatten, aber statt dessen sagte ich nur: »Die Tatsache, daß wir einen Tunnel gefunden haben, beweist, daß ich mein Handwerk verstehe. Für mehr haben Sie nicht bezahlt. Es hängt von Ihnen ab, ob wir weitersuchen oder nicht.«

Er betrachtete seinen Daumennagel und überlegte.

»Kopf hoch, Boyce«, sagte Dorrie lebhaft. »Denk an die vielen anderen Chancen, die wir haben – und selbst wenn es nicht klappt, können wir in Cincinnati viel erzählen.«

Er sah sie nicht einmal an, sondern sagte nur: »Gibt es denn keinen Weg, festzustellen, ob ein Tunnel geöffnet worden ist oder nicht, ohne hineinzugehen?«

»Sicher«, sagte ich. »Man merkt es, wenn man die Umhüllung abklopft. Die Geräusche sind ganz verschieden.«

»Aber zuerst muß man graben?«

»Ja.«

Dabei beließen wir es, und ich zog wieder meinen Hitzeanzug an, um den jetzt nutzlosen Iglu abzutragen, damit wir die Bohrer bergen konnten.

Ich wollte wirklich nicht mehr darüber diskutieren, weil ich vermeiden wollte, daß er eine Frage stellte, die ich mit einer Lüge beantworten mußte. Ich versuche immer, möglichst die Wahrheit zu sagen, weil man sich da leichter merken kann, was man gesagt hat.

Auf der anderen Seite bin ich kein Wahrheitsfanatiker, und ich halte es nicht für meine Aufgabe, einen falschen Eindruck zu korrigieren. Zum Beispiel hatten Cochenour und das Mädchen offensichtlich den Eindruck, daß ich darauf verzichtet hatte, die Tunnelhülle abzuklopfen, weil wir schon bis zum Tunnel vorgedrungen waren und es ebenso einfach war, ihn zu öffnen.

Aber ich hatte das natürlich vorher geprüft. Das war gleich das erste gewesen, als der Bohrer weit genug vorgedrungen war. Und als ich den Hochdruckschlag hörte, brach mir das Herz. Ich mußte ein paar Minuten warten, bevor ich ihnen zurufen konnte, daß wir die Außenhülle erreicht hatten.

In diesem Augenblick konnte ich der Frage, was ich getan hätte, wäre der Tunnel nicht schon geöffnet gewesen, nicht offen gegenübertreten.

9

Cochenour und Dorrie Keefer waren vielleicht die fünfzigste oder sechzigste Gruppe, die ich zu Hitschi-Tunnels geführt hatte, und es wunderte mich nicht, daß sie bereit waren, wie die Kulis zu arbeiten. Egal, wie faul und gelangweilt sie am Anfang sind, sobald es den Anschein hat, daß sie etwas finden könnten, was einer fast ganz unbekannten fremden Rasse gehört hat, erfaßt sie das Forscherfieber.

Sie arbeiteten hart, sie zwangen mich dazu, hart zu arbeiten, und ich war so eifrig wie sie. Vielleicht noch eifriger, während die Tage vergingen und ich anfing, mir die rechte Körperseite zu reiben, direkt unter den kurzen Rippen, immer häufiger.

Die Leute vom Militär flogen in den ersten Tagen ein halbes dutzendmal über uns hinweg. Sie sagten nicht viel, verlangten meist nur, daß wir uns zu erkennen gaben, obwohl sie genau Bescheid wußten, und verschwanden wieder. Nach den geltenden Vorschriften muß man eigentlich sofort Meldung machen, wenn man etwas findet. Gegen Cochenours Willen teilte ich mit, daß der erste Tunnel geöffnet gewesen sei, was sie wohl ein bißchen erstaunte.

Und das war alles, was wir zu melden hatten.

Grabstätte B war ein Ganggranitstock. Die beiden anderen einigermaßen hellen Stellen, die ich D und E nannte, zeigten gar nichts, als wir gruben, was hieß, daß die Schallwellen von Zwischenflächen in Gesteins-, Asche- oder Kiesschichten zurückgeworfen worden sein mußten. Ich stimmte dagegen, bei C, der vielversprechendsten Stelle, zu bohren. Cochenour bearbeitete mich wütend, aber ich gab nicht nach. Das Militär nahm uns von Zeit zu Zeit immer wieder in Augenschein, und ich wollte nicht näher an die Sperrzone heran, als wir es schon waren. Ich versprach halb, daß wir, wenn uns bei den anderen Maskons das Glück auch im Stich lassen sollte, uns heimlich zu C schleichen und schnell graben würden, bevor wir zur Spindel zurückkehrten, und dabei blieb es.

Wir starteten mit dem Flugrumpf, landeten an der nächsten Stelle und sandten neue Sonden aus.

Am Ende der zweiten Woche hatten wir neunmal gegraben, jedesmal ohne Erfolg. Iglus und Sonden wurden immer weniger. Wir konnten einander nicht mehr ausstehen.

Cochenour war mürrisch und jähzornig geworden. Ich hatte nicht vorgehabt, ihn besonders sympathisch zu finden, als ich ihn kennenlernte, aber auch nicht damit gerechnet, daß es so schlimm werden würde mit ihm. Wenn man bedachte, daß es bei ihm nur ein Spiel sein konnte – bei seinem Reichtum konnte das zusätzliche Vermögen durch die Entdeckung von Hitschi-Artefakten nicht mehr bedeuten als eine innere Befriedigung –, nahm er das Ganze blutig ernst.

Ich selbst war übrigens auch nicht gerade von Liebenswürdigkeit beseelt. Das lag einfach daran, daß die Pillen nicht so wirkten, wie sie sollten. Ich hatte einen gräßlichen Geschmack im Mund, ich begann an Kopfschmerzen zu leiden und fing an, alles mögliche umzustoßen. Die Sache bei der Leber ist nämlich die, daß sie sozusagen die innere Diät regelt. Sie scheidet Gifte ab, verwandelt einige Kohlehydrate in andere Kohlehydrate, die man braucht, sie setzt Aminosäuren zu Proteinen zusammen. Wenn sie nicht arbeitet, stirbt man. Der Arzt hatte mir alles erklärt, und ich konnte mir vorstellen, was sich in mir abspielte, wie die roten Zellen abstarben und von Klumpen aus Fett und gelber Materie ersetzt wurden. Es war ein häßliches Bild. Das Häßlichste dabei war, daß ich nichts dagegen tun konnte. Nur weiter Tabletten nehmen, und nach ein paar Tagen würden auch sie nicht mehr wirken. Leber ade; hallo Leberversagen.

Wir waren also ein schäbiger Haufen. Cochenour war ein Schweinehund, weil das in seiner Art lag, und ich war einer, weil ich krank und verzweifelt war. Der einzige anständige Mensch an Bord war das Mädchen.

Sie gab sich Mühe, wirklich. Manchmal war sie süß und oft sogar hübsch und fast immer bereit, Cochenour und mir mehr als auf halbem Weg entgegenzukommen. Für sie mußte es zweifellos sehr schwer sein. Sie war ein junges Ding. Egal, wie erwachsen sie sich gab, sie war einfach noch nicht lange genug auf der Welt, um sich gegen konzentrierte Gemeinheit verteidigen zu können. Wenn man hinzunimmt, daß wir alle anfingen, den Anblick, das Gerede und den Geruch der anderen zu hassen – und in einem Flugrumpf erfährt man ziemlich genau, wie andere riechen –, kann man sich vorstellen, daß Dorrie Keefer auf der Venus nicht viel Freude hatte.

Wir übrigens auch nicht, vor allem, nachdem ich mitgeteilt hatte, daß wir bei unserem letzten Iglu angelangt waren.

Cochenour räusperte sich. Es klang wie bei einem Düsenjägerpiloten, der vor dem Kampf die Abdeckungen von den Bordkanonen bläst, und Dorrie versuchte sofort, ihn abzulenken.

»Audee«, sagte sie lebhaft, »wissen Sie, was wir tun könnten? Wir könnten zu der Stelle zurückfliegen, die an der Sperrzone liegt und die so vielversprechend aussah.«

Es war die falsche Ablenkung. Ich schüttelte den Kopf. »Nein.«

»Was, zum Teufel, heißt ›nein‹?« fauchte Cochenour.

»Was ich gesagt habe. Nein. Das ist für die letzte Verzweiflung, und so verzweifelt bin ich nicht.«

»Walthers«, knurrte er, »verzweifelt sind Sie, wenn ich es Ihnen sage. Ich kann den Scheck immer noch sperren lassen.«

»Nein, das können Sie nicht. Die Gewerkschaft läßt es nicht zu. Da sind die Vorschriften ganz eindeutig. Sie müssen zahlen, wenn ich nicht eine legale Anweisung ablehne. Sie können mich nicht zwingen, etwas gegen das Gesetz zu tun, und in die militärische Sperrzone einzudringen, ist in höchstem Maß ungesetzlich.«

Er schaltete um auf kalten Krieg. »Nein«, sagte er leise, »da irren Sie sich. Es ist nur gegen das Gesetz, wenn ein Gericht das feststellt, nachdem wir es getan haben. Sie haben nur recht, wenn Ihre Anwälte schlauer sind als meine. Ganz offen, Walthers, ich bezahle meine Anwälte dafür, daß sie die schlauesten sind, die es gibt.«

Der Haken dabei war: Er hatte sogar noch mehr recht, als er glaubte, weil meine Leber auf seiner Seite stand. Ich konnte mir einen Rechtsstreit nicht leisten, weil ich ohne sein Geld und meinen Organersatz nicht so lange leben würde.

Dorrie trat wieder dazwischen.

»Wie wär's denn damit? Wir sind eben erst gelandet. Warum warten wir nicht ab, was die Sonden zeigen? Vielleicht finden wir sogar noch etwas Besseres als bei C –«

»Hier wird nichts Brauchbares sein«, sagte er, ohne sie anzusehen.

»Aber woher willst du das wissen, Boyce? Wir sind noch nicht einmal mit den Sonden fertig.«

»Paß auf, Dorotha«, sagte er. »Hör einmal genau zu, und dann sei still. Walthers treibt seine Spielchen mit uns. Siehst du, wo wir jetzt sind?«

Er zwängte sich an mir vorbei und tippte das Programm für eine Gesamtkartendarstellung ein, was mich verblüffte, weil ich nicht gedacht hätte, daß er dazu imstande wäre. Die Karten zeigten Virtuellbilder unserer Position, die Schächte, die wir schon vorgetrieben hatten, den langen, unregelmäßigen Rand der Sperrzone, alles auf der Wiedergabe der Maskons und Navigationshilfen.

»Siehst du? Wir sind nicht einmal mehr in den Gebieten mit

Massenkonzentrationspunkten. Ist das richtig, Walthers? Wir haben alle brauchbaren Plätze abgesucht und nichts erreicht?«

»Sie haben teilweise recht, Mr. Cochenour«, sagte ich, »aber ich mache keine Spielchen. Diese Stelle bietet gute Möglichkeiten. Sie sehen es auf der Karte. Wir sind nicht über einem Maskon, das trifft zu, aber wir befinden uns genau zwischen zwei von ihnen, die eng benachbart sind. Manchmal findet man einen Tunnel, der zwei Komplexe mit einander verbindet, und es ist vorgekommen, daß der Verbindungsgang näher an der Oberfläche lag als alle anderen Teile des Systems. Ich kann nicht garantieren, daß wir hier etwas finden, aber unmöglich ist es nicht.«

»Nur verdammt unwahrscheinlich?«

»Tja, nicht unwahrscheinlicher als sonstwo. Ich habe Ihnen schon vor einer Woche gesagt, Sie sind für Ihr Geld schon gut damit bedient, daß Sie am ersten Tag überhaupt einen Hitschi-Tunnel gefunden haben, auch wenn er nichts enthielt. Es gibt in der Spindel Leute, die fünf Jahre unterwegs gewesen sind, ohne nur soviel zu sehen.« Ich dachte eine Weile nach. »Ich schließe eine Abmachung mit Ihnen«, sagte ich.

»Ich höre.«

»Wir sind hier unten, und es besteht wenigstens die Chance, daß wir etwas finden. Versuchen wir es. Wir verteilen die Sonden und warten ab, was sie erbringen. Wenn wir eine gute Spur bekommen, graben wir. Wenn nicht – dann überlege ich es mir, ob wir zu C zurückfliegen.«

»Sie überlegen es sich!« schrie er.

»Drängen Sie mich nicht, Cochenour. Sie wissen nicht, worauf Sie sich einlassen. Mit der Sperrzone ist nicht zu spaßen. Die Kerle schießen zuerst und stellen hinterher Fragen, und auf der Venus gibt es nicht einmal Polizisten oder Gerichte, die ihnen Fragen stellen würden.«

»Ich weiß nicht«, sagte er nach einer Pause.

»Nein«, sagte ich, »Sie wissen nichts, Mr. Cochenour, und deshalb bezahlen Sie mich. Ich weiß es nämlich.«

»Ja«, gab er zu, »das mag sein, aber ob Sie mir die Wahrheit sagen über das, was Sie wissen, ist eine andere Frage. Hegramet hat nie davon gesprochen, daß man zwischen Maskons graben sollte.«

Und dann sah er mich undurchdringlich an und wartete ab, ob ich auf das eingehen würde, was er eben gesagt hatte.

Ich reagierte nicht. Ich sah ihn auch undurchdringlich an. Ich sagte kein Wort; ich wartete nur, um zu sehen, was als nächstes kommen würde. Ich war mir ziemlich sicher, daß es keine Erklärung dafür sein würde, wieso er Hegramets Namen kannte oder was er mit der größten Kapazität auf dem Gebiet der Hitschi-Tunnels zu schaffen gehabt hatte, und so war es auch.

»Lassen Sie die Sonden los, dann versuchen wir es noch einmal nach Ihrer Methode«, sagte er schließlich.

Ich schoß die Sonden ab, sie drangen alle tief ein und erzeugten ihre Explosionen. Ich beobachtete das Entstehen der Formationen auf dem Bildschirm so, als rechnete ich mit nützlichen Informationen. Davon konnte zwar keine Rede sein, aber es war eine gute Gelegenheit, in Ruhe nachzudenken.

Über Cochenour mußte nachgedacht werden. Er war nicht nur zum Vergnügen auf die Venus gekommen, soviel stand fest. Er hatte schon vor dem Verlassen der Erde gewußt, daß er nach Hitschi-Tunnels graben würde. Er hatte sich vollständig informiert, einschließlich der Bemühung, die Steuerung des Flugrumpfs zu erlernen. Meine Werbeargumente waren an einen Kunden verschwendet worden, der sich bereits entschlossen hatte, und das ein halbes Jahr vorher und Zigmillionen Meilen entfernt.

Das alles begriff ich, aber je mehr ich begriff, desto weniger war mir klar. In Wirklichkeit hätte ich Cochenour am liebsten einen Dollar gegeben und ihn ins Kino geschickt, damit ich mit dem Mädchen unter vier Augen sprechen konnte. Leider konnte ich ihn nirgends hinschicken. Es gelang mir, ein Gähnen vorzutäuschen, mich über die Langeweile beim Warten auf das Sondenergebnis zu beklagen und ein Nickerchen vorzuschlagen. Nicht, daß ich wirklich davon überzeugt gewesen wäre, er würde uns nicht angestrengt belauschen. Es spielte keine Rolle. Außer mir wirkte niemand schläfrig. Dorrie bot mir an, den Bildschirm zu beobachten und mich zu wecken, falls sich etwas Interessantes ergab.

Ich wünschte alles zum Teufel und legte mich schlafen.

Es war kein erholsamer Schlaf, denn während ich dalag und darauf wartete, fiel mir erst richtig auf, wie schlecht es mir ging.

Im Mund hatte ich ständig einen bitteren Gallegeschmack, so als hätte ich mich gerade übergeben. Mein Kopf tat weh, und ich begann Geisterbilder zu sehen. Als ich meine Pillen nahm, zählte ich nicht nach, wie viele ich noch hatte. Ich wollte es gar nicht wissen.

Ich hatte meinen Privatwecker auf drei Stunden eingestellt, weil ich dachte, daß Cochenour inzwischen vielleicht auch müde werden und sich hinlegen könnte, so daß ein Gespräch mit Dorrie möglich wäre. Als ich aufwachte, briet Cochenour sich jedoch ein Kräuteromelett mit unseren letzten sterilen Eiern.

»Sie hatten recht, Walthers«, sagte er grinsend, »ich war müde. Ich habe schön geschlafen. Jetzt bin ich zu allem bereit. Wollen Sie Eier?«

Eigentlich wollte ich welche, aber ich wagte natürlich nicht, sie zu essen, deshalb verschlang ich düster, was der Arzt mir erlaubt hatte, und sah Cochenour zu, wie er sich vollstopfte. Es war ungerecht, daß ein Neunzigjähriger so gesund war, daß er nicht an seine Verdauung denken mußte, während ich – nun ja, es hatte keinen Sinn, darüber nachzudenken. Ich erbot mich, Musik zu spielen, Dorrie wählte ›Schwanensee‹, und ich ließ das Gerät laufen.

Dann kam mir eine Idee. Ich ging zu den Werkzeugschränken. Sie mußten geprüft werden. Die Bohrköpfe mußten ersetzt werden, und ich wußte, daß mir nicht mehr viele blieben; das zweite Merkmal der Schränke war, daß sie von der Kombüse so weit entfernt waren, wie es im Rumpf nur ging, und ich hoffte, daß Dorrie mir folgen würde. Sie tat es.

»Soll ich Ihnen helfen, Audee?«

»Gern«, sagte ich. »Hier, halten Sie das. Machen Sie sich nicht schmutzig.« Ich rechnete nicht damit, daß sie mich fragen würde, weshalb sie die Bohrer halten mußte. Sie tat es nicht. Sie lachte nur.

»Schmutzig? Ich glaube nicht, daß das noch auffallen würde. Es wird langsam Zeit, daß wir wieder in die Zivilisation zurückkommen.«

Cochenour blickte stirnrunzelnd auf den Bildschirm und beachtete uns nicht.

»Was für eine Zivilisation? Spindel oder Erde?«

Ich wollte sie dazu bringen, daß sie über die Erde redete, aber sie wählte die andere Richtung.

»Ach, die Spindel, Audee. Ich fand sie fazinierend, und wir haben wirklich nicht sehr viel zu sehen bekommen. Und die Leute. Zum Beispiel der Inder, dem das Café gehört. Die Kassiererin war seine Frau, nicht?«

»Eine von ihnen. Sie ist Nummer eins. Die Kellnerin war Nummer drei, und zu Hause bei den Kindern hat er noch eine. Fünf Kinder, beteiligt sind dabei alle Frauen.« Aber ich wollte in die andere Richtung und sagte: »Es ist so ähnlich wie auf der Erde. Vastra würde eine Touristenfalle in Benares betreiben, wenn er nicht hier wäre, und er wäre nicht hier, wenn er nicht mit dem Militär heraufgekommen wäre und hier abgemustert hätte. Ich wäre wohl Fremdenführer in Texas. Falls es noch unbewohntes Land gibt, wo man Leute führen kann, vielleicht am Canadian River. Und Sie?«

Die ganze Zeit über griff ich nach denselben drei oder vier Werkzeugen, prüfte die Seriennummern und legte sie wieder weg. Sie bemerkte es nicht.

»Was meinen Sie?«

»Nun, was haben Sie getan, bevor Sie hierherkamen?«

»Ach so. Ich habe einige Zeit in Boyces Büro gearbeitet.«

Das war ermutigend. Vielleicht entsann sie sich seiner Kontakte zu Professor Hegramet.

»Als Sekretärin?«

»So ungefähr. Boyce ließ mich die – oh, was ist das?«

Ein Funkruf, das war es.

»Dann gehen Sie doch hin«, fauchte Cochenour.

Ich nahm den Kopfhörer, weil das meine Art ist. In einem Flugrumpf gibt es keine Privatsphäre, und ich will mir wenigstens die letzten Reste davon bewahren. Es war der Stützpunkt, der sich meldete, ein Nachrichtensergeant, den ich kannte; er hieß Littleknees. Ich meldete mich gereizt, weil ich der Gelegenheit nachtrauerte, Dorotha über ihren Boß ausfragen zu können.

»Ein privates Wort an Sie, Audee«, sagte Sergeant Littleknees. »Ist Ihr Sahib in der Nähe?«

Littleknees und ich unterhielten uns schon lange per Funk, und die fröhliche Stimme störte mich. Ich sah Cochenour nicht an, wußte aber, daß er lauschte – nur meinen Worten, versteht sich, wegen des Ohrstöpsels. »In Sicht, aber nicht auf Empfang«, sagte ich. »Was haben Sie für mich?«

»Nur eine kleine Nachricht«, flötete der Sergeant. »Vor ein paar Minuten ist sie über den Synsat gekommen. Nur zur Information. Das heißt, wir brauchen nichts zu unternehmen, aber vielleicht Sie, mein Freund.«

»Höre«, sagte ich und betrachtete das Kunststoffgehäuse des Funkgeräts.

Der Sergeant lachte in sich hinein.

»Der Charterkapitän Ihres Sahibs möchte ein Wörtchen mit ihm reden, wenn er wieder auftaucht. Es ist ziemlich dringend, weil der Käpt'n mehr als sauer ist.«

»Ja, Stützpunkt«, sagte ich. »Signal kommt an, Stärke zehn.«

Der Sergeant gab wieder einen amüsierten Laut von sich, aber diesmal war es schon ein Kichern.

»Die Sache ist die«, sagte sie, »sein Scheck für das Charterhonorar ist geplatzt. Wollen Sie wissen, was die Bank gesagt hat? Sie erraten es nie. ›Nicht gedeckt‹, hat sie gesagt.«

Der Schmerz unter meinen rechten kurzen Rippen begleitete mich immer, aber auf einmal schien er viel schlimmer zu werden. Ich biß die Zähne zusammen.

»Ah, Sergeant Littleknee«, krächzte ich, »können Sie diese, äh, Einschätzung überprüfen?«

»Tut mir leid, Süßer«, säuselte sie mitfühlend, »aber es gibt nicht den geringsten Zweifel. Der Kapitän hat eine Kreditprüfung über ihn angefordert, und sie ist negativ ausgefallen. Wenn Ihr Kunde zur Spindel zurückkommt, erwartet ihn ein Zahlungsbefehl.«

»Danke für den umfassenden Bericht«, sagte ich hohl. »Ich werde die Startzeit rechtzeitig durchgeben.«

Ich schaltete ab und starrte meinen reichen Milliardär an.

»Was, zum Teufel, ist los mit Ihnen, Walthers?« brummte er.

Aber ich hörte seine Stimme nicht. Ich hörte, was der freundliche Herr in der Gesundbeterei mir erklärt hatte. Die Gleichungen waren unvergeßlich. Bargeld = neue Leber + glückliches Überleben. Kein Bargeld = totales Leberversagen + Tod. Und meine Geldquelle war eben versiegt.

10

Wenn man eine wichtige Nachricht bekommt, muß man sie langsam wirken und sich ganz von ihr durchdringen lassen, bevor man handelt. Es geht nicht darum, ob man die Konsequenzen erkennt. Die sah ich sofort. Es handelt sich darum, erst wieder ins Gleichgewicht zu kommen. Ich beschäftigte mich ein bißchen. Ich hörte mir Tschaikowski an. Ich vergewisserte mich, daß das Funkgerät abgeschaltet war, um keinen Strom zu vergeuden. Ich prüfte den Bildschirm. Es wäre schön gewesen, wenn sich etwas gezeigt hätte, aber so, wie die Dinge liefen, war das nicht zu erwarten, und man sah nichts. Ein paar blasse Echos zeichneten sich ab. Aber nichts vom Umriß eines Hitschi-Tunnels und nichts besonders Helles. Die Daten trafen noch immer ein, aber diese schwachen Signale konnten niemals zu der Hauptader werden, die uns alle retten würde, sogar den bankrotten Schweinehund Cochenour. Ich schaute sogar zum Himmel hinauf, um festzustellen, wie das Wetter war. Es kam nicht darauf an, aber ein paar von den großen, weißen Kalomelwolken hetzten über das Purpurrot und Gelb der anderen Quecksilberhalogenide. Es war wunderschön, und ich haßte es.

Cochenour hatte sein Omelett vergessen und beobachtete mich nachdenklich. Ebenso Dorrie, die immer noch die Bohrer in den Händen hatte. Ich grinste sie an.

»Hübsch«, sagte ich und meinte die Musik. »Den Rest hören wir uns später an«, fügte ich hinzu und schaltete ab.

»Also gut«, schnaubte Cochenour, »was ist los?«

Ich setzte mich auf ein Iglupaket und zündete mir eine Zigarette an, weil ich mir sagte, daß es nicht mehr darauf ankam, ob der Sauerstoffbedarf gesteigert wurde oder nicht.

»Ich habe da eine Frage, die mich beschäftigt, Cochenour«, sagte ich. »Wie sind Sie auf Professor Hegramet gekommen?«

Er grinste und atmete auf. »Ist das alles? Ich habe mich informiert, bevor ich hierhergekommen bin. Warum auch nicht?«

»Sie haben mich nur in dem Glauben gelassen, Sie wüßten nichts.«

Er zuckte die Achseln. »Wenn Sie einen Funken Verstand hätten, würden Sie begreifen, daß ich nicht durch Dummheit reich geworden bin. Sie glauben, ich lege Zigmillionen Meilen zurück, ohne zu wissen, was mich erwartet?«

»Nein, sicher nicht, aber Sie haben sich alle Mühe gegeben, mir das weiszumachen. Egal. Sie haben also jemanden gefunden, der Ihnen verraten konnte, was zu stehlen sich auf der Venus lohnt, und jemand hat Sie an Hegramet verwiesen. Was dann? Hat er Ihnen gesagt, ich sei dumm genug, der Richtige für Sie zu sein?«

Cochenour war nicht mehr ganz so entspannt, aber auch nicht aggressiv. »Hegramet sagte, Sie seien der richtige Führer, wenn man einen unberührten Tunnel finden wolle. Das ist alles – außer seinen Informationen über die Hitschi und so weiter. Wenn Sie nicht zu uns gekommen wären, hätte ich Sie aufgesucht. Sie haben mir nur die Mühe abgenommen.«

Ich sagte ein wenig überrascht: »Wissen Sie, ich glaube, Sie sagen wirklich die Wahrheit. Nur eines haben Sie weggelassen: Es war nicht das Vergnügen, mehr Geld zu machen, auf das Sie es abgesehen hatten, es war schlicht das Geld, nicht wahr? Geld, das Sie brauchten.« Ich wandte mich Dorotha zu, die mit den Bohrern in der Hand erstarrt war. »Wie ist es, Dorrie? Haben Sie gewußt, daß der Alte bankrott ist?«

Es so auszudrücken war nicht klug. Ich sah, was sie tun würde, kurz bevor sie es tat, und sprang auf. Ich kam ein bißchen zu spät. Sie ließ die Bohrer fallen, bevor ich sie ihr wegreißen konnte, aber zum Glück fielen sie flach auf den Boden und wurden nicht beschädigt. Ich hob sie auf und räumte sie weg.

Dorotha hatte die Frage beantwortet.

»Ich sehe, daß Sie es nicht gewußt haben«, sagte ich. »Pech für Sie, junge Dame. Sein Scheck für den Kapitän der ›Gagarin‹ ist geplatzt, und ich stelle mir vor, daß der, den er mir gegeben hat, keinen Pfifferling mehr wert ist. Hoffentlich haben Sie es in Pelzen und Schmuck bekommen; ich kann Ihnen nur raten, die Sachen zu verstecken, bevor die Gläubiger sie zurückverlangen.«

Sie sah mich nicht einmal an. Sie schaute nur auf Cochenour, dessen Miene Bestätigung genug war.

Ich weiß nicht, was ich von ihr erwartete, Wut oder Vorwürfe oder Tränen. In Wirklichkeit flüsterte sie: »Oh, Boyce, das tut mir ja so leid«, ging zu ihm und legte den Arm um seine Schultern.

Ich drehte ihnen den Rücken zu, weil ich Cochenour nicht ansehen wollte. Der stramme neunzigjährige Jüngling mit Total-Medi-Versorgung war zu einem besiegten alten Mann geworden. Zum erstenmal sah man ihm sein Alter wirklich an: der Mund halb offen, zitternd; der gerade Rücken gebeugt; die hellen blauen Augen wäßrig. Dorotha streichelte ihn und sprach tröstend auf ihn ein.

Ich schaute wieder auf den Bildschirm, weil ich nichts Besseres zu tun hatte. Das Bild war so klar, wie es je werden würde, und es zeigte nichts. Wir hatten eine Überlappung von den letzten Echotergebnissen, die beinahe fünfzig Prozent ausmachte, so daß ich erkennen konnte, wie wenig die interessant aussehenden Linien am Rand bedeuteten. Wir hatten sie schon überprüft. Es waren Nieten.

Von dort winkte keine Rettung.

Seltsamerweise war ich ganz ruhig. Die Erkenntnis, daß man nicht mehr viel zu verlieren hat, bringt auch eine Art Frieden. Man sieht die Dinge in einer anderen Perspektive. Ich will damit nicht sagen, daß ich schon endgültig aufgegeben hatte. Es gab noch immer Möglichkeiten. Sie mochten mein Leben vielleicht nicht verlängern, aber der Geschmack in meinem Mund und die Schmerzen in meinem Bauch ließen sowieso nicht zu, daß ich das Leben übermäßig genoß. Ich konnte zum Beispiel Audee Walthers abschreiben; da nur ein Wunder verhindern konnte, daß ich in wenigen Tagen sterben mußte, konnte ich einfach hinnehmen, daß ich in einer Woche nicht mehr am Leben sein würde, und die Zeit, die mir blieb, anders nutzen. Was sonst? Nun, Dorrie war ein nettes Mädchen. Ich konnte den Flugrumpf zur Spindel zurücksteuern, Cochenour den Behörden übergeben und meine letzten Tage damit verbringen, sie überall vorzustellen. Vastra oder Allemang würden ihr schon helfen, sich zurechtzufinden. Vielleicht brauchte sie nicht einmal zur Prostitution oder zur Illegalität Zuflucht zu nehmen. Die Hochsaison war nicht mehr gar so weit entfernt, und mit einem kleinen Stand für Gebetsfächer und Hitschi-Talismane mochte sie ganz gut zurechtkommen, wenn die Terry-Touristen zu strömen begannen. Vielleicht war das, von ihrer Warte aus, nicht viel, aber es war immerhin etwas.

Oder ich konnte mich den Ärzten auf Gnade und Barmherzigkeit ausliefern. Vielleicht gab man mir die neue Leber auf Kredit.

Der einzige Grund für die Annahme, daß sie es nicht tun würden, war, daß sie es noch nie getan hatten.

Oder ich konnte die beiden Treibstoffventile öffnen und den Inhalt der Tanks mischen, an die zehn Minuten lang, bis ich die Zündung einschaltete. Die Explosion würde von uns wie vom Flugrumpf wenig übriglassen, von unseren Problemen gar nichts.

Oder –

»Ach was«, sagte ich. »Kopf hoch, Cochenour. Noch sind wir nicht tot.«

Er sah mich eine ganze Minute lang an. Er tätschelte Dorries Schulter und schob das Mädchen ganz vorsichtig weg.

»Ich werde es sehr bald sein. Ich bedaure das alles sehr, Dorotha. Und es tut mir leid wegen Ihres Schecks, Walthers. Sie haben das Geld wohl dringend gebraucht.«

»Sie haben keine Ahnung.«

Er sagte schwerfällig: »Soll ich es Ihnen erklären?«

»Ich sehe zwar keinen Unterschied, aber meinetwegen, aus purer Neugier, ja.«

Ich ließ ihn erzählen, und er tat es, ruhig und klar. Ich hätte es mir denken können. Ein Mann in seinem Alter ist entweder sehr, sehr reich oder tot. Er war nur ziemlich reich. Er hatte seine Unternehmen mit dem Rest betrieben, der übrigblieb, nachdem er die Kosten für Organübertragungen und Behandlungen, Knochenerneuerung und Prothetik, Proteinregeneration hier, Cholesterinwäsche dort, bezahlt hatte, eine Million dafür, hunderttausend Dollar in der Woche hierfür – oh, ich konnte verstehen, wie da das Geld wegfloß.

»Sie ahnen einfach nicht, was es kostet, einen Hundertjährigen am Leben zu erhalten, bis Sie es selbst versucht haben«, sagte er.

Ich korrigierte ihn automatisch. »Neunzig, meinen Sie.«

»Nein, nicht neunzig und auch nicht hundert. Ich glaube, es sind mindestens hundertzehn, und es könnten sogar mehr sein. Wer zählt da nach? Man bezahlt die Ärzte, und sie flicken einen für vier, sechs Wochen zusammen. Sie haben ja keine Ahnung.«

Hab' ich nicht, wie? sagte ich, aber nicht laut. Ich ließ ihn weiterreden und berichten, wie die Staatskontrolleure immer aufmerksamer geworden seien, bis er die Erde verlassen habe, um auf der Venus von neuem sein Glück zu machen.

Aber ich hörte schon nicht mehr zu; ich schrieb auf der Rückseite eines Navigationsformulars. Als ich fertig war, gab ich es ihm.

»Unterschreiben Sie«, sagte ich.

»Was ist das?«

»Spielt das noch eine Rolle? Sie haben keine Wahl mehr, nicht wahr? Aber es ist der Verzicht auf die Gesamtrechteklausel unseres Vertrages. Sie geben zu, daß Sie keinen Anspruch haben, daß Ihr Scheck ungedeckt ist, daß Sie freiwillig Ihr Eigentum an allem, was wir finden, an mich abtreten.«

Er zog die Brauen zusammen. »Und was heißt das am Schluß?«

»Da steht, daß ich Ihnen zehn Prozent von allem überlasse, was wir finden, falls wir etwas finden.«

»Das ist mildtätig«, sagte er, aber er unterschrieb. »Gegen Mildtätigkeit habe ich nichts, zumal ich ja, wie Sie betonen, keine Wahl habe. Ich kann den Bildschirm aber genauso gut lesen wie Sie, Walthers, und auf dem ist nichts zu finden.«

»Nein«, sagte ich, faltete das Blatt zusammen und steckte es ein. »Aber hier graben wir auch nicht. Die Stelle hier ist so leer wie Ihr Bankkonto. Wir graben bei C.«

Ich zündete mir noch eine Zigarette an und dachte eine Weile nach. Ich fragte mich, wieviel ich ihnen davon erzählen sollte, was ich fünf Jahre lang ermittelt und berechnet hatte, während ich mir die ganze Zeit über eingeprägt hatte, daß ich anderen Leuten gegenüber nicht einen Ton verlauten lassen durfte. Ich war mir sicher, daß nichts, was ich sagen konnte, noch ins Gewicht fiel, aber die Worte wollten trotzdem nicht kommen.

Ich sagte statt dessen: »Sie erinnern sich an Subhash Vastra, den Mann, der den Laden betreibt, wo ich Sie kennengelernt habe. Er ist mit dem Militär zur Venus gekommen. Er war Waffenspezialist. Für einen Waffenspezialisten gibt es keine zivile Laufbahn, und deshalb machte er ein Café auf, als er entlassen wurde, aber in seiner Dienstzeit hat er sich mächtig angestrengt.«

»Sie meinen, daß es in der Sperrzone Hitschi-Waffen gibt?« warf Dorrie ein.

»Nein. Noch niemand hat eine Hitschi-Waffe gefunden. Aber man fand Zielscheiben.« Es fiel mir buchstäblich physisch schwer, weiterzureden, aber ich brachte es heraus. »Jedenfalls behauptet

Sub Vastra, daß es Zielscheiben gewesen sind. Die hohen Offiziere waren nicht davon überzeugt, und inzwischen ist die Sache in der Sperrzone wohl ad acta gelegt worden. Was sie gefunden haben, waren dreieckige Stücke Hitschi-Wandmaterial – das blaue, leuchtende Zeug, mit dem sie die Tunnels auskleideten. Es waren Dutzende, und sie hatten alle ein Muster mit strahlenförmig verlaufenden Linien. Sub sagte, ihm seien sie wie Zielscheiben vorgekommen. Und sie waren durchbohrt mit etwas, was die Löcher weich wie Talg werden ließ. Kennen Sie etwas, was so auf die Hitschi-Wände wirkt?«

Dorrie wollte verneinen, aber Cochenour kam ihr zuvor.

»Das ist ausgeschlossen«, sagte er rundheraus.

»Richtig, das sagten die Vorgesetzten auch. Sie meinten, das habe bei der Herstellung erfolgen müssen, zu irgendeinem Zweck, den wir nie erraten können. Vastra ist ganz anderer Ansicht. Er sagt, sie sahen genauso aus wie die Schießscheiben in der Schießanlage unter der Sperrzone. Die Löcher waren nicht alle an denselben Stellen; die Linien sahen aus wie Treffermarkierungen. Das ist ein Indiz dafür, daß er recht hat. Kein Beweis, aber ein Indiz.«

»Und Sie glauben, daß Sie die Waffe finden können, die diese Löcher hervorgerufen hat, wenn wir bei C graben?«

Ich zögerte. »So entschieden möchte ich es nicht ausdrücken. Nennen wir es eine Hoffnung. Aber da ist noch etwas.

Die Zielscheiben sind vor fast vierzig Jahren von einem Prospektor gefunden worden. Er brachte sie mit, meldete den Fund, zog wieder los, um mehr zu suchen, und kam um. Das passierte damals häufig. Niemand achtete besonders darauf, bis jemand vom Militär die Scheiben in die Hände bekam, und deshalb ist die Sperrzone dort, wo sie ist. Man entdeckte die Stelle, wo er sie gefunden hatte, steckte einen Umkreis von tausend Kilometern ab und erklärte die ganze Gegend zum Sperrgebiet. Man grub und grub und fand ungefähr ein Dutzend Hitschi-Tunnels, aber die meisten waren leer, der Rest aufgebrochen und unbrauchbar.«

»Dann gibt es dort nichts«, knurrte Cochenour und sah mich betroffen an.

»Nichts, was sie gefunden hätten«, verbesserte ich. »Aber damals haben die Prospektoren viel gelogen. Der Mann gab die falsche Fundstelle an. Damals lebte er mit einer jungen Dame zusammen, die später einen Mann namens Allemang heiratete, und ihr Sohn ist mit mir befreundet. Er hatte eine Karte. Der richtige Ort, soweit ich das feststellen kann – die Navigationsmarken waren damals nicht das, was sie heute sind –, ist ungefähr da, wo wir jetzt sind. Ich habe ein paarmal Grabungsspuren gesehen und glaube, daß sie von ihm stammen.« Ich zog die kleine private Magnetokopie aus der Tasche und schob sie in den Virtuellbildgeber; sie zeigte eine einzige Markierung, ein orangerotes X. »Ich glaube, daß wir die Waffe irgendwo in der Nähe des X finden müßten. Und wie Sie sehen können, ist die einzige Stelle, an der noch nicht gegraben wurde, die gute, alte Stätte C.«

Eine Minute Schweigen. Ich hörte dem fernen Heulen des Windes zu und wartete darauf, daß sie etwas sagten.

Dorrie wirkte sorgenvoll. »Ich weiß nicht, ob ich eine neue Waffe finden möchte«, meinte sie. »Es – es ist so, als wollte man die alte Zeit zurückholen, die so furchtbar gewesen ist.«

Ich zuckte die Achseln. Cochenour, der wieder er selbst zu werden schien, sagte: »Die Frage ist nicht, daß wir einen unerschlossenen Hitschi-Tunnel finden wollen, um der Dinge willen, die dort versteckt sein könnten – aber die Soldaten glauben, daß irgendwo eine Waffe sein könnte, und deshalb wollen sie uns nicht graben lassen, ja? Sie schießen uns zuerst nieder und stellen dann Fragen. Haben Sie sich nicht so ausgedrückt?«

»Allerdings.«

»Wie wollen Sie denn mit diesem kleinen Problem fertig werden?«

Wenn ich ein wahrheitsliebender Mensch gewesen wäre, hätte ich geantwortet, daß ich nicht sicher war, ob ich es konnte. Offen gestanden, sprach alles dafür, daß man uns erwischen und höchstwahrscheinlich erschießen würde; aber Cochenour und ich hatten so wenig zu verlieren, daß ich das zu erwähnen nicht für wichtig genug hielt.

»Wir versuchen, sie zu übertölpeln«, sagte ich. »Wir schicken den Flugrumpf weg, und wir beide bleiben zurück, um zu graben. Wenn sie der Meinung sind, daß wir uns abgesetzt haben, werden sie uns vielleicht nicht mehr beobachten, und unsere einzige Sorge wird dann sein, nicht von einer Routinestreife erwischt zu werden.«

»Audee!« rief Dorotha. »Wenn Sie und Boyce hierbleiben – aber das heißt doch, daß ich mit dem Flugrumpf fortmuß, und ich kann das Ding nicht fliegen.«

»Nein, das können Sie nicht. Aber Sie können es sich selbst fliegen lassen.« Ich sagte hastig: »Gewiß, Sie vergeuden Treibstoff und werden durchgeschüttelt. Aber Sie kommen mit der automatischen Steuerung an. Sie setzt Sie sogar an der Spindel ab.« Die Landung würde nicht unbedingt einfach sein; ich wagte nicht daran zu denken, was eine automatische Landung meinem einzigen Flugrumpf antun mochte. Dorothea würde es aber überleben, dafür standen die Chancen hundert zu eins.

»Und was dann?« fragte Cochenour.

Der Plan hatte noch große Lücken, aber ich verschloß meine Augen davor.

»Dorrie geht zu meinem Freund Allemang. Ich gebe Ihnen einen Zettel mit den genauen Koordinaten mit, und Allemang kommt und holt uns ab. Mit Zusatztanks haben wir Luft und Strom für vielleicht achtundvierzig Stunden, nachdem Sie abgeflogen sind. Das ist genug Zeit für Sie, hinzukommen, Allemang zu finden und ihm Bescheid zu sagen, und Zeit genug für ihn, daß er uns holt. Wenn er sich verspätet, kommen wir natürlich in Schwierigkeiten. Wenn wir nichts finden, haben wir unsere Zeit verschwendet. Aber wenn doch –« Ich zuckte die Achseln. »Ich habe nicht gesagt, daß es eine Garantie gibt«, meinte ich. »Ich sage nur, es ist eine Chance.«

Dorrie war eine sehr nette Person, wenn man die Umstände und ihr Alter in Betracht zog, aber zu den Dingen, die ihr abgingen, gehörte Selbstvertrauen. Sie hatte es nicht erwerben können; sie hatte es als Krücke gestellt bekommen, zuletzt von Cochenour, vorher von einem Vorgänger – vielleicht von ihrem Vater.

Es war das größte Problem, Dorrie davon zu überzeugen, daß sie ihren Part übernehmen konnte.

»Das wird nichts«, sagte sie immer wieder. »Es tut mir leid. Es liegt wirklich nicht daran, daß ich nicht mithelfen will. Ich will es, aber ich kann nicht. Es klappt einfach nicht.«

Nun, es hätte geklappt.

Jedenfalls glaube ich, daß es geklappt hätte.

Tatsächlich kamen wir gar nicht dazu, es zu versuchen. Cochenour und mir gelang es zwar, Dorrie einzureden, daß sie es versuchen sollte. Wir packten unsere Ausrüstung zusammen, flogen zur Schlucht zurück, landeten und begannen die Grabung vorzubereiten. Aber ich fühlte mich schlecht, ich hatte Kopfschmerzen und war ungeschickt, und Cochenour hatte wohl seine eigenen Probleme. Gemeinsam gelang es uns, das Bohrgehäuse in der Ausstiegluke einzuklemmen, als wir abluden, und während ich von oben in die eine Richtung drückte, zerrte Cochenour von unten in der anderen, und das ganze Ding landete auf ihm. Er war nicht tot. Aber es durchbohrte seinen Anzug, brach ihm ein Bein, und damit war mein Plan, mit ihm bei C zu graben, erledigt.

11

Das Anzugbein war bis zu acht oder zehn Schichten aufgerissen, aber noch blieb genug, um die Luft, wenn auch nicht den Druck, fernzuhalten.

Als erstes untersuchte ich den Bohrer nach Schäden. Ich fand keine. Das zweite war, Cochenour in die Schleuse zurückzuwürgen. Das erforderte ungefähr alles, was ich aufbringen konnte, bei dem kombinierten Gewicht unserer Anzüge und Körper; der Bohrer mußte auch weggeräumt werden, und das bei meiner körperlichen Verfassung. Aber ich schaffte es.

Dorrie war großartig. Keine Hysterie, keine dummen Fragen. Wir pellten ihn aus seinem Anzug und untersuchten ihn. Er war bewußtlos. Am Bein hatte er eine komplizierte Fraktur erlitten, man sah den Knochen; er blutete aus Mund und Nase, und er hatte sich im Helm übergeben. Alles in allem war er so ungefähr der schlechtest aussehende hundert Jahre alte Mann, den man sich vorstellen konnte – unter den Lebenden jedenfalls. Aber er hatte nicht soviel Hitze erwischt, daß sein Gehirn zerkocht wäre, sein Herz schlug noch – na ja, das Herz der Person, von der er es bekommen hatte, meine ich; es war eine gute Investition, denn es pumpte fleißig weiter. Die Blutungen hörten von selbst auf, außer an der Bruchstelle.

Dorrie rief für mich die militärische Sperrzone, erreichte Eve Littleknees, wurde sofort mit dem Stabsarzt verbunden. Dieser erklärte mir, was ich tun mußte. Zuerst sollte ich zusammenpacken und Cochenour sofort hinbringen, aber das lehnte ich ab – ich sagte, ich sei nicht in der Verfassung, zu fliegen, und das Ganze sei zu strapaziös. Dann gab er mir eine Schritt-für-Schritt-Erläuterung, und ich folgte ihr ohne Schwierigkeiten: richtete den Bruch ein, schloß die Wunde mit Velcro und Hautkleber, sprühte einen Verband auf und legte einen Gips an. Das dauerte ungefähr eine Stunde, und Cochenour wäre inzwischen längst zu sich gekommen, aber ich hatte ihm eine Schlafspritze gegeben.

Dann hieß es nur noch, Puls, Atmung und Blutdruck messen, um den Arzt zufriedenzustellen, und ihm versprechen, daß wir Cochenour möglichst schnell zur Spindel zurückbringen würden. Als der Arzt, der sich immer noch darüber ärgerte, daß ich Cochenour nicht bei ihm abliefern wollte, fertig war, meldete sich Sergeant Littleknees wieder. Ich konnte mir denken, was sie beschäftigte.

»Hören Sie, wie ist denn das passiert, Audee?«

»Ein riesengroßer Hitschi schoß aus dem Boden und biß ihn«, sagte ich. »Ich weiß, was Sie denken. Ich würde mich schämen. Es war ein Unfall.«

»Sicher«, sagte sie. »Na gut. Ich wollte Ihnen nur sagen, daß ich es Ihnen nicht übelnehme.« Und sie schaltete ab.

Dorrie machte Cochenour sauber, so gut sie konnte – wobei sie mit den Wasserreserven recht verschwenderisch umging. Ich machte mir Kaffee, zündete mir eine Zigarette an, setzte mich hin und dachte nach.

Bis Dorrie für Cochenour getan hatte, was sie konnte, bis die schlimmste Unordnung beseitigt war und sie sich mit einer so wichtigen Aufgabe wie der Ausbesserung ihrer Lidschatten befassen konnte, war ich auf einen Knüller gekommen.

Ich gab Cochenour eine Weckspritze, und Dorrie tätschelte ihn und sprach auf ihn ein, bis er sich zurechtfand. Sie war kein nachtragender Mensch. Ich schon, ein bißchen. Ich stemmte ihn hoch, schneller, als ihm eigentlich lieb war, um seine Muskeln auszuprobieren. Sein Gesichtsausdruck verriet mir, daß sie alle schmerzten. Aber sie funktionierten.

Er konnte sogar grinsen. »Alte Knochen«, sagte er. »Ich weiß, ich hätte zur Knochenerneuerung gehen sollen. Das kommt davon, wenn man sparen will.«

Er setzte sich schwerfällig, das Bein von sich gestreckt. Er rümpfte die Nase. »Tut mir leid, daß ich Ihren schönen, sauberen Flugrumpf versaut habe.«

»Wollen Sie sich saubermachen?«

Er sah mich erstaunt an. »Na ja, ist wohl besser, dann gleich –«

»Tun Sie es sofort. Ich möchte mit euch beiden reden.«

Er widersprach nicht, streckte nur die Hand aus, und Dorrie griff danach. Er gelangte, halb humpelnd, halb hüpfend, zur Waschanlage. Dorrie hatte das Schlimmste schon bewältigt, aber er spritzte sich Wasser ins Gesicht und spülte sich den Mund. Als er sich umdrehte und mich ansah, hatte er sich wieder recht gut erholt.

»Also, was ist? Geben wir auf?«

»Nein«, sagte ich. »Wir machen es anders.«

»Er kann doch nicht, Audee!« rief Dorrie. »Sehen Sie sich ihn an. Und so, wie sein Anzug aussieht, hält er es draußen keine Stunde aus, geschweige denn, daß er Ihnen graben helfen könnte.«

»Das weiß ich, deshalb müssen wir den Plan ändern. Ich grabe allein. Ihr beide verschwindet mit dem Flugrumpf.«

»Oh, sehr tapfer«, sagte Cochenour tonlos. »Wollen Sie sich selbst etwas vormachen? Das ist Arbeit für zwei.«

Ich zögerte. »Nicht unbedingt. Man hat das auch schon solo gemacht, obwohl die Probleme damals etwas anders aussahen. Ich gebe zu, daß das schwere achtundvierzig Stunden für mich werden, aber wir müssen es versuchen. Ein Grund. Wir haben keine Alternative.«

»Falsch«, sagte Cochenour. Er tätschelte Dorries Gesäß. »Sehr kräftig, die Kleine. Nicht groß, aber gesund. Wie ihre Großmutter. Keine Widerrede, Walthers. Denken Sie lieber nach. Für Dorrie ist es nicht gefährlicher als für Sie, und wenn ihr zu zweit seid, haben wir vielleicht Glück. Wenn Sie allein sind, ganz bestimmt nicht.«

Aus irgendeinem Grund ärgerte mich seine Einstellung. »Sie reden so, als hätte sie überhaupt nicht mitzubestimmen.«

»Na, Sie übrigens auch, wenn wir schon davon anfangen«, sagte Dorrie ganz freundlich. »Ich weiß es zu schätzen, daß sie es mir leichtmachen wollen, Audee, aber ich glaube wirklich, daß ich von Nutzen sein könnte. Ich habe viel gelernt. Und wenn Sie die Wahrheit hören wollen, Sie sehen viel schlechter aus als ich.«

Ich sagte so verächtlich, wie ich konnte: »Lassen Sie. Ihr beide helft mir eine Stunde, damit ich alles vorbereiten kann. Und dann wird es so gemacht, wie ich sage. Keine Diskussionen. Fangen wir an.«

Das waren zwei Irrtümer. Der erste war, daß wir nicht in einer Stunde fertig wurden; es dauerte mehr als zwei, und bis wir fertig waren, schwitzte ich kranken, öligen Schweiß. Ich fühlte mich miserabel. Ich hatte längst aufgehört, mir noch Gedanken oder Sorgen zu machen; ich fand es nur immer wieder verwunderlich, daß mein Herz noch schlug. Dorrie leistete mehr Muskelarbeit als ich, kräftig und bereitwillig, wie versprochen, und Cochenour überprüfte die Instrumente und stellte ein paar Fragen, um sicherzugehen, daß er den Rumpf auch fliegen konnte. Ich trank zwei Tassen Kaffee, kräftig mit Gin aus meinem Privatvorrat versetzt, und rauchte meine letzte Zigarette, während ich mich beim Militär abmeldete. Eve Littleknees flirtete mit mir, war aber ein bißchen erstaunt.

Dann sprangen Dorrie und ich aus der Schleuse und schlossen sie hinter uns. Cochenour war im Pilotensessel angeschnallt.

Dorrie blieb einen Augenblick verloren stehen, dann packte sie meine Hand, und wir hasteten zum Iglu, den wir schon gezündet hatten. Ich hatte ihr eingeprägt, wie wichtig es sei, den Düsenausstoß zu meiden. Sie war brav, warf sich auf den Boden und rührte sich nicht.

Ich war weniger vorsichtig: Als ich am Feuerstrahl erkennen konnte, daß die Düsen nicht mehr in unsere Richtung wiesen, reckte ich den Kopf hoch und sah zu, wie Cochenour in einem Hagel von Schwermetallasche startete. Es war kein schlechter Start. Unter derartigen Umständen meine ich mit ›schlecht‹ die völlige Zerstörung des Flugrumpfes und den Tod oder die Verstümmelung einer oder mehrerer Personen. Das vermied Cochenour, aber der Rumpf schleuderte und schwankte wild umher, als die Böen ihn erfaßten. Es würde ein rauher Flug für ihn werden, schon auf den paar hundert Kilometern nach Norden, die ihn aus dem Peilbereich führen würden.

Ich berührte Dorrie mit der Schuhspitze, und sie raffte sich auf. Ich schob das Sprechkabel in den Stecker an ihrem Helm – Funkverkehr schied aus wegen möglicher Perimeterstreifen, die wir nicht würden sehen können.

»Haben Sie es sich schon anders überlegt?« fragte ich.

Es war eine ziemlich dumme Frage, aber Dorrie kicherte. Das nahm ich wahr, weil wir Helm an Helm waren. Ich konnte aber nicht hören, was sie sagte, bis ihr einfiel, den Sprechschalter zu betätigen, und dann vernahm ich: » – romantisch, nur wir beide.«

Na ja, für solche Plänkeleien hatten wir keine Zeit. Ich sagte gereizt: »Vergeuden wir nicht unsere Zeit. Merken Sie sich, was ich gesagt habe. Wir haben Luft, Wasser und Strom für achtundvierzig Stunden. Verlassen Sie sich nicht auf einen Spielraum. Das eine oder andere reicht vielleicht ein bißchen länger, aber zum Leben braucht man alle drei. Arbeiten Sie nicht zu angestrengt; je weniger umgesetzt wird, desto leichter hat es das Ausscheidungssystem. Wenn wir einen Tunnel finden und hineingelangen, können wir vielleicht ein paar von den Notrationen dort drüben essen – vorausgesetzt, er ist ungeöffnet und hat sich im Lauf einer Viertelmillion Jahre nicht zu stark erwärmt. Sonst brauchen wir an Essen gar nicht zu denken. Was das Schlafen angeht, besteht keine –«

»Und wer vergeudet jetzt Zeit? Das haben Sie mir alles schon klargemacht.« Aber sie war immer noch guter Dinge.

Wir krochen in den Iglu und fingen an zu arbeiten.

Als erstes mußten wir Bohrklein wegräumen, das sich schon angesammelt hatte. Die übliche Methode ist natürlich diejenige, die Bohrer auf Umkehrgang zu schalten und umzusetzen. Das konnten wir nicht tun. Es hätte bedeutet, sie von der Tätigkeit des Ausschachtens abzuziehen. Wir mußten es auf die mühsame Art machen, nämlich mit den Händen.

Es war wirklich mühsam. Hitzeanzüge sind schon an sich unbequem. Wenn man in ihnen arbeiten muß, sind sie eine Qual. Ist die Arbeit anstrengend und wird sie noch durch die Enge in einem Iglu behindert, der schon zwei Personen und einen laufenden Bohrer enthält, wird es fast zur Unmöglichkeit.

Wir schafften es trotzdem, weil wir keine andere Wahl hatten.

Cochenour hatte nicht übertrieben; Dorrie leistete soviel wie ein Mann. Die Frage war nur, ob das reichen würde. Die andere Frage, die mich von Minute zu Minute stärker beschäftigte, war, ob ich soviel leistete wie ein Mann. Der Kopfschmerz hämmerte unbarmherzig weiter, und wenn ich mich schnell bewegte, wurde mir schwarz vor den Augen. Der Arzt hatte mir drei Wochen bis zum völligen Leberversagen versprochen, aber dabei nicht an diese Art von Arbeit gedacht. Ich mußte davon ausgehen, daß meine Zeit schon überschritten war. Sehr entmutigend für mich.

Vor allem, als zehn Stunden vergingen und ich erkannte, daß wir tiefer gekommen waren, als der Tunnel nach den Echoloter-gebnissen sein mußte, ohne daß sich leuchtende, blaue Späne zeigten.

Wir bohrten ein Loch ins Leere.

Wenn der Flugrumpf in der Nähe gewesen wäre, hätte man das als ärgerlich ansehen können. Vielleicht als sehr ärgerlich, aber nicht als eine Katastrophe. Ich wäre zum Rumpf zurückgegangen, hätte mich gewaschen, die Nacht durchgeschlafen, gegessen und die Stelle neu vermessen. Wir bohrten an der falschen Stelle. Nun gut, der nächste Schritt ist, an der richtigen zu bohren. Das Gelände studieren, eine Stelle aussuchen, den nächsten Iglu zünden, die Bohrer einschalten und es versuchen, wieder versuchen.

Das war, was wir gemacht *hätten*. Aber alle diese Möglichkeiten hatten wir nicht. Wir hatten den Flugrumpf nicht. Wir hatten keine Gelegenheit, zu essen oder zu schlafen. Es gab keinen Iglu mehr. Wir konnten den Bildschirm nicht zu Rate ziehen. Und ich fühlte mich mit jeder Minute scheußlicher.

Ich kroch aus dem Iglu, setzte mich dahin, wo der Wind nicht gar so arg tobte, und starrte zum wirbelnden, gelbgrünen Himmel hinauf.

Es mußte doch eine Möglichkeit geben, wenn sie mir nur einfallen wollte. Ich befahl mir, nachzudenken.

Also, mal sehen. Konnte ich vielleicht den Iglu abreißen und anderswo wieder aufbauen?

Nein. Ich konnte ihn mit den Bohrern zwar losreißen, aber in dem Augenblick, wo er sich löste, würde ihn der Sturm packen, und dann lebewohl, Charlie. Ich würde den Iglu nie mehr wiedersehen. Abgesehen davon gab es keine Möglichkeit, ihn wieder luftdicht abzuschließen.

Nun, warum dann nicht ohne Iglu bohren?

Möglich, dachte ich. Aber sinnlos. Angenommen, wir hatten Glück und fanden den Tunnel. Ohne Iglu, mit dem wir diese

20 000 Millibar heißes Gas fernhalten konnten, würden wir den Inhalt doch zerstören.

Ich spürte eine Berührung an der Schulter und entdeckte, daß Dorrie neben mir saß. Sie stellte keine Fragen, sie sagte gar nichts. Es war wohl alles völlig klar, ohne daß man darüber sprechen mußte.

Nach meinem Anzugchronometer waren fünfzehn Stunden vergangen. Es blieben also noch gute dreißig, bis Cochenour zurückkam und uns holte. Ich sah keinen Sinn darin, die ganze Zeit hier herumzusitzen, aber auf der anderen Seite hielt ich es auch nicht für sinnvoll, etwas anderes zu tun.

Allerdings konnte ich ja auch mal eine Weile schlafen, dachte ich ... dann wurde ich wach und begriff, daß ich genau das gemacht hatte.

Dorrie schlief neben mir.

Man mag sich fragen, wie jemand mitten in einem südpolaren Hitzesturm schlafen kann. So schwer ist das gar nicht. Man muß nur völlig erschöpft und völlig verzweifelt sein. Der Schlaf dient ja nicht nur dazu, die aufgedröselten Maschen wieder aufzunehmen, er ist auch eine gute Methode, abzuschalten, wenn die Welt zu scheußlich aussieht. Wie in unserem Fall.

Aber die Venus ist die letzte Zuflucht der puritanischen Ethik. Verrückt. Ich wußte, daß ich so gut wie tot war, hatte aber das Gefühl, daß ich irgend etwas tun mußte. Ich schob mich von Dorrie weg, vergewisserte mich, daß ihr Anzug am Haltering des Iglus befestigt war, und stand auf. Es kostete mich sehr viel Konzentration, aufzustehen, und die Sorgen ließen sich damit fast so gut fernhalten wie durch Schlaf.

Ich kam auf den Gedanken, daß vielleicht acht oder zehn lebende Hitschi noch im Tunnel sein mochten. Vielleicht hatten sie uns klopfen hören und den Schachtboden geöffnet, damit wir hineinkonnten. Ich kroch also in den Iglu, um nachzusehen.

Ich starrte in den Schacht, um mich zu vergewissern. Nein. Das hatten sie nicht getan. Es war noch immer nur ein verschlossenes Loch, das am Ende des Lichtscheins meiner Kopflampe in schmutziger, dunkler Unsichtbarkeit verschwand. Ich fluchte über die

Hitschi, die uns nicht geholfen hatten, und stieß mit dem Fuß ein paar Bohrspäne hinunter, auf ihre nicht vorhandenen Köpfe.

Die puritanische Ethik juckte mich, und ich fragte mich, was ich tun sollte? Sterben? Hm, ja, aber das tat ich sowieso schon schnell genug. Etwas Konstruktives?

Mir fiel ein, daß man einen Ort immer so zurücklassen soll, wie man ihn vorgefunden hat, kurbelte deshalb die Bohrer hoch und verstaute sie säuberlich. Ich stieß wieder Bohrklein in das nutzlose Loch, um einen Sitzplatz zu finden, setzte mich hin und dachte nach.

Ich überlegte mir, was wir falsch gemacht hatten, so wie man über ein Schachproblem nachdenkt.

Ich sah das Bildschirmmuster noch immer vor mir. Es war hell und klar, also mußte da unbedingt etwas sein. Es war einfach Pech, daß wir es verfehlt hatten.

Wie war das geschehen?

Nach einiger Zeit glaubte ich die Antwort darauf zu wissen.

Leute wie Cochenour und Dorrie denken, daß eine seismische Spur etwas Ähnliches wie diese unterirdischen Karten der Innenstadt von Dallas sind, die alle Wasserleitungen und Abwässerkanäle und Rohre zeigen, so daß man einfach gräbt, wo der bewußte Punkt ist, und findet, was man sucht.

Ganz so ist es nicht. Die Spur erscheint als eine Art nebelhafter Annäherung. Sie entwickelt sich Stunde um Stunde durch die Messung der Echowellen. Sie sieht aus wie ein Band von Spinnwebschatten, viel breiter als der eigentliche Tunnel und an den Rändern sehr verschwommen. Wenn man sie betrachtet, weiß man, daß irgendwo in den Schatten etwas ist, was sie hervorruft. Vielleicht eine Gesteinsschicht oder ein Kieseinschluß. Man hofft, daß es ein Hitschi-Tunnel ist. Was es auch sein mag, es ist da irgendwo, aber man weiß nicht ganz genau, wo. Ist ein Tunnel zwanzig Meter breit, wie es die Verbindungstunnels der Hitschi im Durchschnitt etwa sind, dann zeigt die Schattenspur an die fünfzig, vielleicht bis zu hundert.

Wo gräbt man also?

Da geht die Kunst des Schürfens an. Man muß sich auf eine begründete Vermutung einlassen.

Vielleicht gräbt man genau im geometrischen Mittelpunkt –

soweit man erkennen kann, wo sich der befindet. Das ist das Einfachste. Vielleicht gräbt man, wo die Schatten am dichtesten sind, wie es die halbschlauen Schatzsucher tun, und das klappt etwa in der Hälfte der Fälle. Oder man tut, was ich getan hatte, und versucht zu denken wie ein Hitschi. Man sieht die Spur als Ganzes und versucht herauszufinden, welche Punkte sie wahrscheinlich miteinander verbinden wollten. Dann zieht man eine imaginäre Linie zwischen den Punkten, wo man den Tunnel angelegt hätte, wenn man der leitende Hitschi-Ingenieur gewesen wäre, und dort gräbt man.

So hatte ich es gemacht, aber das war offensichtlich falsch gewesen.

Auf recht undeutliche Weise begann ich zu glauben, daß ich erkannte, was ich getan hatte.

Ich stellte mir die Spur vor. Der richtige Ort zum Graben war dort, wo ich den Flugrumpf aufgesetzt hatte, aber dort konnte ich den Iglu natürlich nicht hinsetzen, weil der Rumpf im Weg gewesen war. Ich hatte ihn deshalb zehn Meter hangaufwärts aufgebaut.

Ich war überzeugt davon, daß wir um diese zehn Meter danebengetroffen hatten.

Ich war zufrieden mit mir, weil ich das begriffen hatte, wenngleich ich nicht sehen konnte, wieso das noch ins Gewicht fiel. Wenn ich einen zweiten Iglu gehabt hätte, wäre ich gern bereit gewesen, es noch einmal zu versuchen, immer vorausgesetzt, daß ich mich so lange aufrecht halten konnte. Aber das sagte nicht viel, denn ich hatte keinen zweiten Iglu.

Ich saß am Rand des dunklen Schachtes und nickte weise, weil ich das Problem gelöst hatte. Ab und zu ließ ich die Beine baumeln und fegte Bohrklein hinein. Ich glaube, das gehörte zum Todestrieb, denn ich weiß, ich dachte ab und zu, das Angenehmste wäre doch, hineinzuspringen und das Bohrklein über mich zu häufen.

Aber die puritanische Ethik wollte es nicht zulassen. Außerdem wäre damit nur mein persönliches Problem gelöst gewesen, nicht das der guten Dorrie Keefer, die draußen im Hitzeorkan vor sich hinschnarchte.

Ich begann mich schließlich zu fragen, weshalb ich mir um Dorrie Sorgen machte. Es war ein recht angenehmes Thema zum Nachdenken, aber irgendwie traurig.

Ich dachte lieber wieder über den Tunnel nach.

Der Boden des Schachtes konnte nicht mehr als ein paar Meter von der Stelle entfernt sein, wo wir ins Leere gestoßen waren. Ich dachte daran, hinunterzuspringen und mit den bloßen Handschuhen zu graben. Mir erschien das als gute Idee. Ich weiß nicht genau, wieviel davon eine Schrulle, wieviel das Phantasien eines Kranken waren, aber ich dachte immer wieder daran, wie schön es wäre, wenn dort noch immer Hitschi wären und ich einfach höflich an das blaue Wandmaterial klopfen könnte, worauf sie mir aufmachen und mich hereinlassen würden. Ich machte mir sogar ein Bild davon, wie sie aussahen: freundlich und gottähnlich. Es wäre sehr angenehm gewesen, einem Hitschi zu begegnen, einem lebendigen, der Englisch sprechen konnte.

›Hitschi, wozu habt ihr eigentlich die Dinger verwendet, die wir Gebetsfächer nennen?‹ könnte ich ihn fragen. Oder: ›Hitschi, habt ihr etwas in eurem Arzneischrank, damit ich nicht sterben muß?‹ Oder: ›Hitschi, es tut mir leid, daß wir euren Vorgarten zerwühlt haben, und ich will auch versuchen, wieder aufzuräumen.‹

Ich schob noch mehr Späne ins Loch. Ich hatte nichts Besseres zu tun, und wer weiß, vielleicht mochten sie das sogar. Nach einer Weile hatte ich den Schacht halb voll, und es gab kein Bohrklein mehr, bis auf das, was vor dem Iglu lag. Das zu holen, hatte ich nicht mehr die Kraft. Ich suchte nach einer anderen Beschäftigung. Ich setzte die Bohrer um, montierte die letzten scharfen Köpfe, richtete sie in einem Winkel von zwanzig Grad hangabwärts und schaltete ein.

Erst als ich Dorrie neben mir stehen sah, die bei den ersten Bohrmetern half, die Bohrer festzuhalten, wurde mir klar, daß ich einen Plan gemacht hatte.

Warum nicht eine Schrägbohrung versuchen? Gab es eine bessere Möglichkeit?

Die gab es nicht. Wir bohrten.

Als die Gehäuse aufhörten zu rucken und die Bohrer sich gleichmäßig durch das Gestein fraßen, räumte ich an der Seite im Iglu auf und schob eine Weile Bohrklein hinaus; dann saßen wir einfach da und sahen zu, wie die Bohrer Gesteinssplitter in den alten Schacht spuckten. Er füllte sich schön auf. Wir sagten nichts zueinander. Nach einer Weile schlief ich wieder ein.

Ich wurde erst wach, als Dorrie mir auf den Kopf trommelte. Wir waren von Bohrklein begraben, aber es war nicht einfach Gestein. Die Splitter leuchteten so strahlend blau, daß mir beinahe die Augen weh taten.

Die Bohrköpfe mußten stundenlang an der Hitschi-Wandverkleidung gekratzt haben. Sie hatten sogar Vertiefungen hineingebohrt.

Wir schauten hinunter und konnten das runde, helle, blaue Auge der Tunnelwand heraufstarren sehen. Eine Schönheit, und sie gehörte uns ganz allein.

Selbst da sagten wir nichts.

Auf irgendeine Weise gelang es mir, mich durch die Haufen zur Kriechschleuse durchzuzwängen. Ich dichtete die Schleuse ab, nachdem ich ein paar Kubikmeter Gestein hinausbugsiert hatte. Dann suchte ich unter dem Geröll nach den Flammenbohrern. Irgendwann fand ich sie. Irgendwie. Irgendwann konnte ich sie anschließen und einschalten. Ich sah zu, wie das grelle Licht aus dem Schacht hochschoß und sich am Igludach spiegelte.

Dann kreischte kurz das Gas, und es klirrte, als der Schachtboden herausfiel.

Wir waren in den Hitschi-Tunnel vorgedrungen. Er war ungeöffnet und wartete auf uns. Unsere Schönheit war Jungfrau. Wir nahmen ihr die Unschuld mit aller Liebe und Ehrerbietung.

12

Ich mußte wieder bewußtlos geworden sein, und als ich begriff, wo ich war, lag ich am Boden des Tunnels. Mein Helm war geöffnet. Ebenso mein Anzug. Ich atmete schale, muffige Luft, die eine Viertelmillion Jahre alt sein mußte und auch danach roch. Aber es war Luft. Sie war dichter als auf der Erde und viel feuchter, aber der Partialdruck des Sauerstoffs war derselbe. Auf jeden Fall konnte man davon leben. Ich bewies es, indem ich sie atmete und nicht starb.

Neben mir lag Dorrie Keefer.

Das blaue Hitschi-Licht schmeichelte ihrem Teint nicht. Zuerst war ich nicht sicher, daß sie noch atmete. Aber trotz ihres Aussehens schlug ihr Puls, ihre Lunge blähte sich, und als sie spürte, wie ich an ihr herumtastete, schlug sie die Augen auf.

»Wir haben es geschafft«, sagte sie.

Wir saßen da und grinsten uns albern an, im bläulichen Hitschi-Licht wie Schreckensmasken.

Mehr als das zu tun, war in diesem Augenblick ganz unmöglich. Ich hatte alle Hände voll zu tun, nur um zu begreifen, daß ich noch lebte. Ich wollte das nicht aufs Spiel setzen, indem ich mich bewegte. Ich fühlte mich aber nicht sehr wohl, und nach einigen Augenblicken wurde mir klar, daß mir sehr heiß war. Ich schloß den Helm, um die Hitze teilweise fernzuhalten, aber der Geruch war so schlecht, daß ich den Helm wieder aufmachte, weil mir die Hitze noch lieber war.

Dann begann ich mich zu fragen, weshalb die Hitze nur unangenehm und nicht augenblicklich tödlich war. Der Energietransport durch eine Hitschi-Wand geht sehr langsam vor sich, aber er dauert keine Viertelmillion Jahre. Mein trauriges, altes Hirn drehte den Gedanken eine Weile herum und kam zu einer Schlußfolgerung: Zumindest bis vor ganz kurzer Zeit, bis vor einigen Jahrhunderten oder Jahrtausenden vielleicht, war dieser Tunnel gekühlt worden. Automatische Maschinen, versteht sich, dachte ich weise. Donnerwetter, allein das zu finden, lohnte sich schon. Defekt oder nicht, sie würden viele Vermögen wert sein ...

Und das rief mir ins Gedächtnis, weshalb wir überhaupt hier unten waren, und ich schaute den Korridor hinauf und hinunter, um zu sehen, welche Schätze uns dort erwarteten.

Als ich im Amarillo Central zur Schule gegangen war, hatte ich eine Lieblingslehrerin gehabt, eine gehbehinderte Dame namens Miss Stevenson, und sie erzählte uns oft Geschichten und Sagen. Sie verdarb mir ein ganzes Wochenende mit der Geschichte von einem Griechen, der ein Gott hatte sein wollen. Er war König eines kleinen Landes in Lydien, wollte aber mehr, und die Götter ließen ihn auf den Olymp kommen. Dort war er fein heraus, bis er alles verdarb. Ich weiß nicht mehr, wie; es hing mit einem Hund und einer scheußlichen Geschichte zusammen, wonach er die Götter dazu brachte, seinen eigenen Sohn zu verspeisen. Jedenfalls kam er auf Ewigkeit in Einzelhaft, bis zum Hals in einem kühlen See in der Hölle und unfähig, zu trinken. Der Bursche hieß Tantalus, und in diesem Hitschi-Tunnel hatte ich mit ihm einiges gemeinsam. Den Schatz gab es wirklich, aber wir konnten nicht zu ihm gelangen. Wir hatten nicht den Haupttunnel getroffen, sondern eine Art winkliger Thielly-Kanal-Umgehung, und sie war an beiden Enden blockiert. Wir konnten an halbgeschlossenen Toren vorbei in den Hauptschacht blicken. Wir sahen Hitschi-Maschinen und Haufen von Gegenständen, die vielleicht einmal Behälter gewesen waren, jetzt verrottet, ihr Inhalt am Boden. Aber wir hatten nicht die Kraft, zu ihnen zu gelangen.

Es waren die Anzüge, die uns so schwerfällig machten. Ohne sie hätten wir vielleicht hindurchschlüpfen können, aber würden wir hinterher wieder die Kraft haben, sie rechtzeitig anzuziehen, wenn Cochenour kam? Ich bezweifelte es. Ich stand da, preßte den Helm an das Tor und kam mir vor wie die kleine Alice ohne die Flasche Trinkmilch vor ihrem Garten, und dann dachte ich wieder an Cochenour und schaute auf die Uhr.

Seit seinem Abflug waren sechsundvierzig Stunden und ein paar Minuten vergangen. Er mußte jeden Augenblick hier sein.

Und wenn er zurückkam, während wir hier waren, und die Kriechschleuse öffnete und mit der Abdichtung nicht vorsichtig war, würden zwanzigtausend Millibar giftiges Gas über uns hereinstürzen. Es würde uns natürlich töten, aber außerdem auch den jungfräulichen Tunnel beschädigen. Die vernichtende Kraft dieser Gasimplosion mochte alles zerstören.

»Wir müssen zurück«, sagte ich zu Dorrie und zeigte ihr die Uhr. Sie lächelte.

»Vorübergehend«, sagte sie, drehte sich um und ging voraus.

Nach dem hellen, blauen Schimmer des Hitschi-Tunnels wirkte der Iglu eng und unwirtlich, und das Schlimmste war, daß wir nicht einmal in ihm bleiben konnten. Cochenour würde wahrscheinlich daran denken, daß er die Kriechschleuse auf beiden Seiten wieder luftdicht verschließen mußte, aber Gewißheit gab es nicht. Dieses Risiko konnte ich nicht eingehen. Ich versuchte mir einfallen zu lassen, wie ich den Schacht abdichten konnte, vielleicht, indem ich das ganze Bohrklein wieder hineinschob, aber obwohl mein Gehirn nicht richtig funktionierte, konnte ich erkennen, daß das Unsinn war.

Wir mußten also im windigen Venuswetter draußen warten, und zwar bald. Das kleine Uhrzifferblatt neben meinen Armaturen, die alle schon rot zeigten, bewies, daß Cochenour eigentlich schon hätte dasein müssen.

Ich schob Dorrie in die Schleuse, zwängte mich mit ihr hinein, dichtete ab, und dann warteten wir.

Wir warteten lange Zeit, Dorrie über die Schleuse gebeugt und ich neben ihr, mich an ihr und den Halteringen festhaltend. Wir hätten miteinander sprechen können, aber ich nahm an, daß Dorrie bewußtlos war oder schlief, weil sie sich nicht rührte, und außerdem schien es zuviel Arbeit zu sein, das Sprechkabel anzuschließen.

Wir warteten noch länger, und Cochenour kam immer noch nicht.

Ich versuchte nachzudenken.

Für seine Verspätung konnte es eine Reihe von Gründen geben. Er mochte abgestürzt sein. Das Militär konnte ihn erwischt haben. Er konnte sich verirrt haben.

Aber es gab noch eine Möglichkeit, die näherlag als die anderen. Das Zifferblatt verriet mir, daß er die Zeit schon um fünf Stunden überzogen hatte, und die Anzugarmaturen zeigten, daß wir beim Strom am äußersten Maximum, bei der Luft kurz darunter, beim Wasser weit darüber waren. Wenn wir nicht eine Weile die Luft im Hitschi-Tunnel hätten atmen können, wären wir schon tot gewesen, und davon wußte Cochenour nichts.

Er hatte gesagt, daß er ein schlechter Verlierer sei. Er hatte sich ein Endspielmanöver ausgedacht, so daß er nicht zu verlieren brauchte. Ich konnte ihn so deutlich sehen, als säße ich bei ihm im Flugrumpf, wie er auf seine Uhren starrte, sich eine leichte Mahlzeit zubereitete und Musik spielen ließ, während er auf unseren Tod wartete.

Das war kein beängstigender Gedanke; ich war dem Tod so nah, daß der Unterschied nur noch technisch ins Gewicht fiel, und hatte genug davon, in dem stinkenden Hitzeanzug zu stecken, so daß ich beinahe jede Art von Erlösung begrüßte. Aber es ging um das Mädchen, und der eine, winzige, vernünftige Gedanke, der sich in meinem halbvergifteten Gehirn hielt, war der, daß es ungerecht von Cochenour war, uns beide umzubringen. Mich, ja. Sie, nein. Ich klopfte an ihren Anzug, bis sie sich ein bißchen bewegte, und nach einer Weile gelang es mir, sie wieder in die Kriechschleuse zu bugsieren.

Es gab zwei Dinge, von denen Cochenour nichts wußte. Er wußte nicht, daß wir Luft zum Atmen gefunden hatten, und er wußte nicht, daß wir zusätzlichen Strom aus den Bohrerbatterien beziehen konnten.

Trotz der unbändigen Wut in mir war ich noch dieser zusammenhängenden Gedanken fähig. Wir konnten ihn überraschen, wenn er nicht mehr allzu lange wartete. Wir konnten noch ein paar Stunden am Leben bleiben, und dann, wenn er herkam, um uns tot vorzufinden und zu sehen, welchen Preis er gewonnen hatte, würde er feststellen, daß ich auf ihn wartete.

Und so kam es.

Es muß ein furchtbarer Schock für ihn gewesen sein, als er den Iglu mit dem schweren Schraubenschlüssel in der Hand betrat, sich über mich beugte und erkannte, daß ich noch lebte und mich rühren konnte, während er nur mit einem ordentlich durchgebratenen Stück Fleisch gerechnet hatte. Der Bohrer traf ihn genau in die Brust. Sein Gesicht konnte ich nicht sehen, aber seinen Ausdruck kann ich mir vorstellen.

Dann kam es nur noch darauf an, vier oder fünf unmögliche Dinge zu tun. Dinge, wie Dorrie aus dem Tunnel hinauf in den Flugrumpf zu schleppen, mich hinter ihr hineinzuzwängen, ihn luftdicht zu verschließen und einen Kurs zu programmieren. Alle diese unmöglichen Dinge und noch eines, was schwerer war als alles andere, aber für mich sehr wichtig.

Ich machte Bruch, als wir aufsetzten, aber wir waren angegurtet und steckten in den Anzügen, und als die Bodenmannschaften kamen, um nachzusehen, lebten Dorrie und ich noch.

13

Man mußte mich drei Tage lang zusammenflicken und mit Wasser vollpumpen, bevor man überhaupt daran denken konnte, meine neue Leber einzusetzen. Früher hätte man mich die ganze Zeit über unter Morphium gehalten, aber sie weckten mich natürlich alle paar Stunden für Feedbacktraining. Ich haßte es, weil es nur Qual und Schmerz und Genörgel von Dr. Morius und den Schwestern bedeutete, und ich hätte mir die alte Zeit zurückwünschen mögen, nur daß ich damals hätte sterben müssen.

Aber am vierten Tag tat mir kaum noch etwas weh, außer wenn ich mich bewegte, und ich bekam Flüssigkeit durch den Mund zugeführt statt andersherum.

Ich begriff, daß ich noch eine Weile leben würde, beschaute meine Umgebung und fand sie gut.

In der Spindel gibt es keine Jahreszeiten, aber in der Gesundbeterei ist man sentimental, was die Tradition und die Bande zum Mutterplaneten angeht. Man spielte auf die Wände Szenen mit flockigen weißen Wolken ein, und die Luft aus den Ventilatorschächten roch nach grünem Laub und Flieder.

»Es lebe der Frühling«, sagte ich zu Dr. Morius.

»Halten Sie den Mund«, sagte er, verschob ein paar von den Nadeln, die in meinem Bauch wie in einem Nadelkissen steckten, und beobachtete die Skalen. »Hm.« Er schob die Unterlippe vor, zog ein paar Nadeln heraus und sagte: »Na, mal sehen, Walthers. Wir haben den Milzkreislauf unterbrochen. Ihre neue Leber arbeitet gut, auch wenn Sie die Giftstoffe noch nicht so schnell ausscheiden, wie es sein sollte. Wir haben Ihren Ionenspiegel zu dem eines menschlichen Wesens aufgepäppelt, und Ihr Gewebe hat fast überall wieder ein bißchen Flüssigkeit aufgenommen. Insgesamt«, er kratzte sich am Kopf, »ja, im allgemeinen würde ich sagen, daß Sie leben, also muß die Operation wohl ein Erfolg gewesen sein.«

»Machen Sie keine Witze, Doktor«, sagte ich. »Wann kann ich hier 'raus?«

»Vielleicht gleich?« meinte er nachdenklich. »Das Bett könnten wir gebrauchen. Wir bekommen viele zahlende Patienten.«

Einer der Vorteile dabei, daß ich statt der Giftsuppe, von der mein Gehirn hatte leben müssen, wieder Blut besaß, war der, daß er mich auf den Arm nahm; ich wäre nicht hiergewesen, wenn ich nicht zahlender Patient gewesen wäre, so oder so, und obwohl ich mir nicht vorstellen konnte, wie das gegangen war, hatte ich nichts dagegen, eine Weile zu warten, bis ich dahinterkam.

Auf jeden Fall war ich daran interessiert, herauszukommen. Sie verpackten mich in Naßtücher und rollten mich durch die Spindel zu Sub Vastras Wohnung. Dorrie war schon vor mir da, und die Dritte von Vastras Haus bemühte sich um uns, brachte Lammbrühe und das flache, harte Brot, das sie bevorzugen, bevor sie uns zudeckte. Es gab nur das eine Bett, aber Dorrie schien das nichts auszumachen, und im übrigen war das zunächst eine akademische Frage. Später nicht mehr. Nach ein paar Tagen dieser Behandlung war ich auf und so gut wie neu.

Inzwischen hatte ich erfahren, wer meine Rechnung im Krankenhaus bezahlt hatte. Etwa eine Minute lang hatte ich gehofft, ich sei es selbst gewesen, blitzschnell und unanständig reich geworden durch die Beute in unserem Tunnel, aber ich wußte, daß das nicht sein konnte. Wir hätten nur durch Tricks zu Geld kommen können, und bei der Rückkehr zur Spindel waren wir beide dem Tod zu nahe gewesen, um etwas verheimlichen zu können.

Das Militär war angerückt und hatte alles kassiert, aber auch gezeigt, daß man ein Herz hatte. Verkümmert und steinhart, aber ein Herz. Man war in den Tunnel gestiegen, während ich im Schlaf noch Glukoseanämien bekam, und von den Funden so erfreut gewesen, daß man beschlossen hatte, mir eine Art Finderlohn zuzusprechen. Nicht viel, versteht sich. Aber genug, um mein Leben zu retten. Es war sogar so viel, daß ich die unzureichend gedeckten Schecks für die Finanzierung der Expedition einlösen, das Arzthonorar und die Krankenhauskosten bezahlen konnte, und am Ende blieb noch ein Betrag für die Anzahlung auf eine Hitschi-Hütte für uns allein.

Eine Zeitlang störte mich, daß man mir nicht verraten wollte, was man gefunden hatte. Ich versuchte sogar, Sergeant Littleknees betrunken zu machen, als sie auf Urlaub in die Spindel kam. Dorrie war aber die ganze Zeit dabei, und wie betrunken kann man eine Frau schon machen, wenn eine andere dabeisitzt und zuschaut? Außerdem wußte Eve Littleknees sowieso vermutlich nichts. Wahrscheinlich wußte niemand etwas, außer ein paar Waffenspezialisten. Es mußte aber etwas Wichtiges gewesen sein, der Barprämie wegen, und vor allem deshalb, weil sie das widerrechtliche Betreten der militärischen Sperrzone nicht ahndeten. Und so leben wir dahin, wir beide. Oder wir drei.

Dorrie erwies sich als großes Talent beim Verkauf von Feuerperlen an die Terry-Touristen, zumal dann, als man sehen konnte, daß sie ein Baby bekam. Sie verdiente unseren Unterhalt, bis die Hochsaison begann, und inzwischen war ich eine Art Berühmtheit geworden, was ich in ein Bankdarlehen und einen neuen Flugrumpf ummünzte, so daß es uns ganz gutgeht. Ich habe ihr versprochen, daß ich sie heirate, wenn es ein Junge wird, aber um ganz ehrlich zu sein, ich werde es auf jeden Fall tun. Sie war mir eine große Hilfe, vor allem bei meinem ganz privaten Projekt dort am Tunnel. Sie konnte nicht gewußt haben, wozu ich Cochenours Leiche mitnehmen wollte, aber sie widersprach nicht, und so krank und erschöpft sie auch gewesen war, sie hatte mir geholfen, den Toten in die Rumpfschleuse zu schleppen.

Dabei hatte ich Dorrie ganz dringend gebraucht.

Es ist natürlich keine ganz neue Leber. Wahrscheinlich stammt sie nicht einmal aus zweiter Hand. Weiß der Himmel, wo Cochenour sie gekauft hat, aber ich bin sicher, daß sie nicht von ihm selbst stammte. Aber sie funktioniert. Und was für ein Halunke er auch gewesen sein mag, irgendwie habe ich ihn doch gemocht, und deshalb stört es mich auch überhaupt nicht, daß ich ein Teil von ihm immer mit mir herumtrage.

ENDE

Goldmann SCIENCE FICTION

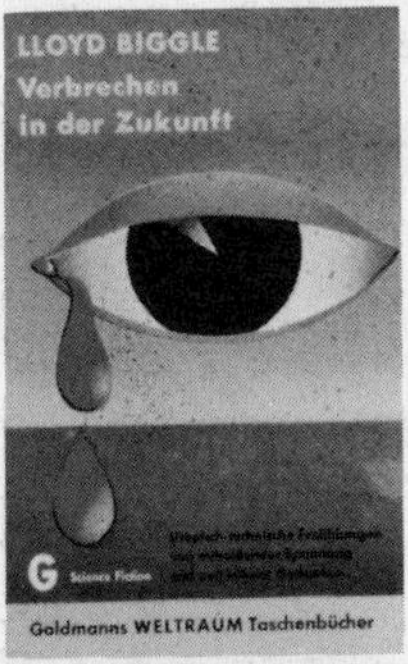

Lloyd Biggle
Verbrechen in der Zukunft
Utopisch-technische Erzählungen
192 Seiten. Band 098.

Die Polizei hat ein Gerät erfunden, mit dessen Hilfe man auf einem Fernsehschirm Ereignisse beobachten kann, die erst in einigen Wochen stattfinden werden. Aber kann man die Zukunft, die man vorhergesehen hat, manipulieren?

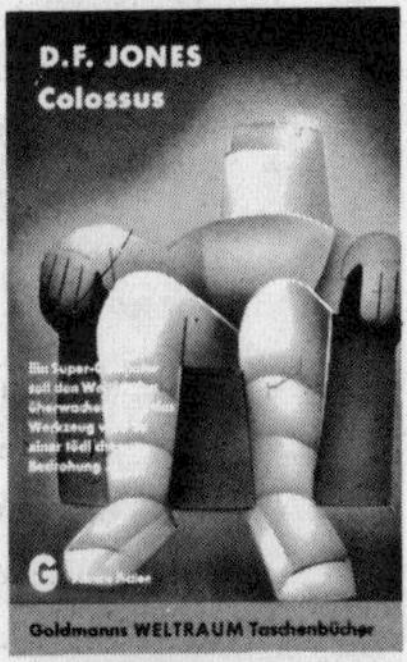

D. F. Jones
Colossus
Technischer Zukunftsroman
176 Seiten. Band 094.

Colossus – diesen Namen gab Professor Charles Forbin dem riesigen Computer, den er in langjähriger Arbeit entwickelte. Seine Aufgabe: Die Verteidigung des amerikanischen Kontinents. Als der Super-Computer in Betrieb genommen wird, muß man feststellen, daß er sich nicht mehr abschalten läßt. Der Menschheit droht die Gefahr, von Colossus regiert zu werden ...

E. C. Tubb
Projekt Ming-Vase
Utopisch-technische Erzählungen
176 Seiten. Band 093.

Zehn Geschichten von morgen – in kühnem Gedankenflug entführen sie den Leser in eine ferne Zukunft, in die unendlichen Weiten des Universums. Eine Auswahl, in der die ganze Spannweite der Science Fiction aufgezeigt wird. Telepathie, Raumfahrt, Leben auf anderen Planeten, Abenteuer im Weltraum – das sind einige der Themen.

WILHELM GOLDMANN VERLAG MÜNCHEN

Goldmann SCIENCE FICTION

Rex Gordon
Der Zeitfaktor
Technischer Zukunftsroman
192 Seiten. Band 069.

Amerikanische Wissenschaftler schicken eine Filmkamera mit einer Zeitmaschine hundert Jahre in die Zukunft. Doch die Aufnahmen aus jener Zeit vermitteln ein Bild des Schrekkens. Die Erde ist durch einen Atomkrieg verwüstet. – Muß es tatsächlich so werden? Oder gibt es eine Möglichkeit, den Ablauf der Geschehnisse zu beeinflussen?

Damon Knight
Welt ohne Maschinen
Utopisch-technische Erzählungen
176 Seiten. Band 092.

Die Titelgeschichte führt den Leser in eine Zeit, wo alle Maschinen überflüssig geworden sind. Man hat einen höchst ungewöhnlichen Ersatz dafür gefunden. – Die beiden anderen Erzählungen befassen sich mit der ewigen Menschheitsfrage der Unsterblichkeit und der Freundschaftsmission eines Botschafters aus dem All.

Rick Raphael
Strahlen aus dem Wasser
Utopisch-technische Erzählungen
192 Seiten. Band 073.

Die Überbevölkerung der Erde und die Industrialisierung haben ein Ausmaß erreicht, das die menschliche Existenz gefährdet. Das Frischwasser reicht für die Erdbevölkerung nicht mehr aus! Werden die Fachleute der Zukunft noch rechtzeitig eine Möglichkeit finden, diese große Gefahr zu beseitigen?

WILHELM GOLDMANN VERLAG MÜNCHEN

Goldmann SCIENCE FICTION

James Ross
Im Namen der Menschheit
Utopisch-technischer Roman
160 Seiten. Band 0151.

Nach Jahrhunderten interplanetarischer Kriege hat der Mensch ein galaktisches Schiedsgericht ins Leben gerufen, das weitere Konflikte zu einer Art Gottesgericht reduziert. Zwei Champions werden auserwählt und kämpfen gegeneinander mit allen zur Verfügung stehenden Mitteln. Dieser Kampf bringt Zerstörung und bittere Verluste für die Menschheit!

Harlan Ellison
Der silberne Korridor
Utopisch-technische Erzählungen
192 Seiten. Band 0152.

Wollen Sie eine Reise irgendwohin ins Nirgendwo machen? Es gibt nur zwei Möglichkeiten, dorthin zu kommen: Sie können einen Computer-Zug besteigen und Ihren Nachbarn im Raumanzug bewundern – oder dieses Buch lesen. Zurück kommen Sie in keinem Fall . . .

Bob Shaw
Die Antikriegs-Maschine
Utopisch-technischer Roman
160 Seiten. Band 0153.

Der Mathematiker Luke Hutchman war ein Mann wie Millionen andere: Er überwachte Raketen-Leitsysteme. Er entwickelte nicht einmal einen besonderen Ehrgeiz. Bis er eines Tages entdeckte, daß er es in der Hand hatte, die Welt auf einen Schlag zu vernichten – oder sich selbst. Seine Mitmenschen entscheiden sich für die zweite Lösung . . .

WILHELM GOLDMANN VERLAG MÜNCHEN

Goldmann SCIENCE FICTION

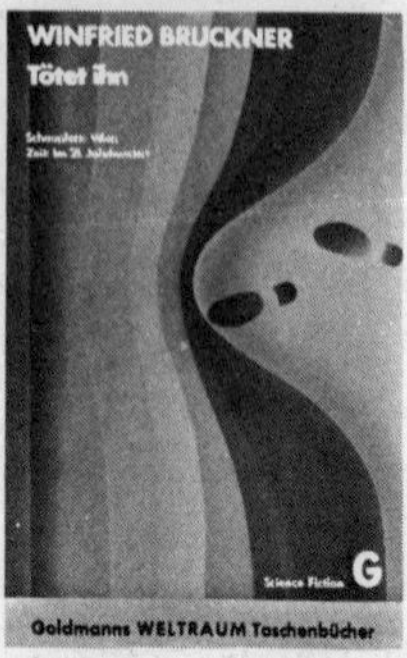

Winfried Bruckner
Tötet ihn
Utopisch-technischer Roman
160 Seiten. Band 0157.

Im Wien des 21. Jahrhunderts herrscht die Welt, die George Orwell für »1984« vorhergesehen hat. Das Leben findet unter der Erde statt; die Bevölkerung wird scharf überwacht. Unter der Leitung eines jungen Arztes bricht in einem der unterirdischen Stadtviertel die lang erwartete Revolte aus . . .

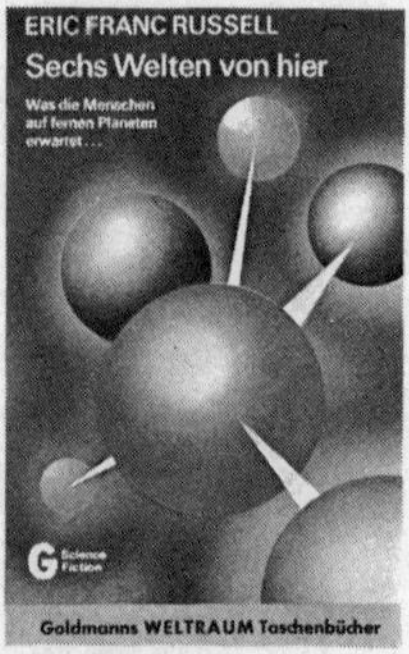

Eric Franc Russell
Sechs Welten von hier
Utopisch-technische Erzählungen
160 Seiten. Band 0158.

Eines steht fest: Es gibt keine zwei Welten, die einander gleichen! In diesen Erzählungen über interstellare Entdeckungsreisen präsentiert der berühmte amerikanische Science-Fiction-Autor acht bemerkenswerte Möglichkeiten. Jede dieser Welten ist einmalig und unverwechselbar – Science Fiction der Spitzenklasse!

Richard Cowper
Welt ohne Sonne
Utopisch-technischer Roman
192 Seiten. Band 0159.

Zweitausend Jahre nach der atomaren Verwüstung der Erde leben die Menschen in unterirdischen Städten. Sie wissen nicht, daß die Oberfläche unseres Planeten wieder bewohnbar geworden ist. Und sie dürfen nicht erfahren, daß das Leben dort oben besser und freier ist als unten in den Bunkerstädten . . .

WILHELM GOLDMANN VERLAG MÜNCHEN

Aus dem WILHELM GOLDMANN VERLAG
8 München 80, Postfach 80 07 09 bestelle ich durch die Buchhandlung

Anzahl	Titel bzw. Band-Nr.	Preis

Datum: Unterschrift:

4807 · 7049 · 3.000

Bitte mit Postkarten-Porto frankieren.

Wilhelm Goldmann Verlag

8000 MÜNCHEN 80

Postfach 80 07 09